苏州市

评弹获奖书目选集

中国苏州评弹博物馆 编

主　编　郭腊梅
副主编　孙伊婷

苏州大学出版社
Soochow University Press

图书在版编目(CIP)数据

苏州市评弹获奖书目选集/中国苏州评弹博物馆编；郭腊梅主编.—苏州：苏州大学出版社，2020.12
ISBN 978-7-5672-3314-0

Ⅰ.①苏… Ⅱ.①中… ②郭… Ⅲ.①苏州弹曲-作品集-中国-当代 Ⅳ.①I239.1

中国版本图书馆CIP数据核字(2020)第254652号

书　　名：	苏州市评弹获奖书目选集
编　　者：	中国苏州评弹博物馆
主　　编：	郭腊梅
责任编辑：	刘　海
装帧设计：	吴　钰
出版发行：	苏州大学出版社(Soochow University Press)
出 品 人：	盛惠良
社　　址：	苏州市十梓街1号　邮编：215006
印　　刷：	苏州工业园区美柯乐制版印务有限责任公司
E-mail：	Liuwang@suda.edu.cn　　QQ：64826224
邮购热线：	0512-67480030
销售热线：	0512-67481020
开　　本：	700 mm×1 000 mm　1/16　印张：14　字数：216千
版　　次：	2020年12月第1版
印　　次：	2020年12月第1次印刷
书　　号：	ISBN 978-7-5672-3314-0
定　　价：	88.00元

凡购本社图书发现印装错误，请与本社联系调换。服务热线：0512-67481020

《苏州市评弹获奖书目选集》
编委会名单

编　　委　（以姓氏笔画为序）

　　　　刘雪平　孙文明　孙伊婷

　　　　陆人民　林建方　季静娟

　　　　袁小良　郭腊梅　浦海涅

执行编委　（以姓氏笔画为序）

　　　　孙伊婷　陆人民　陈美东

　　　　陈舒雯　周　郁　徐智敏

　　　　郭腊梅　蒋　丽

《苏州市评弹获奖书目选集》
相关入选书目主要获奖情况表

出品单位	书目名称	获奖时间	荣获国家级奖项	颁奖单位
苏州市评弹团	中篇弹词《风雨黄昏》	2006年7月	第三届中国苏州评弹艺术节"创作(改编)金奖"	第三届中国苏州评弹艺术节组委会
		2006年7月	第三届中国苏州评弹艺术节"节目金奖"	第三届中国苏州评弹艺术节组委会
		2008年9月	第五届中国曲艺牡丹奖"节目奖"	中国文学艺术界联合会、中国曲艺家协会
	短篇弹词《聚宝盆》	2009年6月	第四届中国苏州评弹艺术节"书(节)目奖"	第四届中国苏州评弹艺术节组委会
	短篇弹词《重逢》	2009年6月	第四届中国苏州评弹艺术节"优秀书(节)目奖"	第四届中国苏州评弹艺术节组委会
		2010年10月	第六届中国曲艺牡丹奖"文学奖"	中国文学艺术界联合会、中国曲艺家协会
	中篇弹词《绣神》	2012年6月	第五届中国苏州评弹艺术节"优秀中篇书目奖"	中华人民共和国文化部
		2014年9月	第八届中国曲艺牡丹奖"节目奖"	中国文学艺术界联合会、中国曲艺家协会
张家港市评弹艺术传承中心	短篇弹词《良心》	2006年7月	第三届中国苏州评弹艺术节"节目金奖"	第三届中国苏州评弹艺术节组委会
			第三届中国苏州评弹艺术节"创作金奖"	

续表

出品单位	书目名称	获奖时间	荣获国家级奖项	颁奖单位
张家港市评弹艺术传承中心	短篇弹词《港城大义》	2012年6月	第五届中国苏州评弹艺术节"优秀短篇（选回）节目奖"	中华人民共和国文化部
	中篇弹词《牵手》	2016年10月	第九届中国曲艺牡丹奖"节目奖"	中国文学艺术界联合会、中国曲艺家协会
	中篇弹词《焦裕禄》	2018年10月	第十届中国曲艺牡丹奖"文学奖"	中国文学艺术界联合会、中国曲艺家协会
常熟市评弹团	短篇弹词《千里寻宝》	2004年9月	第三届中国曲艺牡丹奖"文学奖"	中国文学艺术界联合会、中国曲艺家协会
	短篇弹词《招牌菜》	2014年9月	第八届中国曲艺牡丹奖"创作奖"	中国文学艺术界联合会、中国曲艺家协会
苏州市吴中区评弹团	中篇弹词《吴宫遗恨》	2009年6月	第四届中国苏州评弹艺术节"优秀节目奖"	第四届中国苏州评弹艺术节组委会
		2010年6月	第六届中国曲艺牡丹奖全国曲艺大赛"节目提名奖"	中国曲艺家协会

目录

风雨黄昏(中篇弹词) /1

聚宝盆(短篇弹词) /32

重逢(短篇弹词) /40

绣神(中篇弹词) /48

良心(短篇弹词) /86

港城大义(短篇弹词) /95

牵手(中篇弹词) /105

焦裕禄(中篇弹词) /128

千里寻宝(短篇弹词) /161

招牌菜(短篇弹词) /171

吴宫遗恨(中篇弹词) /182

后　记 /215

风雨黄昏（中篇弹词）

出品：苏州市评弹团
作者：吴 静

第一回　算

老杨　（表）六十六岁的老杨是农业大学副教授，自从几年前退休之后，日脚过得还算清闲。老杨中年丧妻，儿子、女儿都已成家立业，所以古城区这套老房子他一个人住，独门独户，一家头院子里种种花、养养鱼，空下来搭老朋友听听评弹、唱唱京戏，倒也是一乐。

哎，倒说一向清静的屋里今朝特别闹猛，为啥么？因为今朝老杨要开一个家庭会议。

小琴　（表）参加的人并弗多，一个是大女儿杨小琴，今年三十三岁，人家说三十三乱刀斩，俚倒是骑马上高山，本来是超市里做收银员的，因为嘴讲蛮来三，领导的马屁拍得蛮到位，所以今年提拔俚做领班，手里有点小权力，日脚过得蛮实惠，碰着超市大削价便宜货好塌一大堆，从草纸到肥皂、毛巾、衣架、塑料杯，总归处理品的价钿买转来。小琴面孔蛮登样，身材亦算弗推板，所以野心勃勃要往上蹿，目标是超市的副总裁。啥了弗做董事长？啊呀，董事长是同类，一个台湾的女老板，所以小琴的看家本事弗吃香，对俚根本弗来三。啥个看家本事？嗒，甩媚眼。

强　（表）沙发里靠勒浪的就是老杨的小倪子，小琴的兄弟，林默的阿舅叫强强。强强今年二十八岁，结过两次婚，离仔两趟半。怎么结仔两次么离两趟半呢？实在么两次是正式结婚又离婚，还有半次么同居半个号头又崩脱，所以号称离仔两趟半。为啥俚的婚姻实梗失败？归根结底一个字——赌！强强的赌是赌得有点名气哉，啥个麻将、梭哈、牌九、包分、押两八、横东道，俚样样才欢喜，那么这样一个倒头光么哪个女人肯跟他？强强开爿摩托车修理店，生意倒还算弗差，不过赚点铜钿全在赌钱上去掉，交了社会上一帮弗三弗四个人，出言吐语总归有股流气。现在靠在沙发里，大腿搁在二腿上，二腿踏在地毯上，叼仔根三五牌香烟，眯起眼睛对爷勒浪望。（白）阿爸，倷今朝拿俉才喊过来到底有啥个事体？倷快点讲！

老杨　小强，今天为来为去……

强　"阿爸！慢慢叫。"手机拿出来，"等歇，我接只电话！喂，小死人，倷烦死了，老头子叫我有事，十分钟就到。""阿爸我两个朋友还勒浪等我，三缺一，拗台脚格事体我弗做个，伤阴节的，倷快点讲。"

老杨　（表）老杨响弗落（编者注：老杨无话可说），格个宝货倪子弗晓得哪哼拨我养出来的，一日到夜只想着个赌，总归弄弗好哉。（白）小琴，今朝为来为去……

小琴　"慢！我有桩事体忘记了。"手机打开，"喂！阿姨，屋里只狗狗饭吃了没有？还没有吃？钵头里太脏了，冰箱里拿出来热热，覅忘记！""爸爸，倷说。"

老杨　（表）看上去狗比爷要紧。（白）强强、小琴、阿林，今朝爸爸拿伍笃喊过来，为来为去为仔我搭张阿姨的事体，倷们娘过世早，爸爸拿伍笃拖大弗容易，五年前病退过后身体一经弗好，所以就请仔张阿姨来照顾我。

小琴　爸爸，张阿姨么阿就是倷请个保姆？东山乡下人呀。

老杨　是的，五年来我的生活起居幸亏得张阿姨照顾，伍笃才成家立业，各有各的事体也弗可能经常来望我。唉！老年人最怕

就是孤独，自从来仔张阿姨，日朝有说有话有商量，所以爸爸现在也离弗开俚哉，所以今朝想征求伍笃个意见，爸爸想再组织个家庭，搭张阿姨去领一张结婚证书，晚年也能有个老伴，伍笃看阿有啥个意见？

小琴 （表）㑚格番闲话出口，小琴第一个反应就是对男人在望，隐隐然：阿林啊，弗灵啊。（编者注：小琴的第一个反应就是朝丈夫看看，暗示道，阿林啊，这话听着可不灵光啊）

林 （表）旁边坐个是俚男人，搭小琴同年，但是看上去倒像四十出头哉，因为太聪明。为啥？咦，有句闲话"聪明绝顶"呀！（指前额）该搭的头发呒啥啥哉，所以只好地方支援中央，拿右面个头发盖到左面来，碰着起大风总归蛮狼狈，迎面一阵吹过来，赛过枯颅头浪掀脱只盖，所以头要随仔风向转，弄得像气象局的天文台。格么俚姓啥叫啥呢？姓双木林，单名一个"沉默"的"默"，叫"林默"。格个名字倒蛮雅的，弗晓得勒八岁的倪子佳佳手里写出来就要出洋相。佳佳写起爷个名字来呒不栏规，两个"木"拆开仔写，"林"就变"木木"，"默"字也是左右分离，就变"黑犬"，加起来就是"木木黑犬"，弄得像日本人的狗实梗。伍笃勤笑，俚倒标标准准像条日本人的狗。做啥么俚在日本人开个合资公司里帮老板开汽车，因为俚工于心计，鉴毛辨色，又会讲几句日文，外加老板格点私皮夹账的事体瞒弗过俚，但是林默拎得清，该讲的讲，弗该讲的只当弗晓得，所以日本老板来得个欢喜俚，因此，林默勒公司里着实有地位。碰着老板回日本，格部丰田小轿车就变俚个私家车，开出开进风头蛮健，最近拿本来住的房子卖脱，再贷一笔款，在近郊买仔支小洋房，那俚弗得了哉，汽车、洋房自命不凡。现在抱仔倪子佳佳坐了餐桌旁边。林默此人很阴险，喜欢肚里做文章，所以假痴假呆只当弗听见，像煞心不在焉看倪子白相（编者注：玩）变形金刚，其实俚拉长仔耳朵，注意力都在半边阿舅的身上。

强 （表）强强草包脾气，一听么直跳个跳起来。"阿爸！讲仔半日㑚想搭俚寻个后娘啊？我亦勤结婚，㑚倒先结婚，真个勒浪热昏则活！"

老杨　（表）老杨算得涵养好，想弗到伲子会实梗出言不逊，面孔气得煞白："强强，倷！"

小琴　强强，倷哪哼讲闲话个？吭大吭小，太弗像腔哉！

强　哪哼讲闲话介？蛮清爽，要结婚，姆妈死脱个辰光就好结婚，现在六十六岁再结婚，那么真个赛过清一色万子弗糊去单吊只白板，笑话哉！

小琴　倷么总归三句闲话离弗开个赌！爸爸，覅动气，强强讲闲话弗中听，倷不要放在心上。

老杨　实梗一看还是囡伍懂道理。

小琴　爸爸年纪大哉，的确需要人照顾，伲平常工作也忙，对爸爸缺少关心。

老杨　还是囡伍好！

小琴　张阿姨既能干又勤快，格点年数也幸亏得俚。

老杨　是啊，旧年我心脏病突然发作，打电话寻强强么，强强电话关机，寻伍笃么，伍笃夫妻两家头到海南岛去旅游哉，幸亏张阿姨半夜三更借仔部黄鱼车拿我踏到医院里，第二天俚个伲子从东山乡下赶上来垫交仔医药费，总算拿我条老命拾转来，否则是……唉！

小琴　（表）老头子翻旧账，格种闲话赛过勒浪敲我耳光。小琴面孔浪热辣辣。"爸爸，格桩事体么伲也叫鞭长莫及，弗瞒倷爸爸说，我接着倷个电话急是急得来！第二天也是送医院挂盐水，硬碰硬急出来个呀。"

林　（表）林默对家主婆望望，倷挂盐水是因为海鲜吃坏，上吐下泻，现在装到老头子身浪，倷倒会搭个！

小琴　所以爸爸，弗是伲弗关心倷，实在也是力不从心，张阿姨待倷的好伲也领情个，不过结婚么吭拨格个必要哉。

老杨　啊?!

小琴　爸爸，既然倷今朝要征求伲个意见，格么伲做小辈个也不妨谈谈伲个看法。爸爸，
　　　（唱）倷是鳏居多年倍辛劳，育女养儿倷一肩挑。
　　　岁月匆匆春秋过，倷独自孤单苦苦熬；节字当头更清高。
　　　倷而今年已迈，斑发两鬓萧；却要重组家庭新弦调；

把一世英名脑后抛。

林　（表）阿林熬弗牢，阴角角衬一句"晚节弗保"。

小琴　对！那么该个事体一旦传出去，爸爸，倷弗怕难为情么侬行弗落个呀。

（唱）一双儿女已长大，

要被人讥讽被人嘲，

怎不令人颜面消。

阿林　名气弗好。

小琴　那么再说张阿姨与倷也弗配个呀。

（唱）她无知识，倷才学好；

她乡间女，倷地位高；

文化素养差距遥，

乌鸦怎及倷凤凰骄？

林　档次弗高。

小琴　哎！那么据我晓得张阿姨乡下有个倪子还勤结婚来，家境条件想上去弗会好多少，她肯嫁拨倷，看中倷点啥呢？

（唱）倷有积蓄，有劳保；

还有两房一厅的安乐窝；

倷要续弦她再醮，其中必定有根苗。

林　为仔钞票。

小琴　（唱）倷莫上当来蒙欺骗，休怪女儿话滔滔。

小琴的话儿倷细推敲，免得将来把是非招。

林　（表）边上林默熬不住，还要衬一句："还是熬熬。"

老杨　（表）这对夫妻两家头一搭一档，配合得阿要好？老杨听完囡伍这番闲话，心里好像打翻五味瓶，不知是什么味道，又好比一桶冷水从头浇到脚，浑身会得冰冰瀴！

（唱）听罢此言透心寒，咽喉噎住口难开。

历历往事重回想，当年儿女哭哀哀，

我一手怀抱一手搀。

（表）想想格辰光的苦么真叫苦，我被打成反革命，家小本来身体弗好，一急一气就此英年早逝，小琴、强强还小来，我为仔格对儿女勒牛棚里再苦也要熬。幸亏我格点老朋友帮忙，拿两个小囡东家一口、西家一顿拖仔几年,等我牛棚里出来,两个小囡也弗认得我哉,因为从小没有爷娘管教,娘死得早,从小缺少母爱。我年纪轻时工作忙,对他们疏于教导,所以小琴变得自私偏激,强强更加像一匹野马,收也收不住,我总归觉着是我欠俚笃个,只有加倍付出,尽心尽力。

(唱)从此心操碎,时刻挂胸怀;爹娘之道我一肩担,哪来片时享清闲。

春去春又到,花落花又开;儿女已长大,我不觉两鬓斑;

青春年华难再回,只落得自怜自叹影孤单。

(表)我对这两个小孩抛心挖肺,但是他们对我却是漠不关心,我想这一世也就算了,想弗到自从张阿姨进了这个门,我的生活又有仔巴望。

(唱)夕阳无限好,黄昏也灿烂;

这迟来的爱情步姗姗,

枯木逢春暖胸怀。

她常相伴,多关怀;知冷暖,不嫌烦;

知心话儿当面谈,晚年能得两相随。

哪知儿女一番无情话,绵里藏针把别调弹。

说什么为人岂可随所欲,晚年何必再婚配;

要出尽丑来塌尽台。

如此情形我难预料,怎知一语便推翻;

我无言相对发了呆。

(表)老杨万万勿想到子女会得如此反对,虽然小琴闲话讲得比强强婉转,但是态度坚决,理由一条又一条,结论蛮清爽四个字,谈亦勿谈。老杨一时头浪会得无言对答,沉倒头独剩呼香烟。

强 (表)强强对阿姐勒浪望,弗得弗佩服,阿姐的闲话有道理,倷看老头子闷脱哉活!对阿姐翘翘大拇指头,隐隐然:老姐,有道理!

小琴 (表)哼!没有道理好做倷的老姐个?"爸爸,其实倷的心情我蛮理解个,倷觉着张阿姨服侍倷蛮周到,倷离弗开俚,那么这样好了,倷多加点工钿给她,让她继续做下去,就是关

系么要处理好,主仆么要分清爽个。"
强　对!现在商品社会,俚出力,俫出钱,公平交易,大家方便。如果讲得再实惠点,只要弗结婚,伍笃要好吭拨人钳,反正姆妈死脱哉,伲么也只当朆看见。
老杨　(表)老杨气得香烟也险些掉脱。"俫搭我嘴里干净点。"
小琴　强强,俫越讲越弗像腔哉,爸爸夠动气,强强的意思是弗反对伍笃来往,但是结婚么实在弗妥当。
强　哎!阿姐讲闲话就是有水平,我就是该个意思。阿爸,结啥个婚呢?我现在听见结婚就头大,结仔仍旧要离个呀!现在社会浪,离婚的人比结婚的人还要多!
小琴　爸爸,结婚的确没有意思,婚姻就像钱锺书写个《围城》。
强　对!围牢仔有得苦来!
小琴　强强,俫也晓得《围城》个?
强　阿姐,俫小看我哉活,《围城》我哪哼弗晓得呢?勢太有名气啊!俫阿晓得啥叫围城?
小琴　俫倒讲讲看?
强　围城就是搓麻将,有输板有赢,赢仔还要输,所以格个写书格个叫啥?叫钱锺书,也就是讲俚一搓麻将铜钿总归输,所以叫钱总输。
小琴　死快哉,怎么被俫搭牢个。
强　蛮清爽个,阿是啦?反正我有体会个,结婚么最最吭拨意思哉!合得拢一道过过,合弗拢马上散伙,结仔婚还要离婚多么烦,阿爸,俫听我讲。
(唱)做儿子闲话弗中听,但是言传身教我体会深。
而今社会多开放,非法同居蛮流行;还有网络一夜情。
谈得拢拿夫妻做,谈弗拢马上分;
何必结婚又离婚,
民政局里两头奔。
谈什么爱?论什么情?爱情算啥个老东经?
阿爸俫千万要拎拎清。
张阿姨对俫多关切,有啥个目的存啥个心;
伲旁观者心知又肚明。

侬身体弗算好，年纪也弗轻；卖相还可以，
毕竟六十零；唯有存款房产证，别具诱惑动人心。
结婚证一旦拿到手，俚就是合法继承人；
何况俚还有个小猢狲，引鬼上门种祸根；
侬将来千年后，遗产关心经；家婆搭子女，
只怕分弗均；到将来香火拿和尚要赶出门。
俚笃东山亲眷一大帮，锄头铁锴搞进门。
翻个翻，寻个寻；抢个抢，拎个拎；
骨灰撒得一天井，侬魂飞魄散弗太平。
做人赛过搓麻将，擦亮眼睛动脑筋；上家掐得煞，
下家看得紧；坚持弗放冲，头脑要冷静；
千万勤摸吃碰杠蛮起劲；做仔相公还弗领盆。
阿爸，弗是我吓侬啊，现在张阿姨对侬蛮好，等到一结婚有仔张派司证，面孔说变就变！俚看中侬格房子钞票，一结婚肯定巴望侬早点榻冷（编者注：死亡），偏偏侬么倒活得蛮有味道，那么俚才做得出来个啊，最毒妇人心啊！万一等弗及就要阴损侬，或者到晚上搀侬荡到湖边浪拿侬往正湖里厢"咙咚"一推，或者在侬吃的茶里厢拿包老鼠药"索落"一放，或者干脆乘侬睏着拿只枕头往侬面孔浪辣杀娘个一按……

老杨　"好哉，好哉！侬麭讲哉！"
（表）老杨作孽，已经觉着胸口闷得来，气也透弗转来哉。格小赤佬倒辣手个，我弗死也要拔俚吓煞！听到现在才清爽，为啥弗同意，千句并一句，就怕将来我死仔，格点房子、票子要挑仔张阿姨的伲子！人家才说养儿防老，现在看来格句闲话顶弗牢靠！想想我搭张阿姨五年的感情阿是就凭伍笃三言两语全部否定啊？我倒实头弗甘心！"哼！伍笃怕将来张阿姨要贪我一笔遗产，格么伍笃大可不必有格种担心。五年前张阿姨屋里是穷个，所以出来做保姆为仔供俚笃伲子阿龙上大学，但是现在两样哉，阿龙三年前大学毕业过后回到东山承包仔一个果园，科技兴农，我就是他的科技指导，传授给他不少知识，现在他发财致富，是当地有名果

	农，手里着实有铜钿，俚笃会得贪我格两个铜钿啊？伍笃真正以小人之心度君子之腹！"
强	阿爸，倷格人天真得来，哪哼才相信个呢？倷也弗动动脑筋，真正俚笃伲子有铜钿么张阿姨为啥还要做保姆服侍倷呢？有饭作粥吃，笑话哉。
老杨	阿龙曾经劝过张阿姨个，喊俚勿做哉，回到家乡去享享清福。
强	格么啥体弗转去呢？总弗见得甩弗落倷个老老头了嗨活？
老杨	哎！就是为仔甩弗落我！
强	哟，哟，哟！倷倒实头哎得个落个那，倷当倷是刘德华的翻版，搭周润发是双胞胎，实梗讨人欢喜了嗨！
老杨	（表）这个伲子阿是我养出来的？恨弗得两记耳光掼上去，老杨忍无可忍。"强强，倷这小囡从小读书少，倷看出来除了铜钿还是铜钿，真是朽木不可雕！"
强	勿来这一套，不懂什么雕不雕，伲子也不差，我也是大学毕业。
老杨	什么大学？
强	社会大学，外头经常跑跑。倷同居可以，结婚不同意。
老杨	强强倷这样放肆！格么今朝叫声倷伲子，老年人婚姻自由，受到法律保护格！伍笃同意，我这个婚要结，弗同意，我也要结！
强	（表）强强一呆，想弗到老头子板面孔哉。那么俚弗卖账哉，拉起来一记台子！"格么叫声倷老子，倷弗拨伲夹里，伲亦弗拨倷面子，倷前脚去登记结婚，我后脚就烧倷格房子，反正探脱帽子没得脑子，倷弗认我格个伲子，我亦吭拨倷格个老子！"
小琴	（表）弗灵哉，爷伲子要打起来快哉，场面弄得不可收拾，剑拔弩张，那么弄僵。
林	（表）到现在辰光半边个林默倒开口哉："好哉，好哉，何必呢？为仔格点事体自家人伤仔和气，随便啥个事体才好商量格么，爹爹倷消消气。强强，小琴，伍笃跟我里边去。"说完抱仔佳佳往正内房进去。
小琴	（表）小琴本来吭手洒锣了嗨，看男人格种样子像煞胸有成竹，看上去俚有办法了嗨，所以要紧拖仔兄弟夹脚屁股跟进来。
强	（表）三家头到里厢床沿浪身体坐定，强强余怒未息，"碰着点啥了嗨！搭我来穷凶极恶，老头子真格勒浪变死！"

小琴　强强,爸爸有高血压格呀!万一气得歪歪抓抓么哪哼弄法呢?

林　伍笃勿烦,事体已经实梗哉,看上去老头子态度蛮坚决,格么伲做小辈格也只能退一步哉。

小琴　阿林啊,倷个意思是同意俚笃结婚啊?格是弗来加!房子、钞票去送拨外头人,伲竹篮打水一场空啊。

林　倷先勿急听我讲下去,既然老头子讲,张阿姨伲子有铜钿,根本弗贪俚格点财产,格么有心让老头子拿点财产先分拨伲,格个就叫先下手为强!

强　哎,姐夫,格只棋子灵个,对个!铜钿到伲手,老头子结婚让俚去结,勿讲讨个张阿姨,哪怕去讨慈禧太后搭伲弗搭界。

小琴　哎,该格倒也是个办法,不过要分么哪哼分法呢?老头子手里钞票有两钿么想上去亦弗会多格,最最主要是房子,那么现在该个房子爸爸要住个呀,总弗见得喊俚卖脱仔住到伲屋里啊?

强　住到我搭也弗来格!我本来房子小,再弄一对老格加进来,我女朋友还肯进门啦?

林　房子暂时还弗能卖,让俚笃先住勒浪,但是只要拿房产证的名字改到伲名下,就算老头子死,格个房子也弗是俚个,就吭拨人好来抢!

强　哎!姐夫,倷有道理,格个办法想得出来么倷实头聪明格!怪弗道倷头发实梗少!

林　(表)林默响弗落,对阿舅望望,倷个家伙阿吃粥饭个,讲个闲话一经实梗七弗老三牵。现在的问题就是改啥个名字么老头子肯点头。

强　倷亦多讲脱个,总归改我个名字活,我是伲子,伍笃是囡伍、女婿,总归伲子排在前头活!

林　强强,改倷个名字老头子肯啊?倷前脚搭俚碰台拍凳,外加赌得一屁股个债,改倷格名字,俚住勒浪还定心得落啊?

强　格么哪哼呢?

林　只有改小琴的名字,囡伍俚一向欢喜个,只有过户拨小琴么

	老头子作兴还肯点格个头。
强	哦哟,弄仔半日倷三等白相人独吃自家人,改阿姐个名字,我一啥呒啥,倷当我脑子里进过水个啊?
林	强强,所以说倷个人只图眼前,倷脑子哪哼弗转个弯呢?只要房子过户到小琴名下,将来阿爸千年过后,格点房子值几化铜钿,倪总归大家一半,倷亦弗会吃亏格!
强	格么倷要写张字据下来,叫千年文书好隔夜,单单凭倷嘴里讲,我弗相信个。
林	写,写,倷个人啊!只会窝里翻,倪现在要团结一切可以团结的力量,消除内战,一致对外,倷阿懂?
强	我是弗懂,姐夫啊,我及倷是米来,倷倒底勒日本人手里混饭吃,既会搞脑子,又会翻门腔,人家讲浆糊捣得弗粘底,倷是胶水捣得蛮像腔,外加捣格是502,一旦粘牢死弗放!
林	(表)被他钝得两眼墨黑(编者注:被他讽刺得眼前直发黑),弗高兴搭倷搞嘴讲。"小琴,爷门前倷要亲自出马。"
小琴	(表)男人做军师,我是冲锋大将军,格么只有我去讲则活。小琴踏到外头一看,爷靠勒沙发里面孔煞白,倪子佳佳坐在爷的膝盖上,用小手在爷的胸口撸。看到这里小琴面孔一红,心里说弗出是什么滋味,所以要紧过来勒爷身边坐定,"爸爸,倷覅动气,强强呒青头,拨我拖到里厢骂脱仔一顿,其实么倪亦弗是坚决反对倷搭张阿姨,刚刚倪商量下来么也才一致同意倷搭张阿姨结婚,不过……"
老杨	不过有个条件。
小琴	哎。
老杨	要结婚先分财产,房子过户到倷名下。
小琴	咦?赛过仙人哪哼才晓得个?
老杨	嘿!单墙薄壁,我在外头才听见哉,还要团结一切可以团结的力量,一致对外。
佳佳	(表)佳佳虽然只有八岁,脑子聪明,来得拎得清。"外公,还有一句叫消除内战,妈妈,什么叫消除内战?"
小琴	(表)死快,才听见,格来呒趣。"爸爸……"
老杨	倷也不要解释了,分就分,横竖将来我死了,早点晚点都是伍

笃的。

佳佳　妈妈，伍笃将来死了下来这点东西早点晚点都是我的。

小琴　要好得来！

老杨　倷们听听，小孩都听见了。倷麭讲哉，我也想过哉，为仔免讨气，为了表明张阿姨心迹，分就分！存款我有十万，拿出六万倷与强强一人三万，还有四万我防防老，至于房子么……

小琴　（表）最要紧房子活！"爸爸，怎样？"

老杨　房子就过到倷名下，将来我死仔，随便伍笃哪哼分，反正我亦眼弗见为净。

小琴　（表）小琴是开心啊！爷总算松口哉！"爸爸倷放心，房子过拨我倷只管放心住，只不过换个名字，房子总归仍旧倷住好哉，假使过拨强强么真格弗放心个，前脚过拨俚，后脚就拨俚卖脱也讲勒海格，格只小赤佬一个倒头光呀！"

强　（表）弗晓得里厢房间里横冷一声："我是倒头光，倷是迷魂汤，才弗是好货色，一个爷娘养！"

小琴　（表）哦哟哟，格断命房子隔音弗来活！

老杨　（表）老杨为仔求太平，房子过户拨小琴，弗晓得倷想太平偏偏弗太平，连下来还有花样经，倒底哪哼，下回继续。

第二回　瞒

杨　（表）老杨活仔六十六岁从来麭像该两日实梗忙，先要奔到银行去提六万现金，做啥么要分给伲子、囡伍每人三万，这两个讨债鬼眼睛才盯牢了嗨！分脱铜钿弗算数，还要拿了房产证、土地证、身份证、户口簿冲到房地产交易中心去更名。格是麭罪过，伲子、囡伍、女婿全程陪同，他们弗怕烦个，一样一样手续办好舒齐么老杨浑身的骨头都要散开来了，那么今朝与张阿姨去民政局里领着格张结婚证，晚上饭店里订一桌，也算办个仪式庆祝庆祝。老杨酒杯拿勒手里，不知怎么脸上就是笑不起来，唉！想想这个婚结得弗容易，受仔小辈一肚皮的气，全靠钞票买得来，还要房子押出去，再好的小菜也咽不下，也尝不出到底啥滋味。

张　（表）张阿姨蛮客气，红包塞到佳佳的小手里，伲子阿龙也

勒浪，面孔上笑嘻嘻，阿龙讲话蛮得体，说："祝愿二老身体好，幸福美满更如意。"

强　（表）强强几杯酒下肚，头里发昏眼睛眯，跌跌冲冲发酒疯，痴头怪脑嚼白蛆，说巴望伍笃坐床喜，来年养个小弟弟。

各　（表）小琴搭林默也响弗落，格个兄弟么实头是个老面皮！酒过三巡，这顿饭还是阿龙结的账，再负责送老夫妻回转去，强强么也吃得差弗多哉，林默抱仔佳佳，与小琴掉转身来刚刚想走。

强　慢慢叫看！姐夫啊，伍笃称心如意哉活，房子已经改仔阿姐格名字，我只拿着三万洋钿，老实讲仔声，房子值几钿马上估个价，一半铜钿碰拨我，大家弗吃亏！

林　（表）林默微微一笑老位子浪身体坐定。"强强，虽然房子改了小琴的名字，但是倷覅忘记，现在老头子还住在那里，又不能卖掉，倷喊伲拿差价马上要贴出来，伲哪里来这么多的铜钿？总弗见得去抢银行勒嗨活！"

强　反正现在拿弗出，倷字据要写一张，伍笃不是也拿着3万了？这个3万先给我，这就叫分期付款。

林　（表）哦哟，小赤佬门槛精个。蛮好，倷精么哉，我叫倷精精精，裤子剩条筋！"蛮好，亲兄弟明算账。"包里纸笔拿出来往台上一放。"小琴，倷写：房子过户到我名下，房子价值多少应交付一半给兄弟杨强，今先付三万，余款待等将来结清。"

强　慢慢叫，将来？将来是几时？我老死也是将来，写个日脚。

林　倷格个弗讲道理，爷现在还住在那里，要等到爷死才能卖掉，老头子几时死，这个啥人讲得清呢？

强　房子卖弗卖另外桩事体，价钿可以估的，值多少铜钿明摆的。三年，余款结清，三年过脱么老头子也差弗多哉。

林　（表）哼！"好、好，就写为期三年将余款结清。"

强　附带利息。

林　该格弗对个，房子亦勿卖脱，铜钿伲也未到手，铜钿大家一半，利息倒要伲付，伲吃亏的。

强　倷觉着吃亏这样好了，明朝去拿房子过户到我名下，我写张字据给倷，利息我来付，倷阿肯啦？

林　（表）这记倒是闷宫将。"算哉，算哉，利息就利息，自家人吃亏点也无所谓，小琴倷签个名。"

强　再写张三万洋钿个欠条，明朝铜钿到我账上，欠条当面还倷，爽了个荡。

小琴　（表）这小赤佬假使身浪贴点毛比猢狲还要精！小琴重新弄一张，等到弄好："小强，这总满意了？倷看！"

强　（表）"搭"强强将欠条拿到手里（打酒噎）眯起眼睛看，其实这酒也吃得差不多了，颠来倒去算看清楚了，往袋里放一放。"姐夫，倷勿生气，这叫先小人后君子，没有办法的么！"立起身来要想走，突然看见台浪还有半瓶剑南春，随手一拎："酒是米做，弗吃罪过，亲爱的阿姐、姐夫，拜拜！"晃了晃出去哉。

小琴　（表）小琴搭林默回到屋里，佳佳已经扑了爷肩架浪睏着哉，小琴拿伲子安顿好，夫妻两家头睏到床浪么才会得睏弗着。小琴眼睛拨瞪拨瞪盯牢仔天花板，想着三万洋钿要呕出来，心搭个肺撞勒一搭堆，不过想着房子的名字改过来，格只棋子蛮实惠，百节百茄才舒坦，熬弗牢会得笑出来，"嘿嘿。"

林　喂！倷阿要躺勒？自说自话会得瞎笑，赛过痴格。

小琴　倷么痴格，我想着点房子快活，不过再想着三万洋钿被强强诈得去么真是肉痛。

林　三万洋钿小事体，房子么真格关心经。

小琴　阿林啊，倷讲市面上这点房子好值几钿？

林　八十几个平方，虽然是老房子，不过独门独户，外加地段好，还有只院子，就算两手房么也起码好净到手40万。

小琴　阿林啊，照我看格点房子将来等伲爷过世仔也勿卖掉，我与倷老了就搬过去住，现在我们住个房子么重新装修装修，将来给佳佳结婚用。

林　佳佳只有八岁，倷已经想着他结婚，倷也太心急了！

小琴　快煞格娘，眼睛一眨么佳佳就大哉，我本来一直在担心，将来伲子结婚买房子讨娘子，伲点老底才倒空也搭弗够，现在定心哉，只要再挖17万洋钿就好支房子，解决后顾之忧。

林　啥个十七万？

小琴　咇，倷去想呢！房子值四十万，搭强强一人一半么二十万，

去脱拨俚三万,阿是再付十七万啦?

林　哼!十七万?告诉侬,这个三万拨俚是安安俚的心,连下来我一个沙壳子也不会再拨俚。

小琴　格是弗来个,字据写得清清爽爽,赖弗脱个!

林　字据怎么写的?

小琴　侬只青肚皮前讲后忘记,那,我记得蛮清爽:今房子过户到我名下,房子价值多少,应付一半交于兄弟杨强……

林　好哉,好哉,就只要这两句。我问侬,啥个房子过户到侬名下?

小琴　爸爸格房子活。

林　那么房子在啥个路?多少门牌号头?多少平方?房产证编号多少?

小琴　啊呀,这个倒勒写格。

林　格么好哉活,老实告诉侬,该个顶要紧,我就是看俚吃得酒水糊涂,做个圈套让他钻。哼!还要三年付清附带利息,做他的梦!

小琴　哦哟,阿林啊,侬倒实头结棍个。

林　哼!我勒日本人手底下混饭吃,格种事体见得多哉,签合同做假账,翻门槛,调花枪,越是假老戏,越是做得像。趁虚而入钻空子,爷亲娘眷弗卖账。

小琴　(眼睛发定盯牢他看)

林　做啥?拨侬看得汗毛凛凛。

小琴　我几时拨侬卖脱亦弗晓得格!

林　说得出要死格来,侬是我家主婆呀,卖脱侬做啥?再说侬这点年纪么也弗值几钿哉。

小琴　啥么事?

林　寻寻开心,侬怎么当真格呢?

小琴　不过阿林啊,我在担心啊,强强流氓脾气,俚肯吃格个亏啊?只怕拔出拳头要打人的!

林　怕点啥?现在是法制社会,俚打俚先错,法律才讲证据,俚证据不足,打官司俚稳输。当务之急就是要先拿套房子卖脱拉倒。

小琴　"啥么事!"小琴一听么直竖格竖起来。"侬口轻飘飘卖脱,房子卖脱,侬喊我爷住到哪里去?"

林　哎，倷轻点娘，佳佳睏着哉呀！我讲到格句闲话，自有我的名堂。

小琴　啥个名堂？

林　格来就叫舍弗得孩子套弗着狼，倷弗舍得老子就吃弗着糖，舍不得妻子捉不住流氓。让伍笃爷搬到东山去，上门女婿黄二胖，枇杷杨梅吃弗光！

　　小琴啊！

　　（唱）叫房子虽然更倷的名，只怕夜长梦多就弗太平。
　　俚笃夫妻老来伴，越活越年轻；何年何月赴幽冥，
　　伲柱自望穿两眼睛。
　　纵然爹爹过世后，张阿姨老虎弗动身；死蛇并，癫团劲；
　　秀才有理说弗清，难免将来起纷争。
　　空欢喜弗及现到手，妙计釜底来抽薪，
　　四十万现款一口吞。
　　强强纵然多凶恶，然而四肢健壮头脑昏，
　　难逃我林某的陷马坑。
　　常言无毒非君子，他不义来我不仁，一纸空文定乾坤。
　　当机立断倷休顾虑，错失良机要懊悔深。
　　小事体，倷做主，大事情，我敲定，周密安排细调停，
　　我林默从来智谋深。
　　小琴啊，听我闲话不会错，趁强强只小棺材还瞉反应过来，
　　快点拿房子脱手。

小琴　（表）小琴的耳朵根软得很，哎，听听男人这番闲话心倒又活了。"阿林，倷这番话蛮有道理，倒是爸爸面前不好交代，讲得这么好，总归要让他住，结果把他房子卖了，真正把他赶到东山去，我是做不出的。"

林　啊呀，格点房子几化年数哉，等到将来伍笃爷过世后，这点房子老早弗像腔哉，还卖得起啥个好价钿？再说现在两手房炒得热，将来说弗定个，政策一变，啥人晓得哪哼一局戏，只有铜钿现到手么顶顶牢靠！

小琴　格么我就怕强强晓得仔弗完结。

林　我弗是讲过哉么，最要紧地址瞉写，俚气力大弗出个，房

子，房子多来，会议中心也是房子，哪哼?! 俚亦想到手一半啊？真个笑话哉，更何况倷房子卖脱，名下就弗存在啥个房子，所以快点脱手！

小琴　哎，格倒也对个。不过爹爹门前哪哼交代呢？赶俚笃动身是做弗出格。

林　爹爹门前我再想办法，反正卖脱，搬到东山去养养么也蛮好格。倷定心，有我在，老实说房子卖掉老头子搬也要搬，弗搬也要搬，到时候赶到东山去，老头子养养花、听听书蛮好了。

小琴　哼！倷这样做是蛮辣手格，我有数码格，当初爸爸弗同意倪格婚事，倷对俚始终怀恨在心。

林　哼！倷勿提起，提着就一包气。老头子一直看不起我说我胸无大志，崇洋媚外。

小琴　怪倷自家弗好活，倷算在日本人公司里做事体会讲两句日文弗得了哉，阿有格拉，第一次上门，对准倪爷一鞠躬，开口就是"阿里阿笃，角搭依玛丝"，喊倷进来么倷"哈依"，请倷坐么倷又是"哈依"，吃杯茶么，倷仍旧"哈依"，该搭还去留一撮小苏苏，就像黏牢块干鼻涕，看见仔也惹气。

林　倷哪哼讲得这样难听呢？我这是对他尊敬，阿懂？碰着个老生活就此对我有偏见，这也不好，那也不好，我晓得当时要把倷配给他的得意门生。

小琴　倷勿说，爸爸眼光凶，这学生是有出息，现在到了美国，我如果嫁给他，现在也去美国了。

林　美国？倷到了美国说不定"9·11"撞也被撞死了。

小琴　倷勿瞎说。

林　倷嫁给我，我是救倷一条命。老实说老头子斗不过我，我头脑多聪明，生米煮成熟饭，无法挽回。

小琴　啊哟，啊哟，还有面孔讲来，倷害人，害我大仔肚皮嫁男人，身材已经蛮臃肿，别人结婚着婚妙，我只好披一件大披风弗像做个新娘娘，弄得像威虎山上的杨子荣，真个越想越翁仲。

林　我本来还想再并三个号头，索性搭满月酒一道办脱拉倒。

小琴　倷说得出要死格来。

林　倷勿烦。言归正传，房子卖掉最实惠，明朝我就拿房子挂到网浪去,只要网上一登,看的人弗得了。小琴,我拿倷只手机号头留上去,倷看啊,不出两日天保证有人寻倷。

小琴　那么开多少价?

林　开得高一些,倷记牢,房子开价42万,最少弗能低于40万。要咬牢一点,现金交易,千万覅贷款。因为两手房贷款板要中介担保,有得烦来。现金交易爽勒个荡。

佳　(表)弗晓得在这个当口,半边个佳佳弗知啥辰光已经醒哉,熬弗牢咕一句:"爸爸,讲闲话弗算数。"

林　哎,佳佳倷哪哼醒哉?

佳　该个房子外公要住,弗能卖脱个。

林　大人的事体小人弗懂个。

佳　爸爸妈妈赖皮。

林　再烦吃生活,睏觉。

小琴　(表)那么第二天一早,小琴拿3万洋钿交给强强,欠条先拿转来。房子挂到网浪么就专等好消息。果然弗出两日天,寻得来一个小姑娘,廿五六岁蛮漂亮,外加是北京的大学生,工作勒苏州,姓陈叫洋洋,男朋友是本地人,所以要嫁勒苏州做新娘,新房子价佃实在大,两手房住住也蛮舒畅,今朝来看看房子打打样。一路跟仔小琴走,一路还勒辨方向。"大姐,前面不远就到了吧?"

小琴　对,前面再转个弯就到了。

陈　那太好了,大姐,我网上看到这房子离我单位还算比较近,所以今天先来看一看。

小琴　"是的呀!老实说出脚方便是最要紧,这房子真的是好的。"(表)嘴里在敷衍,心里是既开心又担心。开心的是房子挂出去马上就有人看中,蛮顺当,担心的是今天看房子不能说穿,要瞒住老头子,不能让他知道。不过今天日子挑得好,正好是星期五,因为每星期五,张阿姨要回到东山乡下去,趁她不在,事情会方便不少。事先与小姑娘讲好不能说穿看房子,她只算要好小姐妹,路过这里,到里面坐坐看看白相相。马上到了,让我再叮嘱两声。

"小陈呀!我们说好的啊,倷不要说穿来看房子,倷只算是

我的小姐妹,路过这里,我们顺带便进去坐坐。"
陈　什么叫顺带便?
小琴　就是顺便的意思,我们苏州话叫顺带便。
陈　哦哟,格种苏州普通话是仙人笃阿爹也听弗懂格。
小琴　只要俚看中把钱付清,房子就是俚的了。我跟俚说啊,我要不是急等钱用,这房子真是舍不得卖的,地段又好,价钱又便宜,现在房价拼命往上涨,涨得来真是热了昏了。我现在卖掉是硬碰硬、明打明吃亏的,其实骨子我是不想卖的呀,可急等钱用,只好硬硬头皮卖掉,我是横竖横了。
陈　(表)哦,吃力得来,"大姐,您还是说苏州话吧,我能听懂。"
小琴　俚北京人听得懂苏州话的?
陈　我在苏州工作四年,基本能听懂的。
小琴　哦哟,早晓得实梗么,我也用弗着搭俚卷起仔舌头讲国语哉。俚吃力,我比俚还要吃力,小陈啊,
　　　(唱)人间天堂在姑苏,俚北方人也想勒该搭做一个窝。
　　　房子最要紧,心中要有数;看好就拍板,千万弗能拖;
　　　虽然两手房,独门又独户;头顶自家屋,脚踏自家土;
　　　洛搭去塌便宜货,抓牢机会俚勿错过。
　　　里厢住一对老夫妇,暂且借住仔六年多。
陈　大姐,是俚父母吧?
小琴　(唱)男格是正宗,女格冒牌货;年纪一大把,有点老糊涂;
　　　俚只管看房子,千万勿噜苏;里厢到外头,统统才看过;
　　　假使蛮中意,俚对我笑呼呼;如果看弗中,马上就跑路;
　　　千万弗能拿马脚露,省得麻烦要口舌多。
　　　反正俚么尽量少开口,只要带仔眼睛看,老头子门前么我来敷衍。俚总归记牢,俚对我笑笑点点头就是看中哉,假使俚立起身来要走,就是看弗中,该格是暗号。
陈　(表)哪哼弄得像地下党接头实梗,真正响弗落。"好,大姐我记住了。"
小琴　"格么蛮好,俚跟我来。"小琴带仔洋洋弗多一歇到门口,钥匙拿出来开门踏进院子,一路进来已经勒喊哉:"爸爸,爸爸。"
老杨　(表)老杨坐好勒沙发里,齐巧戴仔副老花眼镜勒浪看报纸,听

见喊抬头一看,"咦,小琴,倷今朝哪哼有空来的?"

小琴　爸爸,我今朝路过该搭,进来坐歇望望倷呀。

老杨　(表)太阳西面出来哉,这个伍笃自从出嫁过后没有事情弗大来格。老杨倒有点受宠若惊,要紧报纸一放,立起身来。

小琴　爸爸,这是我的朋友小陈。

老杨　哦,欢迎,欢迎,小陈倷坐。

陈　　谢谢伯父。

老杨　小陈啊,听倷口音像北方人活?

陈　　伯父,我是北京人,在苏州工作四年了。

老杨　哦,勒哪个单位工作?

陈　　我在苏州日报社做编辑工作。

老杨　哦,倷苏州住了啥场化呢?

陈　　我暂时住在单位宿舍,不过我打算在苏州买房。

小琴　(表)弗灵哉,再讲下去要豁边哉,所以要紧又出来,"爸爸,别人家难得来一趟,倷哪哼弄得像查户口实梗,横问竖问,问弗歇哉。"

老杨　我随便问问呀。

小琴　小陈,讲到房子么,倷看看伲爷点房子倒真格蛮好的,我领倷看看。

老杨　老房子有啥个看头呀?

小琴　老房子也有老房子的好处,倷看又是进深又是高爽,冬暖夏凉,空调也用弗着装哉。

老杨　格是弗见得啊,西面只小房间一到热天倒西太阳夹辣辣,冷天么窗盘才漏风,热格辰光热煞,冷格辰光冷煞。

小琴　格么东面只大房间到底好格,采光又是好,倷看一房间阳光。

老杨　就是屋顶漏哉,倷看喏,天花板才霉哉。

小琴　漏么请人来修修好哉。

老杨　我请仔弗知几趟哉,实在是房子旧,胎里毛病修弗好哉。

小琴　小陈啊,不过该搭地段是蛮好格,出脚几化方便。

老杨　地段是总算还好,不过沿街蛮吵的,马路浪的车子多是多得来,半夜三更还川流不息,外加灰尘大。

小琴	爸爸，侬归侬去看报纸，侬去坐勒沙发浪。
老杨	坐仔半日哉，陪伍笃走走。小陈，我该点房子最满意的就算该只院子哉，侬看我种仔弗少花草。
小琴	是的呀，这只院子么真的灵格，倒要有廿几个平方得来，侬看格点花草盆景几化漂亮！
陈	真是不错，挺好看的。
小琴	环境好的，简直就是个私家园林活，实梗只小花园是现在出仔铜钿才呒拨场化去买。
老杨	也只有我这种老老头，吃饱仔饭呒拨事体做去服侍格点花草，烦煞的呀，要经常修剪、翻土、施肥，还要打药水，就是一到热天么蚊子实在太多，还有各种各样的小虫，啥个西瓜虫、蟑螂、蚂蚁、百脚，有辰光还会钻只巴老虫，才会往房间里跑，真正伤脑筋格。
小琴	（表）小琴对爷望望，侬搭我冤家！哪哼桩事体？老是搭我唱反调！恶劣得来，又弗能与他讲穿的，小琴气得一时头浪会得闷脱。
陈	（表）小陈走仔一圈回过头来，"大姐，时间差不多了，咱们走吧。"
小琴	（表）完，俚先提出来，就是看弗中活，想想才是个老头子！横弗好竖弗灵，独剩拣惹气的讲，别人还肯要啦？小琴一丈水退脱八尺，"格么走吧，走吧。"（编者注：横不好竖不好，尽挑惹人厌的话说，这样别人还肯要吗！小琴的兴致好比一丈水退了八尺，"那就走吧，走吧。"）
老杨	弗再坐歇哉？
小琴	"我生怕窜只老虫出来咬痛我的脚趾头。"说完么往准外头一走头。
老杨	（表）哎？来格辰光笑嘻嘻，走格辰光气鼓鼓，老杨亦觉弄懂呀。
陈	伯父，那么我们告辞了。
老杨	再会，来白相啊。
陈	（表）小陈回头一声，要紧跟出来，走到小琴身边："大姐，你怎么了？"

小琴　倷爷有点老年痴呆症格,讲点闲话七石弗老到!反正房子我弗愁卖弗脱,倷勿么有人要格。

陈　可是我没说不要啊!

小琴　格么倷哪哼先讲要走呢?

陈　房子里外都看过了,当然该走了啊。

小琴　格讲好格呀,倷看中么对我点头笑,看弗中么倷讲要走,该格是暗号呀。

陈　啊呀,我忘了。

小琴　哦哟,人亦拨倷急得煞格,格么实梗说起来倷要个啦?

陈　我要的,这房子地段很好,就是破了点,四十二万太贵了点。

小琴　价钿好商量,格么倷看啥价钿?

陈　这样吧,凑个整数四十万,这房子毕竟旧了,最多也就值这个价。

小琴　(表)阿林搭我讲过格,开价四十二万最底压到四十万,碰着个老鬼,一榔头敲到我根浪。实梗,再搭俚扭扭看。"小陈啊,倷一下子压脱两万太结棍啊。"

陈　你们苏州人不是杀半价吗?我本想杀到二十一万的。

小琴　二十一万买只灶爿间。

陈　我也就是图个离单位近,大姐要是实在为难,那么我再去看看别的房子。

小琴　(表)算哉,到手的生意要黄脱仔,反正价钿还是勒倪的范围之内。"好哉,好哉,我也真叫看倷人蛮实在,我又是等铜钿急用,四十万就四十万,反正中介费省脱哉,倷现金交易,明朝就去办手续,不过过户的费用么要倷来哉。"

陈　大姐真是精明,好吧,明天我带钱过来。

小琴　小陈,等到房子过好户,倷不要急于搬进去,给我一个月的时间。

陈　为什么呢?

小琴　我要另外想办法安顿两个老的,等他们搬出去,倷再搬进来。反正房产证、土地证是倷个名字么,倷放一百个放心。

陈　大姐,你准备怎么安顿两位老人家呢?

小琴　这就与侬不搭界了，我自有我的办法。

（表）那么小琴到底有啥个办法呢？下回继续。

第三回　搬

（表）林默与小琴拿老杨套房子以四十万价钿卖脱，老杨作孽，还被蒙在鼓中。

琴　（表）夫妻二人鬼商量，今朝正定要来唱一出戏，用的是苦肉计，现在林默开车子，小琴坐在边上。

林　（表）林默头上纱布裹仔一大圈，弄得像本·拉登实梗一个，想想为仔做出戏代价倒弗小，一只车灯咣脱老价钿了嗨，肉痛啊！车子直往丈人屋里而来。到门口车子停好，夫妻两家头下车，"小琴，连下来看侬个则啊！"

小琴　有数目。

林　到了里面做工要足，还要哭。

小琴　还要哭？哭不出怎么办？

林　现在先酝酿感情，好好叫想想，来肩膀上搭一把。

小琴　喔唷！这把年纪发什么嗲劲！

林　侬看我头上这点伤……

小琴　爸爸……（哭）

林　（表）与喇叭一样，揿上去马上就会响。

小琴　（表）今朝小琴做工真好，拿大门开开，两人一搭一档，一吹一唱，配合默契，往里面来，"爸爸……"

老杨　（表）老杨吃过中饭天天老规矩要打个中觉，今朝张阿姨到东山去哉，讲好要吃过夜饭，阿龙送转来，所以现在一家头靠在沙发里似睏非睏的当口，突然听见外面声音闹猛得来，要紧走到门口一看一吓，只看见宝贝女儿哭得眼泪嗒嗒滴，女婿头上纱布包了一大批，甩了甩，疲了疲，像只磕头大瘟鸡。哪哼桩事体啊？

小琴　（表）小琴拿阿林搀到里面，沙发上坐定走到爷门前，两只眼睛发愣盯住爷，腿里发软，卟！跪到地上。

林　（表）林默一呆，家主婆进入状态倒快勒嗨，连下来看上去要声泪俱下。

小琴　爸爸，我对不起侬！

老杨　（表）老杨阿要吓个啦，出仔啥个大事体勒嗨，要紧拿她双手扶起。
"小琴呀！侬不要这样，有话好起来讲的，侬哭得这样伤心，伤身体，再说爸爸有心脏病吓不起！来，坐下来讲。"

小琴　（表）看爷对自家实梗不舍得，小琴心里倒有点不忍哉，想想爷几化欢喜我啊，现在年纪一大把，我要拿他只老窝撅脱不算数，今朝还要送戏上门，骗个老娘家，实在有点对不住他，所以沙发上坐定，面孔倒有点红，沉倒头不响。

老杨　（表）老杨对林默头上一看，哦哟，哪哼弄得像红头阿三实梗，"小琴！阿林头上怎么搞的？阿是跌跟斗跌开的？啊呀呀，血都渗出来了！"

林　　（表）血啊？哼，说不得个穿，都是红药水呀。"爸爸，我、我实在没有面孔讲。"头回过来对小琴望望，咦？侬开口呢，锣鼓已经开场，侬一声"苦啊——"要喊出去哉呀！

小琴　（表）事体已经到仔该格地步，看上去也只能硬硬头皮上！
"爸爸，一个人要是触霉头实在逃不掉！真叫闭门家中坐，祸从天上来，是福弗是祸，是祸推弗开。今年三十三，实头乱刀斩，命里注定苦，天意弗能违。"

老杨　好哉，侬格种句子少讲两声，我听到现在"墨黑龙冬"，一句也没听懂。

小琴　爸爸，事情出在昨天晚上，阿林出去吃夜宵，我在家中眼皮跳得来，我晓得要出事了，等等不来，望望不见，爸爸，
（唱）横祸飞来当头罩，流年运道太糟糕。
昨宵平地风波起，阿林是叙旧情，吃夜宵；
红酒白酒啤酒浇，吃得俚侬头里晕淘淘。
常言酒能误大事，酒搅席散十二点钟敲，子夜时分风萧萧；
俚晃勒晃，摇勒摇，开车快得如飞镖，
夜深人又静，月黑风又高，
他归心如箭把小路抄，穿弄堂，过石桥，
哪知桥下有人来挡道，蓦地风波祸难消。

老杨　啊，格么实梗说起来，阿林撞着仔人了嗨哉活。

小琴　哪哼弗是介，对方个朋友是个摆夜排档的小摊贩，卖卖葱油大饼、豆腐花，因为天弗大好，正巧收摊转去，小弄堂里窜出来，阿林部车子桥面浪下去，速度多少快，等到看见要煞车么，哪里还煞得牢，"打——"一记么撞上去哉呀！

（唱）当时情形真可怕，乒乒乓乓一团糟；

小摊车撞出十米遥，

他是脑浆崩裂鲜血冒。

老杨　啊！死脱哉？

林　（表）阿林对家主婆望望，俫下巴阿托牢？怎么乱讲一泡，啥个脑浆崩裂，还收得落场个啦？快点我来，"弗，弗，爹爹，格个朋友跌出去么俚推个板车也打翻，车子浪的豆腐浆齐巧才倒勒俚个枯颅头浪，所以看上去像脑浆崩裂，其实么豆腐花呀。"个句漏洞补得阿要巧妙，弄仔豆腐花。

林　（表）阿林对小琴看看，隐隐然：家主婆啊，那俫连下来讲闲话当心点，俫的演技是弗错，但是要掌握尺度，弗能过火。

小琴　爸爸，

（唱）叫前世冤家今世撞，他遍体鳞伤哭哀号。

忙把医院送，急救把伤疗；

俚断脱腿来还撞坏仔个腰，

终身残疾苦难熬；他手不能提来肩不能挑，

从今后自身难照料。

老杨　啊呀，格是僵个哉。

小琴　哪哼弗是介，索性一记头撞煞仔么倒干干净净爽爽气气。

老杨　啥个？

小琴　弗，我是比方这样说，就怕弗尴弗尬要吃零碎苦头。

老杨　（表）怪不道女婿头上包得实梗，原来出仔车祸，哪哼收场哦，老杨急得手脚冰瀴。"小琴啊，出仔格种事体，大家触霉头呀，那么哪哼弄法呢！！"

小琴　爸爸，后来马上通知家属，他有个兄弟，到了医院看见这种情形，闲话没有，手机拿出来要报110。

老杨　出仔车祸是要报警个活。

小琴　弗来个！报一报警么阿林要吃苦头个！

（唱）倘然报警更可怕，阿林是酒后驾车罪难逃，
难免牵连坐监牢。
故而商量再三把主见定，求太平，免烦恼，
悄然暗底来私了，三十万赔偿已成交。

爸爸，当时商量下来一次性付拨俚笃三十万了断格桩事体，还是合算的。爸爸俫想，阿林酒后驾车出这样大的事故，一旦报警赔铜钿弗算数，还要吃官司，一世完结个哉！所以想来想去就失财消灾吧。

老杨　（表）老杨阿相信？叫啥来得个相信。一方面老杨本性善良，自家老实人么总归当别人都是老实人，另外一方面，夫妻两个人做功实在好，看女儿声泪俱下，老杨不由得不信。"小琴，倒是三十万弗是一笔小数目。"

小琴　唉！就是这样说呀，外加马上要碰出来，哪里去弄这笔铜钿哦！那么后来，后来……

老杨　后来哪哼？

小琴　后来么……

老杨　后来到底怎样？

小琴　后来么……

林　（表）林默一看家主婆要紧关头打嗝伦，快点我来："爹爹，后来么我想着我有个朋友是开房屋中介的，只有拿房子押出去凑三十万来救急，本来么想拿伲自家住个格套房子押出去的，但是伲还勒浪还贷款，两证斲拿着，所以弗能买卖，实在没有办法，只好拿俫爹爹该套房子押仔出去。"

老杨　（表）啊？？啥弄仔半日，我套房子就实梗被他们押脱哉？阿要急个啦！这套房子是我搭张阿姨安享晚年唯一老底啊，哪哼可以不经过我的同意就实梗押出去呢？"小琴，俚们太过分哉，也不搭我商量商量，就自说自话，俚们拿我房子押脱，俚眼睛骨里还有我这个爷啦？！"

琴　（表）难怪爷要跳，小琴转念头，我今朝哪怕被俚爷刮脱两记，我也不怨的，所以眼泪汪汪闲话一句都没有。

林　（表）林默晓得，家主婆唱到现在也蛮吃力哉，而且看得出，这两滴眼泪是真心的眼泪，别样呒啥，不要心一软，真心闲

话露出来反而要坏事体，快点我来吧。

"爹爹，出车祸谁能料到，都是我不好，倷要怪就怪我，爹爹，"（唱）常言酒醉种祸根，我懊悔莫及恨自身。

只为当时情太急，我心惊肉跳慌了神；

怕只怕牢狱之灾进监门，望爹爹原谅两三分。

佳佳年尚小，琴琴正青春，林默倘然进监门，

妻离子散苦不胜，爹爹原谅两三分。

半子之靠从古说，累及爹爹心不忍；

先斩后奏欠思忖，爹爹原谅两三分。

"爹爹，情况实在紧急，伲来不及与倷商量，爹爹，请倷原谅。"

小琴　爸爸，伲也叫没有办法呀，铜钿弗到位，阿林就要吃官司，只能委屈爸爸搬一搬哉。

老杨　搬？叫我搬到啥场化去？

小琴　本来么伲住的房子蛮大，爸爸只管搬到我那里去。

林　（表）林默阿要急个拉，勒烂个蚕勒头里挠挠，要紧又出来，"倒是爹爹年纪大哉，楼上楼下弗方便，外加地段又是远，倷住勒浪肯定弗习惯，爹爹，倷说我这两句话阿对？"

老杨　（表）老杨现在脑子里厢赛过一把乱头发，只好被他们牵仔鼻头走哉呀。"那么倷看怎么办呢？"

林　我看么，伲准备帮倷附近去租套房子，倷每天公园俚格点老朋友仍旧好天天见面，反正几时搬么伲过来帮忙。爹爹，事体已经实梗哉，只能委屈倷老娘家，千错万错是我错，先斩后奏，我罪该万死！我……"席米玛山"……

小琴　倷这个什么意思？

林　倷不懂，这是日本话"对不起"，"席米玛山"……

老杨　（表）老杨听到现在，又是气又是急，再看看女儿满面泪痕，女婿狼狈不堪，又有点不舍得，事体已经到仔该个地步，还有啥个闲话好讲哦，一声长叹："唉——！"

林　（表）局！看上去爷老头子要松口哉！

张　（表）就在格歇辰光，房门推开，张阿姨踏到里厢。

老杨　咦？老太婆啊，倷不是讲要吃过夜饭转，哪哼现在就转来哉呢？

张　"老杨，我先帮倷介绍一个人，"说完对外头喊一声，"小陈，倷

陈　"哎——!"小陈踏到里厢恭恭敬敬对老杨喊一声:"爸爸!"
杨　(表)老杨一呆,
林　(表)林默一顿,
琴　(表)小琴一吓,老头子啥辰光又在外头养好格私囝勒嗨啊?
张　老杨,小陈是阿龙的未婚妻,所以按道理是要叫声倷爸爸,伲一直瞒脱倷也是有苦衷。小陈啊,倷拿房产证、土地证先交给老杨吧!
陈　"好的。"小陈从皮包里摸出两证,双手奉上。
杨　(表)老杨更加弄不懂哉,哪哼桩事体勒嗨?
琴　(表)小琴有点觉着……
林　(表)林默已经基本清爽,就是有一点不懂,伲夫妻暗底下卖房子,俚笃哪哼会晓得的呢?
张　老杨,其实该套房子还勤挂牌之前我已经得信哉,是佳佳打电话来告诉的,我生怕倷晓得仔要动气伤身体,所以瞒仔倷转去搭阿龙商量,后来是阿龙想的办法,叫小陈出面拿房子买下来,这点事体都做好,伲再告诉倷,倷也用不着急,房子仍旧是倷个。
陈　"爸爸,两证您收好,改天再把我的名字去换成您老的名字,您就放一百个心好了。"头回过来对小琴看看,"大姐,我看你们夫妻两人也不像是没有知识的人,怎么做出事来这样无知呢?父母是世界上最亲的亲人,你就算花再多的钱也报答不了父母的养育之恩,可是现在,你们的眼睛里除了金钱,还有什么啊?"
　　(唱)你们为金钱,昧良心,
　　　　把养育之恩太看轻。
　　　　你们机关算尽费心力,
　　　　哪知背后有黄雀跟,
　　　　这鬼伎俩,我旁观看分明。
　　　　前番登门来探望,
　　　　你假殷勤,瞒真情,
　　　　自作聪明做戏文,

把老父瞒在鼓中心。
　　　我的真意愿，侬不知情，
　　　将我当作买房人。
　　　将计就计来交割，
　　　免叫老父伤透心，
　　　晚年无依太凄清。
　　　你们如此贪婪真可耻，
　　　面目丑陋露狰狞，
　　　甘做金钱的奴隶身，
　　　把亲情看得鸿毛轻。
林　（表）林默听完她这番闲话，如梦初醒。
琴　（表）小琴面孔涨红，无地自容。
杨　（表）老杨哪哼？一个人瘫在沙发里气得浑身发抖，对女儿、女婿望望，伍笃实头辣手啊，居然唱实梗一出戏来骗我，"小琴啊，怪弗道侬那天无缘无故带个小姐妹来白相，原来侬白相是假，看房子是真，侬瞒仔我拿房子卖脱不要去说俚，今朝还要夫妻两个人一搭一档，侬，侬，侬骗得我好苦啊！！"
　　（唱）你们如意称心好算盘，为谋家财一味贪。
　　　我但求清闲把余生过，深深心爱这旧家园，
　　　为了婚事只得两周旋。
　　　哪知更名后，依然不平安；佳佳心纯洁，把真情直言传，
　　　我梦中人犹在鼓中瞒。
　　　幸得龙儿多体贴，他慷慨解囊心更善，
　　　说二老双亲把心安。
　　（白）阿龙是张阿姨的伲子，他格笔铜钿想上去是要准备结婚买房子的，小陈搭我素不相识，为仔我也四处奔走，尽心尽力，伍笃是啥人？伍笃是我嫡嫡亲亲的囡伍、女婿啊，唉！张阿姨知心着意，阿龙通情达理，小陈深明大义，连搭佳佳都辨明是非，伍笃活仔格把年纪，还弗及八岁的小囡，枉空啊枉空！
　　（唱）我不求你供养我老年迈，哪图膝下常相伴，
　　　唯盼晚年得平安。
　　　哪知你件件行为真无耻，养育之恩全不管，

哪顾老父透心寒。
如此亲骨肉，竟如狼虎般。
幸得龙儿来支援，暗中调停巧周全，
你们机关算尽也枉然。
（白）阿龙拿出四十万买仔该套房子，小陈说要拿名字换成我的，我肯定勿。否则将来我死仔仍旧弗太平，房子是俚笃买的，名正言顺就是俚笃的。另外，我还有一样物事要留给阿龙。当时政府落实政策，把我收藏多年的张大千的画还给了我，价值远远弗止四十万，我住仔阿龙的房子，就理所应当传给阿龙，遗嘱也要立好。嘿嘿，想弗到吧？算尽算绝，得不偿失！

林　（表）啊，想弗到老头子还留好这样一手。张大千画要几百万，林默本来头上伤装出来，现在听见张大千么眼睛倒真个迁勒迁。

强　（表）就勒格个辰光，外头声音倒传进来哉："姓林个，侬搭我死出来，老子弗是吃素的，今朝先敲脱侬部车子，咣，啷……"

林　（表）林默听见格个声音，人像弹簧实梗直跳个跳起来，窜到门口一看，车子门前的挡风玻璃已经粉粉碎，强强手里捏仔一块砖头，气势汹汹立好门前，"强强，侬做啥？"

强　做啥？问侬自家，蛮好活，房子偷偷叫挂到网浪四十万，侬倒好赚一笔哉活。

林　侬哪哼晓得？

强　我哪哼晓得？我托朋友帮我上网，查查该格地段两手房好卖几化价钿，结果一查查出实梗一局戏，贼侬个坏，坏脑筋动得比我还要快！

林　弗，强强，侬听我讲，房子卖脱总归搭侬一人一半，侬何必实梗穷凶极恶，倪弗是才签好协议个么？

强　侬弗提协议倒还罢了，提起协议，强强肝火夹辣辣个往上窜，"叫声侬姓林个，我格日老酒多吃仔点，侬当我一世弗醒个啊？还想骗我！现在伍笃铜钿到手，老子拿着一张白纸头，今朝弗叫侬出点血，就太便宜侬哉！"

杨　（表）里厢的老杨晓得又出事体哉，气得瘫在沙发里独剩叹气，张阿姨搭小陈在左右安慰。

小琴　（表）小琴奔出来看到格种情景晓得弗灵，兄弟要拼命哉，要紧手机拿出来打110报警。

强　（表）倷么报警，该面个强横坯才弗归，拿林默一把胸脯揪过来往准车子浪一顶："倷部车子是性命活，今朝吭脱点玻璃小意思。"说到该搭对俚只枯浪头勒望，"哦哟，纱布包得实梗厚，倷算加一圈保险杠个，格么蛮好，我有心再帮倷开个天窗。"说完就拿起手里块砖头往准林默头顶浪"酷"一记敲下去。

（表）观众朋友们，说到现在，连下来的事体到底哪哼呢？

有的说，林默最坏，自作自受，一砖头下去干脆拍煞，让小琴去哭煞，强强抵命一枪弹煞。

有的说，实梗么太惨哉，就让林默受伤住院开刀，卖脱房子格点铜钿用光么齐巧正好；强强么吃几年官司，警戒警戒俚。

弗管哪哼，有一点是肯定的，老杨的房子仍旧老杨住勒浪，搭张阿姨安享晚年，阿龙搭小陈是当今和谐社会的一对青年楷模。

有一个道理倪讲仔多少年，

听仔多少年，

学仔多少年，

啥个道理？五个字：

百善孝为先。

聚宝盆（短篇弹词）

出品：苏州市评弹团
作者：傅菊蓉

（表）朱元璋和沈万三，一个是明朝开国皇帝，一个是中国历代最有家当的巨富之一。两家头有一个共同点——出身贫穷！一个赤手空拳打天下，一个白手起家撑家当。而且他们年轻的辰光还有过一段特殊的交情，曾经一起捧钵头讨过饭，是一对患难弟兄。谁知道二十年过去，变化翻天覆地，朱元璋九五之尊做了皇帝，沈万三富可敌国名气蛮响！但皇帝也有皇帝的烦恼，刚刚开国，一个字——"穷"啊，百废待兴，而国库空虚，好比河里没有水，船怎么行呢？

被他想到，听说沈万三现在富得冒油，格么让我来动动他的脑筋。所以今朝一道圣旨宣召沈万三进宫见驾。

朱　（表）朱元璋在勤政殿召见沈万三，勤政殿就是皇帝的办公室。场面不大，旁边只有一个小太监。

沈　（表）沈万三进殿一看，他有点孔雀开屏自作多情，感动啊！你看皇帝不摆排场，因为伲是弟兄呀，弟兄见面摆排场么就不热络了。

朱　（表）谁想和你热络？怕你又像上次见面

	一样喊我朱兄弟，说当年怎样讨饭，怎样偷大饼吃，旁边人多阿要坍台？
沈	（表）其实沈万三这几年见识也广了，晓得见皇帝有朝规的。但是他一激动又忘记了，踏到里面："哈哈，朱兄弟啊！"
太监	"嗯——"旁边太监一听赶紧提醒，"见了皇上，还不跪下！"
沈	（表）对，对，忘记了，见了皇帝要磕头的。"草民沈万三，叩见我皇万万岁！"
朱	（表）朱元璋面孔毕板，喉咙口发出一点点声音："平身！"
沈	（表）"咦——"今朝的皇帝怎么有点阴阳怪气？和上次看见不一样啊，吓人势势！
朱	（表）哼！不摆点威势，你不晓得尊卑有别，不知天高地厚，等歇要敲你竹杠。先吓吓你，否则你不肯老老实实拿出来。
朱	沈万三，别来无恙？
沈	是，别来无恙，别来无恙。
朱	可晓得寡人今日召你前来，为了什么？
沈	草民不知，请万岁明示。
朱	只为叙旧。
沈	哦，是为了和我叙叙旧啊？
朱	是啊！沈万三，想当初你我曾是落难之人，而今寡人得了天下，你成了巨富。你与我讲，你是怎样发财致富，聚起偌大家产的？
沈	哦，万岁，你要问这个啊？
朱	嗯，都说你富可敌国，总计纹银二十亿两？
朱	（表）朱元璋说完两只眼睛盯牢沈万三，看他怎么回答。 （表）这就是每人的脾气不同，有人喜欢多说些，算有面子；有人喜欢少说些，叫财不露富。
沈	（表）沈万三倒是实事求是的。他晓得自己人称"二十亿"，但不是现银子，是所有的田地房产、店铺船队，全部身价，这个像股票，要看行情的。
沈	启奏万岁，草民的家财都为实业，倘若市面上行情好，能值二十亿，不过如果碰到那种金融危机么，就要打点折扣的。
朱	那么目下的行情是好，还是不好？
沈	（表）怎么说呢？当了你皇帝面讲行情不好，不敢。

沈　万岁,目下的行情当然是好的。

朱　如此说来,二十亿两只多不少?

沈　是。

朱　(表)你承认二十亿就好,问你要铜钱,你别肉痛。可以开始了,怎么讲法,老早想好了,先扳他的错头。

朱　二十年,积起巨额家产,你做的是什么买卖?

沈　哦,万岁,你问我做啥个生意啊?喏,草民的买卖蛮多的,有银楼钱庄、绸布典当。

朱　还有呢?

沈　古玩书坊,药铺窑场。

朱　还有呢?

沈　桑园茶场,油车木行。

朱　还有?

沈　酱园米行,百货酒厂。

朱　再有呢?

沈　再有么,我评弹的书场也开的,不过是公益性的,有点蚀本。不过万岁,我是做好事,我的目的主要是振兴评弹,哈哈哈。(戏言)

朱　哦,你靠这些别人都能做的生意,就可以聚起这么多的家产么?

沈　(表)哎呀,听口气不太相信,皇帝啊,不是我夸口,就是这些大家都会做的生意,别人就是做不过我。当然我还有更大的生意,什么?就是我的远洋船队,做海外贸易,和外国人做生意。这里的丝绸、书画、瓷器、茶叶贩到南洋,南洋的珠宝、象牙、药材、香料贩到这里,这一来一去、一进一出,内当中的利润,一般人想也想不出!不过不能说的,因为朱元璋登基以后下过一道圣旨——"海禁",禁止做海外贸易。但是你上有政策,我下有对策,我偷偷在做,但万万不能说的,否则是欺君之罪。

沈　万岁,草民做这么多的生意,而且在各地开设分号,形成连锁企业,所以利润丰厚,日进斗金啊!

朱　恐怕——还有别的办法?

沈　没别的办法，无非是我沈万三比别人脑子灵一点、眼光准一点、手脚快一点、算盘精一点、运气好一点，哈哈哈，所以呢，铜钿多一点。

朱　我看你少说了一点，寡人替你说了吧，你的家中有个聚宝盆，可是么？

沈　啊？聚宝盆？聚宝盆草民没有啊！

朱　（表）朱元璋面孔"豁辣"一板："沈万三，你道寡人今日召你前来真的闲聊不成？你家藏宝楼上供了一只聚宝盆，放金生金，放银生银，取之不尽。此事寡人早已知晓，你一味否认，是何意思？"

沈　（表）这个……沈万三的心即将要从喉咙口跳出来了，紧张。现在皇帝声色俱厉提到这只聚宝盆，为啥紧张？因为我屋里的藏宝楼上的确有一只聚宝盆！不过这聚宝盆要打个引号。什么啊？是我和你当年一起讨饭合用过的那只破钵头啊！我为啥拿那只钵头藏到今朝，又为啥供到藏宝楼上呢？我是不忘根本，经常看看，当年讨饭这段经历一直是我奋发进取的动力，后来发迹了也没有丢掉这只钵头。再后来你做了皇帝，这只钵头意义更加两样，像出土文物了。钵头的来历传出去，地方官知道我们的关系，对我另眼相看。百姓也越讲越神，在他们嘴里钵头变了聚宝盆，说沈万三假如没有聚宝盆，怎会有这么多家当，你也讲，我也讲。什么？皇帝也知道啦？这聚宝盆我是说有，还是说没有呢？我晓得现在你这人变了！变得特别要面子，特别犯忌别人提你的过去，揭你的老底，就像撕你的面皮。我假如说皇帝当年讨过饭，我还活得成吗？不能说啊！千万不能说！

沈　万岁，市井百姓捕风捉影，沈万三实无聚宝盆。

朱　哦，没有聚宝盆，哪来二十亿家产？

沈　（表）要被你逼死了，怎会有二十亿么？就是做海外生意呀，更加不能说呀。"这个么——"

朱　（表）朱元璋暗暗好笑，好像看见沈万三袋袋里的银子"哗哗——"在流过来，面色稍微温和一点。

朱　沈万三，寡人知道你否认聚宝盆，是因为有所顾虑。你不必多虑，寡人患难兄弟之物，任何人不得抢夺。

沈　真的？
朱　君无戏言！
沈　（表）管他了，那就承认有聚宝盆吧。今天脚踏西瓜皮，滑到哪里是哪里了。
沈　谢万岁！我有聚宝盆。
朱　（表）前面的话都是铺垫，你承认有聚宝盆，我就要你的铜钿。
朱　沈万三，你的聚宝盆可否借寡人一用？
沈　万岁，你要借我的聚宝盆啊，那么怎么借，怎么用呢？
朱　沈万三，你且听了——
　　（唱）世间果有聚宝盆，
　　　　　沈万三真是有福人，
　　　　　我贵为天子无此福，
　　　　　仙家不赐我聚宝盆。
　　　　　聚宝盆，早耳闻，
　　　　　然而它是何模样是何形，
　　　　　又如何生金又生银，
　　　　　寡人大有好奇心。
　　　　　本则是命你携宝来相见，
　　　　　让寡人看一看，
　　　　　这藏宝楼上稀世珍。
　　　　　宝物毕竟有奇性，
　　　　　见光竟然便不灵。
　　　　　瞻仰无缘只得叹一声，
　　　　　我想借用谅来无妨碍，
　　　　　未知卿家可允承？
朱　沈万三，你的宝物可否让寡人放些东西生生？
沈　万岁，不知你要种什么东西呢？
朱　（表）朱元璋一伸手，旁边太监送过来一个小铜钱。
朱　寡人不用你生金生银，仅此小钱一文，取对合利，一月为期，一月后你带了聚宝盆中生出的铜钱再见寡人。
朱　（表）说完，朱元璋拿个铜钱往他脚半边"嚓冷"一丢。

沈　（表）沈万三"嗒"小铜钱拾起来，心想：还好，皇帝的要求不高，一个铜钿，一月为期，取对合利，就是连本带利每天翻一倍，一变二，二变四，四变八，以此类推，翻倍三十天。只有一个小铜钿，没有大事情。慢！一个月后这个小铜钿会变出来多少？让我来算算看。沈万三低头做起了心算。他这种生意人可不是一般的生意人，脑子快！快得像现在的计算机！而且内存达到八个G，英特尔双核处理器，程序"啪——"启动了。

（唱）小小一枚洪武钱，
要在聚宝盆中钱生钱。
破钵头哪来仙家法，
硬头皮只得说虚言，
怕只怕无端把罪名添。
这道题倒要仔细算一算，
好在沈某我
十三档算盘在心间，
一变二，头一天；
二变四，第二天；
三、四、五、六第七天，
六十四个小铜钱。
第七天再来算下去，
一算算到第十天，
乘二乘二再乘二，
五百十二文小铜钱。
限期还有二十天，
想来要有万八千。
十一天再来算下去，
沈万三渐渐变容颜。
一算算到二十天，
竟然是五十二万四千
二百八十八文钱，
想不到君皇将我来愚弄，
这道乘法太觉奸。

再乘二，气喘喘；
再乘二，汗涟涟；
终于算到三十天，
百万千万连成片，
总共是五亿三千六百八十万零九百十二文。
啊！这么多啊！
啊呀呀！啊呀呀！
（可怜"啊呀呀"也唱出来）
顷刻间大笔家财化云烟，
吓得我目瞪口呆如木鸡，
吓得我心中如同滚油煎，
吓得我东西南北颠倒颠，
吓得我张口结舌哭皇天！

（白）这个么——

朱 （表）哦哟！算出来了，算得蛮快！这叫啥？有人教我的，这道数学题是——求2的29次方。
看看一个铜钿，29次乘以2，最后就是五亿多！沈万三，你上当了吧？！

沈 （表）沈万三哭都没眼泪啊！皇帝敲我竹杠，还用这种触里触卡（编者注：十分促狭）的办法。皇帝啊，我们可是好朋友呀！你以为我的钱是偷来抢来的吗？也是辛辛苦苦赚得来、拼得来的，凡事都靠打拼的。三分天注定，七分靠打拼……哎！今朝我算明白了一个道理：世界上没有永远的朋友，只有永远的利益！哎，有苦说不出！

朱 沈万三，寡人要借用聚宝盆，你到底允与不允？

沈 允、允、允。草民刚才略微算了一算，一个月后，这个小铜钿总共会变出五亿多！

朱 （表）朱元璋很会装。

朱 沈万三，你在说梦话吧？有这么多？

沈 是这么多。

朱 你真的送这么多？

沈 我真送这么多。

朱　哈哈哈哈哈哈，寡人一句戏言，就变出了这么许多！

沈　（表）沈万三对他看看：你将来养出来的儿子最多像花生米那么大！明明敲竹杠，还在说风凉话。沈万三哭不出，只好笑。

沈　哈哈哈——

朱　哈哈哈——

　　（表）皇帝是得意的笑！

　　（表）沈万三是苦恼的笑！

重逢（短篇弹词）

出品：苏州市评弹团
作者：司马伟

（表）天有不测风云，人有旦夕祸福。四川汶川大地震像凶神恶煞，残酷无情。灾情就是命令，时间就是生命。成都军区一位年轻的战士姓刘，叫刘冬生，接到命令要赶赴映秀镇执行抢救任务。但是因为山体滑坡，交通中断，战士们翻山越岭，步行80多公里，好不容易赶到映秀镇，正好天亮。情况紧急，没有时间休息，第一任务是要赶到映秀中学抢救学生的生命。刘冬生跟随大军刚刚赶到映秀中学门口。

妹　哥。
刘　（表）这个声音非常熟悉，因为刘冬生本来就是映秀镇人，这次回转家乡抢救父老乡亲，听见声音回过头来一看：哦哟，这是真心的开心！不是别人，是自己妹妹啊。妹子啊！
妹　哥！
刘　你还活着？
妹　你们总算来了！
刘　交通不便，已经来晚了。
妹　来了就好！
刘　家里情况怎么样？
妹　房屋都倒塌了。

刘　爷爷奶奶呢？
妹　埋在屋底下。
刘　爹和妈呢？
妹　也在废墟里。
刘　老天爷哦！
妹　哥，快去救救他们吧！快去！
刘　这个……
妹　你还愣着干什么？快去啊！就在前面三百米啊！
刘　妹子，我知道只有三百米。
妹　那还不快去？
刘　我不能去。
妹　为什么？
刘　我去不了。
妹　到底是为什么？
刘　因为我是军人。
妹　军人，军人就不要亲人了吗？
刘　现在没有时间跟你讲话，我要去执行任务。
妹　哥，你快去救他们，我求求你啊，哥！
刘　回头再说吧。
妹　去救救他们吧！
刘　（表）回过身就走了。
妹　哥！
刘　（表）刘冬生不愧是一名英勇的解放军战士，他连续奋战四天四夜，一共从废墟里救出一百四十六个中学生。一百四十六条人命就牵涉到一百四十六户人家。现在的小孩都是家里的宝。解放军在抢救的时候，家长们都围在废墟周围焦急万分，可以说是心急如焚。等看见有一个人从废墟里被救出来时，大家欢声雷动。有一个八十二岁的老人，当他看见自己孙子从废墟里被救出来时，老人实在太激动了，振臂高呼："中国人民解放军万岁！"这个场面非常动人。抢救学生的任务完成，其他战士都回到帐篷休息。解放军不是铁，也是人啊，四天四夜，筋疲力尽。但是刘冬生没有时间休息，因为自己家里的父母、爷爷、奶奶，现在不知是死是活。他要紧一下子跑到自己家门口一看，目瞪口呆：五层的楼房已经全部倒塌，有两层已经陷到地皮下面。有一批消防战士正在全力以赴进行抢救，刘冬生要想问自己家里不知道有没有人被救出来，但再一想：去问谁呢？谁认识呢？一动脑筋——有了，我现在只要到救出来的伤员中看一看有没有自己家里的亲人，不就知道了吗？对！回过头来一看，大概离开一百公尺的地方有一个帐篷，四个字：抢救中心。刘冬生赶紧一下子跑到抢救中心，跑到里面一看么，第一张铺上睡的不是别人，是自己妹妹。他弄不懂了：妹子！

妹　哥。
刘　你怎么回事啊？
妹　你怎么会来这里？
刘　我来看看家里的情况。
妹　你来晚了……
刘　家里一个都没有救出来吗？
妹　没有希望了！
刘　你怎么知道？
妹　当时我叫你去救！
刘　我去不了。
妹　后来我回到家门口哭着喊着。
刘　妹子，地震的时候你在什么地方啊？
妹　那天是奶奶生日，我去帮她买蛋糕。回来的路上就地震了！
刘　这样看起来，那个蛋糕救了你一命。
妹　是的！
刘　那有没有人来抢救呢？
妹　哥，在我见到你的第二天就来了一支消防队，他们立刻开始了救援工作。
刘　很好。
妹　我也帮着一起干。
刘　理该如此。
妹　我多么希望爸爸、妈妈、爷爷、奶奶能从废墟里面被救出来呀！
刘　我的心情跟你是一样的。

妹　但是，眼看三楼的李伯伯、四楼的王奶奶、五楼的张爷爷，他们一个个从废墟里面被救出来，我们家在二楼……

刘　埋得太深了。

妹　是的。

刘　那么妹子啊，你怎么会受伤了？

妹　在抢救过程中被一块水泥板压伤了腿，是他们把我送到这里来的。以后的事，我什么都不知道了。哥，我们家好惨啊！

刘　（表）听到这里，刘冬生不行了，四天四夜筋疲力尽。现在得信自己家里四个亲人相继身亡，这个精神打击怎么受得了呢？他眼前一黑，人顿时就晕倒了。经过抢救，半个小时他就醒了，他立刻拔掉针头，回到部队，化悲痛为力量，更加奋勇投入抢救。他在抢救的时候没有时间去多想，回到帐篷休息，一个人暗暗伤心落泪。眼睛一闭就出现自己家里父母、爷爷、奶奶，他们在临死时肯定是惨不忍睹。晚上做梦，梦里碰到母亲，刘冬生扑到母亲身上，叫啥母亲用两只手将他慢慢推开，冷冰冰一句话："刘家没有你这样的儿子。"啊？母亲不认我这个儿子了。"妈！"一声急叫，人直竖竖起来，眼睛睁开一看，原来是场梦。三天过后，当地的人民群众实在感动，有的捧着新鲜的水果，有的拎着老母鸡，还有的杀了猪来慰问亲人解放军。有一位中年妇女，四肢已经严重受伤，但是她坐着轮椅，无论如何一定要来慰问子弟兵。刘冬生对轮椅上这位中年妇女一看，他简直不相信自己的两只眼睛，是母亲啊。他喜出望外，直扑上去："妈！"

母　你是？

刘　我是冬生！

母　冬生！

刘　对！您的儿子。

母　冬生啊。

刘　妈！

母　你来了好几天了吧。

刘　妈，您怎么知道的？

母　小妹告诉我的。

刘　您见过小妹啦？

母　是啊。冬生啊，小妹当时叫你来救我，你……
刘　"妈。"用不着再说，刘冬生已经明白了：妹子已经碰到过母亲，肯定已经告诉母亲，当时叫我去救自己家里亲人，我不去，母亲对我有看法。对的，你抢救陌生人，你英勇无私，自己家里亲人你见死不救，你于心何忍？怪不得梦里母亲要不认我这个儿子。想到这里，刘冬生跪倒在地上。
母　冬生你……
刘　妈，您听我说……
（唱）跪倒地尘唤娘亲，
我是身戴不孝大罪名。
我是恳求母亲休将孩儿怨，
并不是冬生太无情。
当时妹子叫我去救家里亲人，我拒绝了没去。母亲，您对我有看法，完全在情理之中。
母　冬生。
刘　妈。
（唱）骨肉之情岂能忘？
我是见死不救不可能。
我相信世界上没有一个儿子不想救自己母亲的性命。人心都是肉做的，大家都一样。妈，您的儿子不是一般的人，他是个军人啊。
（唱）服从命令为天职，
军令如山重万钧。
当时我正好在执行任务，我怎么能随随便便擅自离开自己的战斗岗位？再说……
（唱）大灾临头如火急，
灾民个个是亲人，
为只为我是中国人民子弟兵。
妈，您不知道，我在抢救灾民的时候，心里每时每刻都在挂念自己的亲人，但是我相信后面的部队赶到一定会来救我家的亲人。妈！
（唱）他们舍生忘死来抢救，

全不顾自己家中受灾深，
为只为他们也是人民子弟兵。
在我们连队，有许多战士在抢救灾民的时候都没有去救自己的亲人。今天我们还能重逢，可我的许多战友已经再也见不到自己的亲人了。
（唱）母亲啊！
我们今日重逢非容易，
切莫忘
党和人民的大恩情。
妈，您能原谅您的儿子吗？

母　（表）冬生的母亲等到听完，眼泪像断线的珍珠。冬生啊……
刘　妈。
母　你错了！
刘　我知道对不起您。
母　不，是妈对不起你们英勇的解放军。
刘　这话从何说起？
母　你站起来。
刘　不！我要跪着向您请罪。
母　不，跪下的应该是我。
刘　这句话听不懂了。
母　你代表子弟兵站起来听妈说，
刘　我知道妈一定有满肚子的话，那您就痛快地说吧。
母　好！冬生啊。
（唱）飞来横祸从天降，
地动山摇起灾殃。
万千大众受苦难，
家破人亡哭断肠。
我们全家霎时遭灭顶，
呼天唤地泪满眶。
你祖母归天去，
祖父命伤亡，
你爹爹如今也赴无常。

刘　都是这该死的地震!
母　当我们全家埋在废墟里面临死亡的时候,我们都在想你啊。
　　(唱)但求苍天来保佑,
　　　　你是刘家一脉后嗣香。
刘　但是我没有来救你们。
母　我知道。
刘　也是小妹告诉您的?
母　是的。
刘　妈,我当时因为正在……
母　你做得对,妈理解你。
　　(唱)我闻言不由心头乐,
　　　　冬生不愧是好儿郎。
　　　　人民军队为人民,
　　　　服从命令理应当。
刘　妈,您真是深明大义啊!
母　妈不是深明大义,妈是衷心感谢人民子弟兵。
刘　这话从何说起?
母　(唱)倘然没有子弟兵,
　　　　我们母子重逢付汪洋。
　　　　我儿舍身把他人救,
　　　　然而子弟兵把我当亲娘。
刘　妈,我本来就想知道,您是怎么被救出来的?
母　冬生啊,
　　(唱)提起此事心似割,
　　　　不堪回首倍心伤。
　　　　为了救我,害苦了年轻的战士们。
刘　怎么回事?
母　当时有几十名战士为了我艰苦奋战了整整四十八小时。
刘　两天两夜。
母　到后来我实在不忍了,叫他们放弃吧,留着精力去抢救其他灾民。
刘　他们怎么样?
母　(唱)他们口口声声言明白,

说道不获全胜是决不下战场。

他们一定要坚持到底！冬生啊，你知道吗？在最后的关键时刻，担架好不容易可以进来，两名战士爬进来，把我人搀到担架上，但是没有办法抬。他们把担架往外面推，推了两个小时，好不容易推出来了。

刘　终于成功了！

母　谁知道……

（唱）蓦地晴空天雷打，

无情的余震是太凶狂。

我万万没有想到，就在这个时候发生了六级余震，把两位年轻的战士……

刘　怎么样？

母　（唱）两位恩人遭惨死，

鲜血染红了我衣裳。

他们把我推了出来，自己还没来得及出来，当场就被压死了。

（唱）我见此情，泪满眶，

心肺裂、断肝肠，

冬生啊！

子弟兵就是亲儿郎，

这大恩情永生永世永难忘！

冬生啊，为了救我，牺牲了两位年轻的战士，叫妈一辈子都不得安心啊！

刘　（表）刘冬生听到这里，心里也很难过。为了救我母亲牺牲了两位战士，母亲觉得过意不去，怎么办呢？一动脑筋：妈！

母　冬生。

刘　儿子有个办法。

母　什么办法？

刘　我一定把这两位战士的母亲当成我的亲妈。

母　冬生，妈赞成你！

刘　谢谢妈！

军民如水一家亲。

合　大灾临头情更深！

绣神（中篇弹词）

出品：苏州市评弹团
作者：胡磊蕾

第一回 抉择

表　故事发生勒一九一二年的二月十三号，这一日，也是大清帝国的最后一日。早上五点钟敲过，天蒙蒙亮。北京城里朔风咆哮，大雪纷飞。

下（表）就勒浪农工商部绣工科的院子里，有一个人已经起来了，啥人？绣工科的总教习沈寿，也就是本书的女主角！沈寿今年四十弗到，清秀的面孔上生一对略显忧郁的丹凤眼，望上去端庄娴静、高雅脱俗，透出一股不食人间烟火的纯净之美。

上（表）沈寿原名叫沈雪君，养勒苏州阊门外一个古董商之家，但是俚从小勒外婆屋里长大，外婆勒木渎镇上开绣坊的。所以俚五岁弄针，六岁学绣，八岁就以一幅处女作《鹦鹉图》名震姑苏，被大家称为"刺绣神童"。就勒八年门前，慈禧太后过七十大寿，俚的两幅苏绣被推荐为寿礼进贡清廷。慈禧一见大加赞赏，称之为绝世神品，赐拨俚一个"寿"字，沈雪君就此更名叫"沈寿"，

还获得了一个雅号——绣神！连下来，慈禧就勒农工商部设立仔女子绣工科，现在闲话讲起来也就是皇家刺绣学堂，任命沈寿为总教习，专门为国家培养刺绣人才。

下 （表）自从到仔京城，沈寿一边带学生，一边搞创作。最近一直勒研究自己新创的一种绣法，格种绣法后来搭传统细绣、乱针绣并称为苏绣的三大谱系，因为绣出来的物事像真的一样，不是平面的，而是立体的，所以称之为"仿真绣"。为仔研习仿真绣，沈寿到仔废寝忘食的程度。现在梳洗完毕，进绣房，房门关一关，绣绷跟前身体坐定，绣花针"嗒"刚刚拿到手里。

姐 （表）"噔"，绣房门突然被推开。（白）好妹子啊，覅绣哉，快点出来孃！

沈 （表）一吓得了呀。阿姐哇！大清老早门也不敲，冲进我绣房做啥介？

　　（白）姐姐，什么事？

姐 （表）沈寿的阿姐叫沈立，比沈寿大5岁，也是绣娘出身，姐妹两家头一道学绣，一道长大，一道进京，感情特别好。不过看仔俚只面孔，不大相信搭沈寿居然是一个爷娘生个——生一只胖嘟嘟、圆兜兜的面孔，小辰光出过天花，所以格只面孔上有点高高低低。活到今年四十出头，还不晓得谈恋爱是啥个滋味，标标准准的"剩女"。人么长得不算好看，不过良心来得个好，现在辰光拿妹子"着"臂膀上抓牢拖仔往准外头去。（白）俫覅多问，跟我来！

拿妹子拖到大门跟首身体立定，门隙开一条缝。（白）妹子啊，你看外头！

沈 （表）大风大雪的，有啥个西洋景好看介？啊呀，平时该辰光大街上还毕毕静了，今朝只听见外头"嚯落落……"啥闹猛得啦？奇怪！眼睛往准门缝上凑上去，只看见一群群男男女女、老老少少背仔大包小包好像勒赶路，身上大多是普通老百姓打扮。队伍当中最显眼的是一部绿绒顶的四轮马车，赇得起格种车子的倒又不像是普通老百姓。

沈 （白）姐姐，这帮人一大早的要到哪儿去啊？

姐 （白）妹子啊，格帮人全是啥等样人介？慌慌张张的像逃难哇，看上去京城里不太平勒嗨釀!

沈 （白）是啊!

书 （表）"轧冷……"格部四轮马车勒浪过来。马车个帘子突然哈拉一掀，钻出一只女人的骷榔头，对准边上男人勒浪骂："你这个笨蛋，你看你，官补子还舍不得撕掉，你这样人家一看到知道你是个朝廷命官，你还要不要命啊？"

书 （表）格朋友听马车上的女人一喊，要紧弗煞把官袍脱掉，往准路边上一丢。（白）走吧走吧，快走!

沈 （表）沈寿看得清清爽爽，脱掉的蟒袍胸口头有一块补子，补子上绣好一只锦鸡，是个二品官员。沈寿的心一凛得来：格队人马并不是普通老百姓，而是朝廷官员和他们的家眷哇！内当中还有几只熟面孔来。格批王公大臣一大老早冒仔风雪，拖家带口，往准火车站的方向去，难道京城里出啥大事体则啊？

书 （表）清朝覆灭，改朝换代，事体大得野野豁豁勒嗨。

姐 （白）好妹子啊，妹夫人呢？

沈 （白）昨日出去仔到现在不曾回来。

姐 （白）一日到夜人影子也弗见，不晓得勒忙点啥？咦，格弗是阿龙吗？俚哪哼转来则介？

龙 （表）阿龙啥人？此地男当家人余觉的跟班二爷。属龙，今年十八岁。搭余家关着点亲，算余觉的远房外甥。爷娘死得早，从小由阿爹带大。沈寿看小囡作孽，自己又吃不小辈，就叫小官人拿俚留勒身边。人么不算玲珑，但是老实勤俭，服侍东家尽心尽力。该辰光正好从房里出来。

姐 （白）阿龙，过来!

龙 （白）舅姆早，大舅姆早!（表）哪哼实梗个称呼？俚喊余觉喊娘舅的，喊沈寿理所应当就喊舅姆。想想沈立是舅姆的阿姐，自然比舅姆大，比舅姆大就应该喊大舅姆，这种推理娘舅笃阿爹也弄弗清爽。

沈 （白）阿龙，倷啥辰光转来个介？

龙 （白）半夜。

姐 （白）老爷人呢？

龙　（白）弗晓得。

姐　（白）倷弗是老爷的跟班吗？哪哼会弗晓得呢？

龙　（白）跟班么也要跟得牢么好呀。喏，有些事体好跟，有些事体弗好跟，有辰光要我跟，有辰光勿我跟个呀！

姐　（白）哦哟，这样看上去有啥事体弗好跟勒勿倷跟勒嗨哇？啥事体介？

龙　（白）勿我跟么哪哼看得见呢？看弗见么哪哼会晓得呢？

余　（表）就勒格辰光，"嗵"，大门推开，跌打直冲进来一个人。

龙　（白）喏，娘舅转哉，问俚么就晓得则哇！

余　（表）进来的不是别人，正是沈寿的小官人余觉，余冰臣。余觉比沈寿大三岁，出生在浙江绍兴一个书香门第。非但长得清秀斯文，而且能书善画。婚后夫妻俩一个以笔代针，一个以针代笔，画绣相辅，形影相伴。沈寿能有今朝一日，离弗开丈夫对俚的辅佐帮衬。余觉作为绣工科的总办，负责绣品的经营活动，所以应酬特别多，有辰光彻夜弗归，沈寿倒也习以为常。现在余觉推开门，一副惊慌失措的样子。（白）不不不，不好了，不好了！

沈　（表）今朝啥个日辰，里里外外全弗大对勒嗨？（白）冰臣，怎么啦？

余　（唱）辛亥之年起风云，硝烟弥漫血雨腥。
四处起义革命党，一心共和立宪政，
要推翻帝制换门庭。
生灵涂炭君不忍，故而溥仪退位在今晨，
诏书颁时泪纷纷，百年基业拱他人。
天下霎时乱，皇城一旦倾，
覆巢无完卵，群臣胆战惊，
搬家弃旧主，无力挽朝廷，
马萧萧，车辚辚，冒雪匆匆去逃命。
富贵繁华一朝灭，城垣疮痍景凄清，
泱泱大清化烟云。

余　（白）皇上昨夜已经被逼退位，大清朝……完了！

沈　（表）沈寿的脑子里"嗡"个一来呀。（白）什么？溥仪退位，大清朝……完……完了？

姐　（白）原说右眼皮跳仔三日三夜，白纸头横贴竖贴吭不用场，啥皇帝也下岗则啊？怪弗道一大老早外头落落乱，格就叫树倒猢狲散哇。哎呀呀，格么伲哪哼办呢？

余　（白）做官朋友全往城外逃，看来此地不便久留。阿龙！

龙　（白）娘舅啥吩咐？

余　（白）快到外边准备车马。

龙　（白）要到哪嗒去介？

余　（白）弗管到哪嗒，终归带俫跑。俫过来（咬耳朵样）（表）勒阿龙耳朵跟首"触落"几声。

龙　（白）（俯耳听样）噢，晓得……懂咯……明白哉……

龙　（表）阿龙一个纰头（编者注：一个纰头，即一路小跑）奔仔出去。

姐　（表）沈立一听要准备车马，（白）妹夫啊，难心道伲也要逃啊？

余　（白）弗叫逃，叫撤，撤退个撤。

姐　（白）撤？你当撤只把台子啊？东厢房撤到西厢房这样便当？该个院子里廿三十个人得来，夹忙头里撤到啥场化去介？

余　（白）哪里来回哪里去，回苏州。雪君，你看如何？

沈　（表）唉，想弗到两百多年的大清朝说倒就倒，真是世事无常！皇帝下台了，龙袍是用弗着绣了，文武百官逃光了，官补子也弗用绣了，格个刺绣学堂看上去也保弗牢了。（白）冰臣，要不你去总部打探下情况，看看上面有何动静？

余　（白）乱世之际，人人自危，总部早已空无一人，老虫也寻弗着一只哉。

沈　（白）可要是我们也走了，这绣工科怎么办？那些学生又何去何从？那两个从南通送来培训的学生可是难得的好苗子啊。

余　（白）我已经想好了，回到苏州，开个绣坊也能度日。再不行，依旧回到我画你绣的日子。凭俫现在的身价和名气，还怕绣品吭不销路啊？到辰光赚着铜钿照样可以开绣班带学生，可是么？

沈 （表）闲话是弗错，但是终归有点不甘心。想想自己从木渎镇上一个小小的绣娘，到京城绣工科总教习；从献寿成功，到赢得去日本学习的机会；从只懂继承传统，到学会研发创新，一路走来并不容易。眼界也开阔了，境界也提高了，对事业的要求也不一样了。本来沈寿对自己将来的发展应该说充满信心，如果回苏州，再为温饱而刺绣，一切又要从零开始，实在难以接受。（白）要不，我们先暂避天津，或许等局势平稳下来，我们回京城也算方便。

余 （表）倷还勒浪想当然了。（白）大清气数已尽，怎有回天之力？我等草民唯尊天命，顺应大势，方能苟活。再说到了天津坐要坐钿，立要立钿，剺到辰光北京么回弗转，铜钿么全用光，再要想回苏州就难了。（表）看沈寿不响，同意了。（白）我到外边去张罗，姐姐，你与雪君一起准备准备，该带的人带仔跑，留下来的人给些铜钿以作遣散。

姐 （白）看来只好打道回府则哇。（表）沈立要紧去准备。

余 （表）余觉正要往外头去，

龙 （表）"匡哒哒……"（白）娘舅，大人来了，大人来了！

余 （表）大人来则？该歇辰光啥人会来？（白）哪位大人？

龙 （白）农工商总部的张大人来了！

沈 （白）听见张大人来，沈寿心里好像又有仔巴望了。（白）张大人来了？快快有请！

余 （表）余觉一呆得来。总部明明人去楼空，张大人哪哼会来的？要么来视察工作啊？总弗会吧？对阿龙说倷快点去办倷个事体，其他事体倷覅管则；让阿龙出去。余觉拿身上的雪掸一掸，袍整一整，迎仔出去。

张 （表）外头来了。这位张大人看上去六十弗到，身材挺拔，气度不凡。既有几分读书人的儒雅，又有几分生意人的干练，还有做官人的气派。格么俚到底何许样人？讲出来不得了，俚中国历史上杰出的实业家、政治家、教育家，大名鼎鼎的清末状元，南通名士——张謇。张謇一生办了二十多个企业，三百七十多所学堂，毛主席称俚是中国近代轻工业的开路先锋。张謇怎么会到此地来？因为他原来的身份是大清朝农工商部部长，是沈寿和余觉的顶头上司，通过工作上的接触，俚对这对夫妻的才能，尤其对沈寿的人品和艺术佩服之至。今朝来绣工科阿是视察工作？外头乱成这样，再敬业的领导也吪不如此好的胃口。格么来做啥？特地为格对夫妻的前途而来。现在人踏到里厢。

沈　（白）张大人在上，雪君迎接张大人！

余　（白）张大人驾到，冰臣未曾远迎，失敬失敬！

张　（白）大清朝都垮台了，还有什么大人小人的，你我都是一介平民，免礼免礼。

沈　（白）张大人清晨冒雪前来，有何公干啊？

张　（白）朝廷垮台，又何来公干哪？

沈　（白）那您这是……

张　（表）"嗒"，袋袋里摸出一只精致的红丝绒盒子，"啪"盖头掀开。

　　（表）嚯哟，眼睛门前"刷"金光一闪。一块金表！

张　（表）这块表不是普通的金表。这块表的表面上镶好三颗一克拉的钻石，背后刻好一个意大利皇家徽号的钢印，格只钻石金表假使收藏到现在，格个价值不得了。

张　（白）沈教习，你还记得那幅《意大利皇后像》吗？

沈　（表）哪哼会弗记得呢？格幅绣像是我四年前绣的。当时慈禧太后派我和余觉到日本去考察，回到京城我就开始摸索仿真绣，吸收西洋油画的用光、用色和明暗关系，用中国传统苏绣的针法和色线来表现西方艺术，让绣品达到立体逼真的艺术效果。格幅《意大利皇后像》是我仿真绣的处女作，用仔整整一年半的辰光完成。当时很多人对格种创新的绣法全抱怀疑的态度，冷嘲热讽的闲话是不不少少，只有张大人，俚非但鼓励支持，还顶仔压力，拿我格幅绣像送到意大利去参加仔世界博览会。

张　（白）绣像勒世博会上，果然大放异彩，征服了评委，获得了"世界最高荣誉大奖"。全世界只有三个人获此大奖，你是其中之一！后来清政府就拿该幅作品作为国礼送给了意大利皇室。去年年底，意大利皇帝为了感谢中国政府，回赠了

一枚勋章，还有这块钻石金表，指定要送给作者本人。前两日我刚拿着仔这块金表，今朝物归其主，请沈教习一定要收好了。

沈　（表）沈寿从心底里感激张謇张大人。现在时局这么乱，俚还想着拿格块金表亲自送到我手里。尤其感到欣慰的是，自己的作品能得到西方皇家的认可，说明啥？说明尽管时代更迭、改朝换代，中国传统经典的艺术是永恒的，弗会贬值的，俚可以超越国界、超越时空、超越一切！（白）如此，多谢张大人！

余　（白）是啊，想不到张大人为了这块金表，大清早冒雪冲风特意送到门上，真是过意不去！

张　（白）举手之劳，何足挂齿！哦，对了，我看见门外备好了车马，大包小包的，你们这是要去往哪里？

余　（白）我们已经商量过了，回姑苏老家。

张　（白）回转家乡何以为生呢？

余　（白）开个绣馆，卖卖绣品，聊以生存。

张　（白）从头再来谈何容易，白手起家未免艰辛！余总办，沈教习，我的家乡与二位的家乡一江之隔，就在南通。我所办的师范学校正缺刺绣班的老师，也缺余总办这样的经营人才，如果你们愿意的话，我想请绣工科全班人马随老夫同往南通，共谋苏绣发展大计，不知二位意下如何？

沈　（表）格种就叫气派，一请就是全班人马一道去南通，沈寿心里倒有点兴奋。南通我虽然勿去过，但是我听余觉说过，张大人勒十几年门前就勒家乡经商办厂、发展实业，还建学堂、造公园、兴水利、办慈善，拿南通建成仔一座发达开放的模范城市。按照张謇"教育兴邦，实业救国"的理念搭俚目前的实力，如果跟俚到南通去发展刺绣事业，或许又能看到今后的希望。再说张謇的为人，正直豁达，有远见，有眼光。记得就勒三年前的南洋劝业会上，有人要出手一套露香园的顾绣，张謇请我鉴定，我一看激动得弗得了，真迹！张謇问我哪哼看出来的，我说我从小学的就是顾绣，但是寻遍各处，难觅真迹。这套绣品一共十二屏，上头是欧阳修的诗、董其昌的字、顾明世的绣，绝世珍品，宝贝当中的宝贝。张謇马上出铜钿拿俚买仔下来，临时分手的当口装到仔我车子上，说好剑配英雄，仙曲觅知音，

俚最适合做俚的主人。几年相处下来，我已经不单单拿俚当上司看待则，而更多的是拿俚当长辈、老师和朋友。不过到底是去南通还是还苏州，不能我一个人说仔算，还要尊重小官人的意见。对余觉望望，倷啥个想法？

龙 （表）还觉等余觉表态，阿龙哭出呜啦只面孔往准里厢勒进来。（白）娘舅，我是弄弗落了，倷自家出去看看吧。

余 （白）倷哪哼又进来了？

龙 （白）倷关照我去喊车子，今朝格种日辰，加上又是大风、又是大雪，一部空车子也寻弗着，付仔三倍的价钿好弗容易喊着两部旧车子，两个女人板要一人一部，我说伍笃轧轧吧，倒说格皇爷个因伍嘈尖是嘈尖得来（编者注：嘈尖即是"作"），随便哪哼不肯，拿夫人部车子"嚓杳"位子占脱格哉！奴是实在呒办法，只好进来讨救兵哉！

沈 （表）啊？！哪哼外头弄仔两个女人出来介？对余觉望望：哪哼桩事体？

余 （表）对阿龙望望：倷个笨赤佬哪哼教煞教弗会咯呢？那么哪哼办呢？

龙 （表）其实阿龙真弗笨，平常日脚只是装憨。虽然是倷娘舅余觉的跟班，心倒是一直向仔舅姆沈寿的。余觉勒外头养好两个女人，阿龙心里一本账清清爽爽，但是余觉关照过勒沈寿面前不许讲，所以一直觉敢掀穿。现在要回苏州则，娘舅要拿两个女人偷偷叫带转去，还瞒脱仔舅姆，阿龙有点看弗过去则。所以现在有意进来挑穿绷个。

余 （表）余觉尴尬仔只面孔。（白）呃，雪君，事情是这样的……呃，这个……呃……

日 （表）倷勢这个、那个哉，外头来了。"塌啦，塌啦，塌啦，塌啦……"（日语）嗨，哦哈哟，咯扎衣麦丝，各位早上好！

余 （表）余觉只面孔顿时转色。（白）你不在外面等着，进来做甚？

日 （日语白）托靴，尼烘尼依搭笃 ki；阿娜塔瓦　瓦塔稀诺哭读　喔滋独阿依稀堆；滋独依靴尼　依塔依笃　依搭卡拉；阿搭稀瓦　卡啄哭诺亨 dai 喔　肤理 ki 堆；阿娜搭喔　喔

堆　切落哭唉　ki 麦稀塔；ki 诺，阿娜搭瓦　阿塔稀喔缩休
　　剌来堆卡依堆，喔丝麦依诺推哈依喔　稀堆哭来 lu 呀哭缩哭稀
　　搭脚乃依；但莫，依麦稀独莫迷三娜哭堆，阿塔稀诺哭独　霍
　　独依堆；独　哟　剌莫里堆丝卡

书　（表）听众要说哉，欺瞒伲中国人，一句也听弗懂，退书票。弗要急，我再翻译一遍。
　　第一句：（托靴，尼烘尼依搭笃 ki）当初在日本，
　　第二句：（阿娜塔瓦　瓦塔稀诺哭读　喔滋独阿依稀堆）你说会永远爱我，
　　第三句：（滋独依靴尼　依塔依笃　依搭卡拉）想和我永远在一起，
　　第四句：（阿搭稀瓦　卡啄哭诺亨 dai 喔　肤理 ki 堆）所以我才不顾家人的反对，
　　第五句：（阿娜搭喔　喔　堆　切落哭唉　ki 麦稀塔）追你追到中国来。
　　第六句：（ki 诺，阿娜搭瓦　阿塔稀喔缩休　剌来堆卡依堆，喔丝麦依诺推哈依喔　稀堆哭来 lu 呀哭缩哭稀搭脚乃依）昨天你答应会安排好我，带我回苏州的，
　　第七句：（但莫，依麦稀独莫迷三娜哭堆，阿塔稀诺哭独　霍独依堆）可现在人面不见，对我不管不顾的，
　　第八句：（独　哟　剌莫里堆丝卡）你到底什么意思？

沈　（表）换仔别人可以蒙混过关，碰着沈寿和张謇，一个状元出身，懂八国外语，一个勒日本待过一年半，句句听得懂。格番闲话，听得个沈寿手心发冷，胸口发闷，面孔发白，嘴唇发抖。

沈　（唱）恨悠悠，泪溶溶，顿觉五雷当头轰，
　　又如万箭刺心胸。
　　总以为，上苍授意佳偶配，
　　夫画妻绣趣相共，妇唱夫随心相通。
　　还记得，当年出访东瀛地，共怀抱负在胸中，
　　同游富士听山雪，同赏樱花惜落红。
　　我与他，情切切，意融融，心蜜蜜，爱浓浓，
　　喜怒悲欢一样同。

哪知晓，浓情蜜爱全是假，一厢痴心原是梦，
他纵声色，学狂蜂，求新枝，恋花丛，
背我瞒我觅娇容，叛我伤我为哪宗？

沈　（表）对于丈夫在外头拈花惹草的事体，沈寿其实早有耳闻，听说有个皇爷养勒外头的私囡，所谓的"格格"搭余觉一直有往来。沈寿倒也眼开眼闭，做啥么想想自己一门心思全在刺绣上，余觉外面应酬又多，逢场作戏在所难免，所以俚弗说，我也弗问。但是除脱格个"格格"，还有这样一个日本女人勒嗨，万万朆想着的。因为在日本的一年多，我自认为是倪夫妻两人事业最顺、感情最好的一段辰光，当时我觉着自己是该个世界上最最幸福的女人。哪里想得到俚居然不露声色，背仔我搭牢个日本女人，还情得如此，再回想想一年半来，俚对我何来半点真心？全本勒浪演戏啊！

沈　（唱）我朝伴晨星夜伴月，劈线拈针绣匆匆，
独坐绣房听晨钟，你却倚红偎翠在欢场中。

沈　（表）近来三日两头夜里有应酬，我当俚勒外头谈生意，其实俚是女人堆里逍遥去则。怪弗道勥阿龙跟牢，俚是怕俚当俚个电灯泡。刚刚关照阿龙到外头去准备车子，还要搭俚咬耳朵，看来俚心里老早盘算好则，偷偷叫拿两个女人先安排好，悄悄然带回苏州好神不知鬼不觉。俚拿我沈寿当啥哦？

沈　（唱）叹只叹，苍天易老花易落，怨只怨，人生长恨水长东！
到如今，心已碎，肠已断，情已逝，爱成空，
只有那，心头点点是伤痛！
从此是，唯将痴心付锦绣，自立自强慰心胸，
独思独坐，独行独卧，独向银针诉情衷！

沈　（表）现在辰光个沈寿，面对余觉既伤心又失望。鼻头一酸，眼圈一热，倒是张骞勒浪，眼泪只好勒眼眶里打转。

余　（表）格么余觉阿是一个彻头彻尾的花花公子呢？倒也弗能这样说。余觉本来是个多情种，感情丰富而细腻。而沈寿呢，事业心特别强，尤其到仔京城过后，几乎所有的心思全扑在了工作上，一创作起来更是成日成夜，丈夫勒想点啥、需要点啥，疏忽了。男人大多欢喜示弱的女人，而沈寿看似

柔弱，实则要强。格日本女人叫芳草丽子（倒弗叫糖炒栗子），是余觉勒日本认得个。伍笃看俚走两步路，开两声口，就晓得格女人非但柔情似水，外加嗲功到家，正好填补了沈寿的缺门。所以女同胞勒屋里覅太强势，明明女人来三，在男人面前也要装得天真点，可爱点，小鸟依人点，否则外头个女人要来钻空子个，阿对？

余　（表）那现在事体穿绷，余觉一面孔尴尬，对阿龙望望，（白）全是侬闯的祸？（瞪眼）

龙　（白）咦？咦，哪哼对我弹眼睛呢？

余　（白）啥人叫侬办事不力，擅离岗位？侬闯的祸，侬去收场，快点拿俚带出去。

龙　（咕）弗怪格日本女人怪我啥，响弗落。（白）糖炒栗子啊，

日　（白）我叫芳草丽子，不是糖炒栗子，喔耐嘎衣西麦三，拜托！

龙　（白）芳草丽子，糖炒栗子，差……差匣差弗多。咦，中文倒讲得蛮好个啥！

日　（表）中国来仔长远则，当然会讲个啰。

龙　（白）拜托侬快点跟我出去吧！

日　（白）丝米麦三，对不起，我是来找我的男人的！我要和我的男人一起出去，挖卡粒麦丝卡，明白吗？

龙　（白）（用日本人口气）你要明白，你的男人，不是你一个人的男人，也是很多女人的男人，

余　（白）啊?!

龙　（白）哦，不不不，也是我舅妈的男人。

日　（白）我并不在乎我的男人有几个女人，只要他真心地爱我，我也会真心地爱他，挖卡粒麦丝卡？明白吗？

龙　（白）你不出去？

日　（白）我为什么要出去？

龙　（白）你真的不出去？

日　（白）他出去我才出去！

龙　（白）你再不出去，你的男人就要生气了，（衬）看见吗，格只面孔几化难看。（余作生气样）他一生气就不会爱你了，不爱你就不要你了，不要你你就去不了苏州了……

日　（白）去不了苏州，我就只能回日本了？那尼？是吗？

龙　（白）哟西！挖卡粒麦丝卡？明白吗？（表）要死，我也跟仔俚说日本闲话哉。

日　（表）阿龙格两句闲话实头灵验。芳草丽子阿要急个啦？要紧把身一躬，（白）丝米麦三，对不起，那我还是在外面等着吧，打扰各位了！撒哟哦那拉！"嗒啦嗒啦嗒啦……"跑得个快！

余　（表）嚯，总算出去则！假使糖炒栗子一直掼下去弗肯走是，我要弄僵。格只笨阿龙，总算也玲珑仔一趟。看见家小眼寃盈盈的样子，快点搭俚赔个不是，（刚张口）倒是张大人勒边浪，不大方便。

张　（表）张謇格来知趣。（白）余总办，沈教习，同往南通一事，谨请二位互谈相商，张某在外听候回音，先行告退！（表）转身要走。

沈　（白）慢！张大人，我现在就可以给您回音。

张　（白）哦？！

沈　（白）我跟您去南通！

余　（表）余觉一呆：平常日脚要做啥个决定，总归先要征求我的意见，现在我还朆表态，啥俚已经答应则？

张　（表）张謇有点喜出望外：沈寿肯跟我去南通，再好弗有。（白）那余总办的意思呢？

余　（表）我肯定弗去！为啥？我家小勒此地是绣工科总教习，我该个总办大小也是个官，拿的是朝廷俸禄，接触的是达官显要，绣品的价值和去向，主动权全勒自己手里。南通小地方，沈寿去做个小老师，我替张謇卖命，做得再好，为他人作嫁衣。还不如回苏州，就算一切从头开始，也总比看别人家面孔吃饭、样样做弗动主要好得多。那么再说，外头两个女人哪哼安排？如果回苏州，我拿俚笃安置勒外头，搭沈寿弗见面，日脚一长么事体也就掼过则。假使跟到地陌生疏的南通，三个女人住勒一道，我还弄得落个啦？那是家小的心结朆想解得开则，弗能去。（白）蒙张大人抬爱，冰臣感激不尽。只是姑苏乃我与雪君的家乡，又是苏绣的发源地，我

们还是想回归故里，自谋前程。南通么就不去了。我不去么，雪君自然也不会去了！

沈　（白）不，我去！

余　（表）今朝存心搭我唱对台戏。晓得个，搭我拗别气。（白）雪君，有什么话我们回家再说。好弗容易雇着一只船，勒船码头等，我们抓紧动身吧！

沈　（表）回家？阿是回到苏州，用我的一针一线让俫去养格两个糖炒栗子、五香瓜子啊？阿是再指望搭俫做一对"夫画妻绣"的黄金搭档？勒格种环境下面去指望我的理想啊？不，我弗会跟俫回苏州个。

张　（表）按照道理上的做法，既然余觉不肯去，张謇应该马上劝仔沈寿跟丈夫一道回苏州，关上南通这扇门，避免加深俚笃的矛盾。但是张謇有俚自己的想法，格扇门一关，影响到的不仅仅是沈寿的前程，还关系到中华刺绣事业的命运啊！

张　（唱）中华文明渊源长，艺海无涯自辉煌。
　　皆因为，江山代有才人出，传承经典世流芳。
　　沈寿她，百年难遇称奇才，"苏绣女神"美名扬。
　　她似幽兰山涧出，需有清泉来滋养，古树遮阴花更香。

张　（表）像沈寿这样一个百年难遇的刺绣天才，就像一枝名贵的兰花，必须有一个好的土壤、好的环境，方能出好的作品。刚刚日本女人的一幕我全看勒眼睛里，假使俚回到苏州，一直气气恼恼，还谈啥个创作呢？再说沈寿毕竟年近四十，可以说俚刺绣的黄金时期呒不几年了，而俚的仿真绣还勿完全成熟。世界上任何一种艺术能留传百世，中间肯定要出几代天才，经过传承搭创新拿俚发展下去。现在俚教的学生起点全蛮高，如果能一直跟俚学下去，再过几年，俚绣弗动了，但是俚的学生已经出来了，仿真绣就能一代一代传下去，生生不息，发扬光大！

张　（唱）而今是，大清覆灭天下乱，皇城根下尽沧桑。
　　然而初展才华仿真绣，成熟之路漫又长，
　　还需勤探索，少彷徨，倾心力，向前方，
　　精益求精志昂扬，方能绣坛耀光芒。
　　倘然今朝劝其姑苏去，八载辛勤尽抛荒，

苏绣的前景要陷迷惘!

张 （表）国家虽然动荡，但是艺术的传承不能断，断一断，再接起来就难了。南通格扇门非但不能关，还要开得大一点。（白）南通是座充满活力、相对开放的城市，有较好的文化背景和氛围。在那里办学，既有利于艺术的发展，又可以解决生活的来源问题。余总办也是位不可多得的人才，老夫还是希望你能陪沈教习同往南通，为刺绣教学出谋划策!

余 （表）今朝假使弗是倷横戳枪，家小心里再有气，也会跟我转去个。全是倷，拨仔俚一条后路，害得伲夫妻矛盾升级。现在倷非但弗帮我劝俚回苏州，还要背后踢一脚。弗知安的啥个心?

立 （表）旁边沈立也听好勒嗨，（白）好妹子啊，倷到南通去，我也要去个。

众 （白）夫人到哪嗒伲总归到哪嗒。

学生 （白）伲也跟沈老师到南通去! 南通去，南通去，去啊……

余 （表）全搭我唱反调，余觉是气啊!

龙 （表）"匡哒哒……"今朝最忙就是阿龙。（白）娘舅啊，皇爷的因伍，格个"格格"等得心焦勒骂山门哉，说倷再弗出去，俚也要进来哉。那么所有个物事全装好哉，车子弗等人，再弗走，人家要回头生意哉!

余 （表）对沈寿望望，（白）你真的不跟我回苏州?

沈 （白）是的。

余 （白）你决定了?

沈 （白）当然!

余 （白）不再考虑了?

沈 （白）不用!

余 （白）非去不可?

沈 （白）没错!

余 （白）好! 走!

沈 （白）慢! 你什么东西都可以带走，十二屏顾绣请你留下!

余 （白）凭什么?

沈 （白）它是我的!

余 （白）也是我的！

沈 （白）那是张大人送给我的！

余 （白）送给你的就是你的？你的就是我的，连你都是我的，还有什么不是我的？

沈 （白）你……

余 （白）我们的家在苏州，这宝贝理所应当回苏州，你只要跟我回苏州，就能天天陪伴这顾绣！

沈 （白）那我最后再说一遍，我不会跟你走的！

余 （白）蛮好，侬覅后悔！走！

沈 （表）沈寿要想上去争……

张 （表）张謇起手一拦，（白）绣品都是有灵性的，总有一天会回来的！

余 （表）余觉气得吼吼回转苏州，

沈 （表）沈寿两手空空去往南通，

张 （表）张謇信心满满再创事业，
到底哪哼？请听下回。

第二回　决裂

上 （表）沈寿跟仔张謇来到南通，虽然此地的生活条件搭京城不能比，但是招收的学生子个个勤奋好学，充满朝气。张謇生意再忙，总要抽空到刺绣班里来转转望望，关心一下生活，了解一下学生子的学习情况。在沈寿等人的精心指导下，绣班开得格外红火，一年以后，所有学生的绣品全达到了销售水平。张謇认为已经达到预期效果，沈寿可以脱出身来，搞一些精品创作。后年就是世博会了，俚应该拿近两年的创新成果到世界上去展示一番。

下 （表）沈寿选中仔苏州籍油画家颜文樑画的耶稣像。画上的耶稣头戴一顶荆棘冕冠，额骨头被荆棘刺破，血流下淌，皮肤苍白，两眼向上翻，痛苦而悲壮。张謇说这幅画像色彩灰暗、神态各别，难度弗是一点点。沈寿说耶稣是西方人心目当中的救世主，选该个题材参加世博会能引起外国人的共鸣。自己也愿意接受挑战，迎难而上，一旦绣成，将是一大进步。

上 （表）想不到沈寿有如此的见解，张謇欣然应允，大力支持。《耶稣像》一绣就是两年，勒张謇眼睛里，该幅《耶稣像》比起第一幅《意大利皇后像》更加出色，堪称完美。完工无多几日，张謇就带仔格幅沈寿的最新作品远渡重洋，赶赴四年一度的世博会去了。

沈 （表）手里的针一停，沈寿的心里顿时有点空落落。现在是黄梅天，前脚还勒落雨，一歇歇太阳倒又出来则。沈寿立勒个窗口，只看见园子里煊煊红的海棠，雪雪白的栀子，又是五月里了。（白）遥想山涧雨蒙蒙，五月杨梅正当红。欲摘此果尝个鲜，只恨不在此山中。

姐 （表）阿姐沈立齐巧进来。听见妹子勒念诗，是一首关于杨梅的诗。晓得个，又勒浪牵记苏州哉。（白）好妹子啊，倷看看，碗里厢是啥？

沈 （表）看见阿姐手里托好一只碗，碗盖一掀。（白）呀，杨梅！

姐 （白）晓得倷最欢喜吃杨梅，我大清老早勒门口头买的。尝仔一颗，来得个鲜洁。

沈 （表）勿是圆刺，全是尖刺。该个弗是东山杨梅哇？

姐 （咕）倒是老鬼！（白）此地又不是苏州，哪嗒来啥东山杨梅呢？该个是浙江人挑出来的余姚杨梅，东山杨梅还勒树上呢！

龙 （白）东山杨梅来个哉！

姐 （表）只看见一个人直跌个跌进来。弗是别人，阿龙哇。（白）阿龙啊，倷哪哼会来个介？

龙 （白）我陪娘舅送杨梅来咯！娘舅啊，来匡来哉，进来釀！

沈 （表）夫妻分开三年，信也勿通过一封，今朝倷余觉突然上门，沈寿倒有点意外。朝外面一看果然是余觉。身上着一件蓝灰色的蚕丝呢长衫，右手里拿好一把折扇，左手里提好一篓子杨梅，不过眉宇间少仔几分春风得意，多仔几分劳顿忧郁。

余 （白）娘子，一向好？

沈 （表）到底廿多年个夫妻了，格声娘子一出口，顿时拨动仔

沈寿的心弦。当初两家头也是自由恋爱，刚结婚的头几年，俚依我宠我，处处想着我。记得有一年勒苏州，也是格种黄梅天，俚特意到东山去采摘最新鲜的杨梅给我吃。回来的辰光落大雨，俚踏仔烂泥浆奔到屋里，像只泥乌龟，一篓杨梅还顶好勒头上。终当仔我会笑，想弗到我心里一热，眼圈一热，两滴眼泪，不舍得呀！今朝同样是一篓子杨梅，还是从苏州送到南通，但是沈寿的心随便哪哼热勿起来。（白）坐吧！

姐 （表）沈立看见格篓杨梅倒有点惹气。我不买，俚不送；我余姚杨梅，俚东山杨梅；我一碗，俚一篓，格朋友今朝存心来搭我别苗头来个哇！（咕）格眪良心的，小老婆两个一讨，三年音信全无，一篓子杨梅又拿好妹子骗倒了！所以对着余觉一只白眼。

余 （白）姐姐，一向好？

姐 （白）我是眪啥好。弗像有种人，一只耳朵日本闲话，一只耳朵北京闲话，过得格叫滋润。

余 （白）姐姐，我也给你带了件礼物。

姐 （白）啥，啥？我匣有个啊？啥物事介？

龙 （表）阿龙阿紧传过来。

姐 （白）哦哟，两盒鸭蛋粉，还是扬州谢馥春的。（表）啥叫鸭蛋粉？搭现在女同志用的粉饼一个意思，不过俚是椭圆形的，像鸭蛋一样大小，揿到面孔浪雪雪白，弗像现在个国际名牌SKⅡ那样自然。（白）一送送仔两盒，倒龅忘记我，还算有点小良心。

余 （白）姐姐，你擦了它么定然年轻十岁。

龙 （白）大舅姆，娘舅本来只买一盒咯，我说一盒弗够个，大舅姆只面孔起码要用两盒得来。

姐 （咕）麻子揿粉，蚀煞老本。（白）小赤佬，勒丑我哇！

余 （表）今朝余觉哪哼会来个呢？其实是非来不可。三年前带仔两个女人回到苏州，各买一支房子作为安置。"格格"欢喜闹猛，挥金如土，尤其吃不惯江南的甜食，过不惯苏州阴冷潮湿的冬天，半年待下来，看余觉开伙仓铜钿快要摸弗出则，就一跑头跑脱个则。格日本女人倒是个多情种，开头以为只要能搭心爱的男人天天腻勒一道，就是一日三顿咸菜、萝卜干也弗要紧的。

但是生活毕竟是现实的,余觉一日到夜勒外头忙于生计,哪嗒还有啥风花雪月的闲情。日本女人倍感失落,整日无所事事,寂寞空虚,竟然吸上了鸦片。本来已经坐吃山空,鸦片一吃,变仔无底洞。余觉只好靠卖画过日脚,但是自己的画离开了沈寿的绣,并弗值几个铜钿。余觉身心俱乏,晓得只有请家小回苏州,才能支撑起格个家。当初伤仔妻子的心,就这样请俚转去弗一定请得动,必须端正态度,拿出诚意。身边摸出一块洋钿,(白)阿龙,侬勿是说要出去逛逛吗?

龙 (白)南通倒是第一转来,是想出去跑跑,就是弗认得哇!

姐 (白)有啥弗认得介?南通南通,一直往南总归通个。

余 (白)格么就请大舅姆陪侬一道去。姐姐,烦劳你了!

姐 (表)沈立懂的,要拿俚两家头差开。正叫看勒两盒鸭蛋粉面浪,否则我随便哪哼弗走个。对妹子看看:心麭软,否则又要上俚个当。带仔阿龙出去。

余 (白)娘子,我今日到此,是特地向娘子赔罪来的!

沈 (白)三年了,侬倒想着了。

余 (白)云芝,我的好娘子啊——(下意识哼起了越剧)

沈 (白)到底绍兴人!

余 (唱)你我劳燕分飞近三载,我扪心自问太不该。
我不该,忘却盟誓学轻狂,冷落贤妻逐新蕊,
我不该,背你京中纳私妾,让她们鸠占鹊巢把姑苏回。
我不该,惹你负气他乡走,任你辛劳独自担,
我不该,鱼沉雁杳天涯路,你可知,我是如何熬过这三载?
每逢三月春明媚,我怕见庭前开牡丹,
只为见花如见你女裙衩,历历往事揪心怀。
连绵阴雨到五月,怕见枝头结杨梅,
只为爱梅之人已走关山,甜亦苦来我下咽难!
桂子香飘到八月,怕见玉兔下尘寰,
只为明月不谙离恨苦,斜光空照鸳鸯被。
娘子啊,我夜夜梦,梦萦回,深情唯有梦里追。
梦见你,花下盈盈笑,窗前影姗姗,
银针飞舞,丝线斑斓,

你我相依相偎情漫漫，然而醒来唯有我影孤单。
娘子啊，思卿心如西江水，日夜东流不复回。
我是百般离肠有千千结，万种悔恨如重重山，
春愁秋殇壶中醉，一寸相思一寸灰。
娘子啊，我今朝特地上门来，深作揖，把罪赔，
心中的话儿还有千千万。
你是玉指纤纤非寻常，飞针走线锦绣才。
声名日上这女红所，皆因仰仗你金招牌，
还有那，鞍前马后的好姐妹，耿耿忠心将你追随。
娘子啊，但愿你随我回家转，我们协力同心把女红办，
再不用，寄人篱下遭怠慢，
再不用，辛辛苦苦立讲台，
再不用，为了生计皱双眉，
再不用，离乡背井守清寒。
为人当自立，
我们夫妻要挺腰杆，
与他人，井水河水两不犯，
我们双双同返姑苏台，我画你绣两相陪，
潇潇洒洒走一回，恩恩爱爱不分开。

余 （白）娘子，以往之事都是我的不好，还望娘子看在二十余载风雨同舟的份上，原谅冰臣的差错。现在格格已经回去了，日本女人也是早晚要走的，恳请娘子不计前嫌，随冰臣同返姑苏，夫妻团圆，画绣相辅，共创事业！三年了，侬的气也该消了，就算三年弗见是对我的惩罚，三年也应该够了！娘子，雪君，你就随我回去吧！

沈 （表）凭你铁石心肠，面对洋洋洒洒一份检讨书，啥人能搪得牢？沈寿的心一点一点勒软下来，格只怨气个瓶盖头开始松动了！

沈 （唱）见他意真诚，言由衷，心头渐渐冰雪融。
想当年，与他花前初相识，绣前乍相逢，
我半是青涩半懵懂，他说因缘皆在冥冥中，
欣遇佳人感苍穹。

沈　（表）说起搭俚的相识，也算一见钟情。那年木渎端园的女主人请镇上的绣娘去府上赏牡丹，我勒八角亭里看见一副绣绷，绣绷上画好两朵牡丹，娇艳欲滴，栩栩如生，一个人不由自主坐下去绣仔起来。两瓣花瓣绣好，立起来的当口，"吓"！背后头居然立好个风度翩翩的小伙子。格个男人弗是别人，就是余觉，画牡丹的朋友。俚说我是端园主人的远房阿侄，对俫慕名已久，借此花会只为一睹芳容！面对这样一位知书达理、温文倜傥的才子，十六岁的我动心了。一个月过后，俚就上门来提亲。弗晓得我爷撇口回头，因为我勒弟兄姐妹当中排行最小，从小只懂刺绣，不懂家务，爷说嫁到绍兴格种男尊女卑的旧家庭，要吃苦的。俫"啪"拿出自己画的一幅画，说自古画、绣不分家，苏州历代刺绣大师都有做书画家的丈夫相帮辅佐，若然结为秦晋之好，定能成就绣坛佳话！我爱云芝胜于一切，今生今世非她不娶！

　　（唱）丹青一幅为媒妁，登门求亲拜岳翁。
　　　　说道此生专情将我爱，用心坚守白头盟，
　　　　否则是，甘受刀劈与雷轰。

沈　（表）爷最终被俚说服，终于答应了这门婚事。不过提仔个要求，要俚倒插门做上门女婿，倒说俚一口答应。俚绍兴的娘不同意俚招赘，俚就绝食三日，以死抗争。历经磨难，方始成就仔这段姻缘。

沈　（唱）也曾志相投，也曾意相通，
　　　　也曾月下絮语花下拥，
　　　　他弄丹青我弄女红，小轩窗畔乐融融，
　　　　唯求此生悲欢与君同！

沈　（表）新婚宴尔，如胶似漆，夫画妻绣，何等恩爱！我们生活上相濡以沫、工作上配合默契、事业上蒸蒸日上，可以说是幸福美满。想不到一到京城，两家头越来越忙，而交流却越来越少，以至于矛盾越来越多。其实走到今朝的一步，自己也有不可推卸的责任。人家说一日夫妻百日恩，毕竟廿四年的夫妻了，还是有相当的感情基础，今朝俚态度诚恳，上门认错，一档篇子唱得急汗嗒嗒滴（编者注：这是书台插科

即兴），我极应该趁势落蓬。格只怨气瓶盖头就此打开，心里格点气也就消散了！

沈　（白）过去的事就让他过去吧，

余　（表）哦，一档小飞调总算勩白唱。（白）多谢娘子宽宏大量！

沈　（白）但是……

余　（表）别，哪哼还有"但是"了介？

沈　（白）我不能跟你走！

余　（白）这却为何？

沈　（白）南通的事业勒张謇的支持和大家的努力下发展得蛮顺利，女工传习所也建起来了，刺绣的传承有了更好的平台。如果我现在放下手里的一切跟你回去，对不起学生，也辜负仔先生。其实先生一直因为俚不肯搭我一道来南通而感到遗憾，该几年也写过书信再三请俚来。如果你真想夫妻团圆，回到从前，你可以到南通来，我们一起把女工传习所办好，如何？

余　（表）听俚横一声"张謇"竖一声"先生"，倒有点触气。想当初如果不是俚的出现，伲夫妻哪哼会分开。（白）哎，俗话说，金窝银窝弗及屋里个狗窝，南通再好，毕竟不是我们的家啊！

沈　（白）你不是说过，夫妻俩只要在一起就是一个家，人到哪，家就在哪吗？我们在苏州都没什么亲人了，你又何必执意要回去呢？

余　（白）堂堂七尺男儿，岂能寄人篱下、仰人鼻息？我已经看过了，此地传习所的规模并不大，之所以外头有点名气，全靠倷沈寿这块金字招牌搭伲勒京城的一班人马。我想凭伲两家头的能力搭经验，如果回到苏州同样办一个刺绣班，人气绝对不会比此地差。到辰光出几化精品，获多少大奖，所有成绩全属于伲自己的，伲苏州人的炮仗就不会被南通人放得去则。所以南通么，我是断断不愿来的！

沈　（表）哪么弄僵！

姐　（表）就勒格辰光，沈立从外头直冲个冲进来，眉毛竖眼睛弹，对仔个余觉——（白）哼，啥叫啥弗愿来，倷分明是弗能来！

沈　（表）沈寿一吓得了呀，（白）姐姐，怎么啦？

姐　（韵白）原说三年，毫无音信，今朝哪哼，突然上门，

当面赔罪，态度诚恳，思念娇妻，一片真心，
哪里晓得，全本热昏，一篓杨梅，假意虚情，
请俚转去，另有原因。
俚勒浪苏州，逍遥开心，女人堆里，一掷千金，
糖炒栗子，还染上烟瘾，吃上鸦片，山穷水尽，
俚铜钿用空，眼睛定定，看见顾绣，动起脑筋，
自说自话，变仔金银，无价之宝，已经换仔主人！

沈（表）吓！沈寿听完如梦初醒。愿来俚是铜钿用光日脚过不下去了，要我转去帮俚赚铜钿啊？俚明明晓得格十二屏顾绣是我的性命，招呼不打一声就卖脱则啊？沈寿啊沈寿，俚哪哼上弗完俚个当，吃弗怕俚个苦个呢？沈寿肚里一气，胸口一闷，头里一昏。（欲昏倒状）

余（表）余觉要想搀。

姐（表）滚开！勒假惺惺！

余（表）对俚望望，两盒鸭蛋粉俚拿个哇？

姐（白）阿是两盒鸭蛋粉就买倒我啊？断命昹良心的，俚弗来妹子倒蛮太平，俚一来好妹子就气伤心，俚搭我滚！两盒鸭蛋粉望准余觉面孔上丢过去，"咯落落……"

余（表）鸭蛋粉洒得一地。余觉对阿龙望望：又是俚个小赤佬，成事不足，败事有余，我转去再搭俚算账。

龙（表）咦，又怪到我头浪来则呢？该个世道总归老实头触霉头！

余（表）余觉还想搭沈寿再讲两句，沈寿眼睛一闭，睬都不睬。格么蛮好，既然俚心里已经昹不我该个男人则，格么俚就留勒南通，搭张謇去过吧！说完调转身体拂袖而去。

书（表）此地么不欢而散，就勒浪地球另一边的美国旧金山的一座豪宅里灯火通明，宾客满堂，觥筹交错，乐声悠扬，waiter、boy 来来往往，手托杯盘，服务蛮忙。"先生，您是要香槟还是葡萄酒？"

张（白）香槟，谢谢！"嗒"。（表）格位先生弗是别人，就是带仔《耶稣像》来参加世博会的张謇。本来这两天张謇的心情特别好，因为在有史以来规模最大的此次世博会上，《耶

《耶稣像》不负众望，从七十四个国家选送的上千件作品当中脱颖而出，获得金奖，为中国挣足了面子。还有几日天就要回国了，昨日突然收到主办方的请柬，说要为中国开个欢送酒会。张謇觉着有点蹊跷，其他国家走得差勿多了，哪哼单为中国办欢送会，而且《耶稣像》到现在还朆送转来，内中啥个意思？

夫人　（表）其实格幅《耶稣像》今朝就挂好勒大厅南墙的劈虚当中，只是用一块红色的丝绒遮脱勒嗨。一首施特劳斯的圆舞曲刚结束，一位女士走到绣像的边上。（白）Ladies and gentlemen（女士们，先生们），大家晚上好！

张　　（表）格位女士的出现，使得大厅一下仔静仔下来。

夫人　（表）格位女士叫玛丽·艾伦，是此地颇有名望的一位公爵夫人，既是格座豪宅的主人，也是此次酒会的斥资人。只看见俚身浪着一件宝蓝颜色低胸束腰的丝绒长裙，棕红颜色的头发盘到头顶，一顶小圆帽子别致轻盈，帽子浪插仔根羽毛匠心独运，头颈里根宝石项链剔透晶莹，鸽蛋一样大的荡头与泰坦尼克号里的"海洋之心"有得一拼，整个人望上去典雅高贵，相当迷人！

夫人　（白）首先我代表此次世博会的主办方对各位的光临表示诚挚的欢迎，另外还要感谢中国参展团给我们带来了精美绝伦的艺术珍品，让我们感受到了东方艺术的无穷魅力。（表）说到该搭，起手"咣"拿格块红色丝绒一掀。

众　　（白）哦，《耶稣像》！

众　　（白）我们的主复活了！阿门！

夫人　（白）很难想象，这么精湛复杂的工艺品，居然是用小小的银针穿起五彩丝线绣成的。我对它的欣赏和赞叹真的无法用语言来形容，所以我只能"唱"了！

夫人　（唱）东方art（艺术）妙无伦，small（小小的）银针绣乾坤。
　　　　　耶稣像一幅惊world（世界），世博会勇夺number one。（第一）
　　　　　它色彩多rich（丰富），look（神情）多传神，
　　　　　远看像幅picture（画），又像photo（照片）太逼真，
　　　　　Difficult（高难度）水平令人惊！
　　　　　When I see it（当我看到它的时候），我的heart（心）就跳

不停,
全身 blood（血液）齐翻腾, surprise（惊喜）撼灵魂。
如此珍品 great（伟大）, beautiful（美丽）世超群,
我 like it（喜欢它）、fans it（迷恋它）,
所以 buy it（买下它）我已下决心！

夫人　（白）所以我必须用行动来证明我对它的喜爱。我已经决定要买下它，我出一万美金！

张　（表）张謇到现在辰光方始明白外国人今朝举办格一场酒会的特殊用意。想弗到俚笃看上仔格幅绣像，连价钱都有了。

商　（表）今朝要买绣像的绝对不止公爵夫人一个。宾客当中有许多人全是冲着格幅《耶稣像》来个。内当中有个做艺术品投资的大老板叫麦克哈利斯，大块头，肚皮好当台面的派用场。晓得该幅物事一转手最少可以卖到两万多，利润空间不是一点点。俤公爵夫人价格一出，要紧跟上。（白）我出一万一。

藏　（表）大块头旁边还立好一位六十几岁的老先生，一手撑仔柄司的克，一手拿仔副无框眼镜，是专门从洛杉矶赶得来的收藏家。为仔该幅《耶稣像》，俚已经勒旧金山逗留仔一个多礼拜，栈房铜钿贴脱弗少。（白）我出一万三。

夫人　（表）夫人想：伍笃阿是要搭我来抢啊？格是呒不这样便当。（白）我出一万五。

商　（表）哦哟，利润空间越来越小了。（白）一万五千五。

藏　（白）一万六千五。

夫人　（表）公爵夫人志在必得。（白）两万！

书　（表）见呒不人再跟进，拍卖师要紧喊，（白）两万一次，两万两次，两万三次。（表）刚刚要落锤——

张　（白）慢！（表）想不到欢送会变成仔拍卖会，突如其来的变化让张謇措手不及。出来的辰光自己答应沈寿一定会拿绣像带转去的，那现在哪哼办？中国在世界上地位并不高，能参加世博会已经是莫大的荣幸，如果今后还想勒国际上争取更多的交流展示机会，外国人是弗能得罪的。所以要想拿回绣像，只能智取，弗能硬拼。趁你们争相加价的辰光，张謇的

		脑子像风车一样转个不停。哎，有了！（白）各位！各位！请各位听我说几句。各位对东方艺术的厚爱，令张某不胜感动，只是这幅作品存有瑕疵，稍显遗憾。
夫人	（白）	哦？瑕疵，在哪里？
张	（白）	请取下来我指给各位看。
夫人	（表）	公爵夫人要紧关照侍从拿绣像从墙上卸下来。
张	（白）	张謇当当心心接到手里，转身交给身边的随从。（白）打包！
众	（表）	"哗……"一个啰唣。（白）你这是什么意思？
张	（白）	没有什么意思！这幅绣像精美绝伦，白璧无瑕，我要把它带回去。
藏	（白）	慢！绣品本是艺术品，是供人欣赏之物。
商	（白）	它也是商品，可以买卖。
藏	（白）	你这样做是为了什么？
张	（白）	不为什么，是为了一位中国绣娘的心！
商	（白）	什么心不心的，中国人言而无信！（表）言而无信，"哗……"
夫人	（白）	请大家静一静。（表）公爵夫人开口了。（白）张先生，您说是为了一位中国绣娘的心？每一件绝世珍品的背后必有一段动人的故事，我倒很想听听。
张	（白）	好！那我就说一说。
张	（唱）	千年文明苏州城，山明水秀地杰人又灵。 那木渎镇上的刺绣女，世代相传一脉承， 她在娘胎里就听惯了刺绣声。 她有灵气，有恒心，爱针爱线爱得深又深， 透了血液她入了心。 她酷爱书画多钻研，八岁时，不用画稿作蓝本， 绣成了一对鹦鹉人人称。 十二岁，蝇头小楷写得多娟秀，能把唐寅的名画变绣品， 苏州城里第一人。 十六岁，她的绣品畅销江南地，一幅难求贵又珍， 未满十八就成了名。

　　　　数年后，八仙上寿图一幅，慈禧太后喜又惊，
　　　　御笔亲书赐其名，声名远扬称绣神。
　　　　成了名，她不在心，却爱上了，西洋油画意境深，
　　　　色彩明暗艺更精。
　　　　从此一发难收拾，废寝忘食钻研勤，三个冬夏四个春，
　　　　绣成了，意大利皇后像一帧，一举世界便闻名。
　　　　世界闻名有什么？只是我沈寿一个人，
　　　　中国刺绣要生存，必须要万紫千红满园春。

张　（白）因此，她成了一名苏绣教师。

张　（唱）她身高才够一米五，瘦小的身躯只有七十斤。
　　　　一幅精品功千日，为了绣品靓丽新，
　　　　他只近素食不近荤，（只为）空腹挨饿气息轻，
　　　　免教浊气污绣品，好比黄卷青灯在苦念经。
　　　　她起清早，磨黄昏，伴星月，熬夜深，
　　　　一根细丝劈了一茎又一茎，洗手焚香舞银针，
　　　　把七情六欲抛干净，今生未曾做母亲。
　　　　精品面世人疯狂，她独卧病榻悄无声。
　　　　她无怨无悔为什么？只为了百年绣娘一个梦，
　　　　只为了与绣缘深情更深，只为了如痴如迷的一颗心！

张　（表）在我临行之前，她坚持要来送行。我说多休息，别送了。她脸带微笑，眼含热泪，说道，又一个孩子远行了，以后恐无见面之日，怎能不送？她的所爱也就是大家的所爱，这么多年来，没有一件精品能留在身边，她的心怎能不空？我对她说，张謇在孩子就在，我一定替你把它带回来。如今各位坚持要把它留下，叫张謇回去如何面对？

夫人（白）"啪，啪，啪！"（鼓掌）好一位伟大的中国女子，好一位诚信的东方君子。为你们点赞！我放弃！

众　（白）OK，为放弃干杯！干杯，干杯……

张　（表）张謇不愧状元之才，智取《耶稣像》，拍卖会又变成仔欢送会。临走的时候，公爵夫人请张謇代俚向格位东方绣神致以最真诚的问候。俚还请张謇带给沈寿一本画册，说里面全是精美的人像，或许能对作者的创作带来一点启发和灵感，

希望在不久的将来能看到更伟大的作品！三年后，沈寿一生中最完美的作品《倍克像》诞生了，也是俚生命中的最后一幅珍品。但是就在绣像完工这一日，沈寿再一次昏倒勒绣绷跟前……

第三回　诀别

书　（表）沈寿突然昏倒，张謇心急如焚，要紧请德国的名医为沈寿看病，医生看下来两个字："肝郁"，就是肝硬化。医生说该个毛病需要静养，不能吃力，更不能受刺激。张謇怪自己太大意，还是对沈寿关心不够，如果能老早发现就不至于拖到现在。为仔让沈寿有个静养的环境，张謇就拿自己读书的地方腾仔出来，让姐妹两家头搬进去。匾额上两个字——"谦亭"是张謇的亲笔。这座房子宽敞明亮，窗子打开看得见濠河，而且四周绿树成荫，鸟语花香，住勒里厢就像住进仔一个天然的氧吧。张謇劝沈寿：从现在开始俫放下手中的一切，搭我好好养病。

沈　（表）沈寿哪哼肯听哦？刺绣是她的生命，呒不针线勒手里的日脚俚是一日也过弗下去的。自病自得知，阿有啥趁自己还爬得起，能多绣一针是一针。所以这两日闭门不出，连阿姐也不许进来打扰。今天从早上到现在，在绣绷跟前已经坐仔七八个钟头哉。现在最后一针绣脱，"吧嗒"线剪一剪断，针往绷子上一别，嗯，还算满意，边上拿过一块布往绣面上头一遮。门"咯扎得儿——"一开，深深地吸了一口气，好香啊！花园里的牡丹已经开了。看见牡丹花，沈寿情不自禁地想仔一个人——三十年门前，就是因为赏牡丹，成就了自己搭余觉的一段孽缘。自从三年前搭俚彻底决裂，俚查无音讯，沈寿最牵记的是被俚卖脱个一幅露香园顾绣，现在不知勒哪嗒？看上去我这辈子再也看不见这件珍品了。

张　（白）雪君！

沈　（表）呀，是先生。连落三日大雨，张謇已经三日躺来了，今朝雨一停，又来看我了。（白）先生，您来啦？

张　（白）听沈立老师说，你这几天又在房里绣通宵，这样可不好！又在绣什么呢？

沈　（白）没，没什么。闲着也是等日子，还不如多绣几针。

张　（白）可不许说这种丧气话！这几天我又带人去山里弄了点草药，听说效果极好，一会儿等你姐煎出来，就喝着试试。喝完了我再去抓。

沈　（表）该个三日下大雨，我当俚弗方便来看我。啥？俚是替我觅药去个呀？眼圈一红。（白）如此烦劳先生，雪君实在过意不去！

张　（白）你我之间还说这种客套话？哎，雪君，今天天气不错，桃红柳绿，你如果身体不累的话，我们到濠河边上去走走吧！

沈　（表）虽然人有点软，但是绣房里闷仔好几日则，出去透透空气散散心倒也呒啥。（白）嗯，那先生请啊！

张　（白）请啊！

沈　（表）今朝的沈寿梳仔一个横 S 的发髻，身上着件白颜色的旗袍，镶的是深绿色的绲边，旗袍角上自己还绣好一小丛兰花。走在河边上，春风习习，衣袂飘飘，格丛兰花迎风而动，若隐若现。

张　（表）虽然韶华已去，疾病缠身，但是格种江南女子特有的清丽温婉、灵秀之气，还是从沈寿的骨子里透仔出来。

沈　（表）走到濠阳桥的桥面上，沈寿身体立停，桥下是盈盈濠河、微微碧波，两岸是艳艳碧桃、依依杨柳，看在眼里真叫人心旷神怡啊！

　　（白）这儿的春天和外婆家的春天一样，真美啊！

张　（表）听俚提起外婆么，晓得俚又勒牵记家乡则。

　　（白）听说，你们姐妹俩从小是在外婆家长大的？

沈　（白）是啊，外婆家在木渎镇的香溪边。外婆是镇上最有名的绣娘，家里开了一家绣坊，名字就叫绣园。记得小时候，我只要看见绣棚上出现的一朵朵鲜花、一只只蝴蝶，就会兴奋得像是去到了另一个世界。

张　（白）那说明你天生和刺绣有缘啊。

沈　（白）记得我八岁那年，把绣好的《鹦鹉图》给外婆看，她一边笑一边流泪，摸着我的头说：苏绣后继有人了，我们雪君将来一定能青出于蓝胜于蓝的。

张　（白）外婆倒是一位伯乐呀，要是看到你今天的成就，老人家一定会为你感到骄傲的！

沈　（白）外婆去世已经二十年了，我一直想回绣园看看，但是始终未能成行，现在我的身体……哎！恐怕再也回不去了。

张　（白）不要胡思乱想，你只要按时服药、好好休养，病就会好的。

沈　（白）但愿如此吧！
　　（表）咦？突然发现桥对面的河边上多仔一支房子，格支房子望上去有点特别，看看是新的，望望是旧的。说俚是旧的，因为上次来的辰光还呒不勒，说俚是新的吧，黑瓦灰墙，苍老古朴，又像一支老房子。
　　（白）先生，那边是什么地方？

张　（白）（喔哟，看见了！心想：我今朝就是要带倷到格嗒去看看）雪君，这座院落叫雪晴轩，是我前一阵专门请人造的，今天正好请你进去参观一下。

沈　（表）哦？啥？格支房子是倷造个啊？晓得哉，俚拿自己原来读书的谦亭让给我养病，自己呒不读书的场化则，所以重新造了这所房子。蛮好，去参观一下。跟仔张謇过濠阳桥，沿河一转弯直到雪晴轩的门口一看，奇怪！只觉得熟悉得来，这地方好似来过。

张　（表）钥匙拿出来，锁去脱，两扇朱红漆的大门"咯轧得儿"推开。

沈　（表）人踏到里厢，只见一座苏州风格的院落出现勒自己眼前：一只蛮大的花园，花园的左手里是用青砖砌成的围墙，右手里并排两间房间，沿仔房间门口的回廊往里厢走，可以直到二楼。花园里还有一口井，青石的栏圈有半公尺高，井后头还有太湖石堆成的假山，假山的两旁边种仔两棵树，一棵是梅树，一棵是松树，一砖一瓦，一草一木，哪哼实梗熟悉啊？
　　（唱）旧园，旧廊，旧墙，旧井，
　　　　是真？是幻？是梦？是醒？
　　　　为什么，一砖一瓦曾相识，一草一木倍亲近？
　　　　思乡人顿生思乡情？

恍惚间，又见故人檐前立，对我轻轻招手笑盈盈，
竟是白发外婆翘首慈眉在唤亲亲！

沈　（表）简直不敢相信自己的眼睛，这个……这不是我外婆屋里绣园吗？我的《鹦鹉图》就是勒格个房间里绣出来的。

（唱）还记得，十指玲珑的小绣女，不闻墙外卖花声，
心中自有花似锦，漫将银针逐清芬。
但见那，红梅斗雪枝更老，苍松傲霜叶更青，
我要问一问，一别廿年可识君？

（表）为了绣好梅花和松树，搭阿姐就勒院子里亲手种了这两棵梅树和松树……自从外婆过世，我再也勿曾回过木渎，但是二十年了，我无时无刻不在牵记外婆，思念绣园里的一切。今天我哪哼会回来的呀？我肯定又在做梦了。

（白）不……不，先生，我是又在做梦？

张　（白）雪君，这不是梦，是真的，今天你回家了。

沈　（表）"回家了……"到现在沈寿懂了，今朝你说请我出来走走，其实就是请我"回家"啊！该地方简直就是绣园的"翻版"，居然仿造得搭我外婆屋里一式一样！沈寿很细心，突然发现几块墙砖上有刀刻过的印子，仔细一看，吓！这不是阿姐小时候用剪刀刻上去的吗？当时外婆买仔一只新绣绷要给我，阿姐看见仔板要，外婆说：这样，我正好接仔点绢头生活，给伍笃三日天的辰光，啥人绣得好、绣得多，新绣绷就归啥人。阿姐来得个起劲，绣好一块就勒墙头上刻一刀，三日下来刻仔十三刀半，最后我以十六块绢头的绝对优势拿着仔格只绣绷，阿姐就此三日勿理我，还勒十三刀半的边上刻仔一个字："气"！动气哉。奇怪。三十多年前的印迹哪哼会出现勒新造的房子里呢？恍然大悟，该座房子根本不是啥仿制品，而是嘀嘀呱呱的原装货哇！沈寿心里的兴奋和激动难以形容，该搭看看，格搭摸摸。

沈　（白）这难道是真的？我真的回家了？

张　（表）的确，今朝张謇请倷出来个目的就是要给倷个惊喜。虽然沈寿勒苏州已经呒不啥亲人了，但是不经意间经常会流露出浓浓的思乡之情。张謇是个有心人，晓得倷重病在身，

又放不下手里的针线，就想出来格个办法，拿俚的家搬仔得来。

为啥用"搬"这个词？因为该支房子并不是仿的，而是原脱原样从苏州搬到此地来的。房子哪哼搬法？张謇亲自带仔人赶到木渎，先拿旧房子的结构和一草一木的位置画下来，打好图样，再在每一块砖头木头和家具上编好号头，拆卸下来打包装船，走水路，一船一船运到南通，然后像看图搭积木一样原封不动地恢复仔老房子的原貌。现在看俚快活得像个小囡，张謇也蛮感到欣慰。

张　（白）雪君，我们再到楼上去看看啊？

沈　（白）嗯！（表）两家头一前一后上楼，右手一间是姐妹两家头曾经的闺房。房门关好勒嗨，上头挂好一块匾额，三个字："曼寿堂"。

张　（表）格是张謇特地为这一房间取的名字，"曼"，延长的意思，"寿"既是指沈寿，又是指寿命，"曼寿"，就是希望沈寿的身体能好转，健康长寿！

沈　（表）沈寿何等聪明，自然心领神会。"得儿"门推开，人踏到里厢，"吓"呆脱了！！这一房间被张謇布置成了一个绣品陈列室，四面墙头上挂好仔自己不同时期的作品，《耶稣像》《倍克像》《柳燕图》《济公像》……最让沈寿震惊的是，北墙的正中挂好一套让俚朝思暮想的绣中珍品——顾绣十二屏！简直弗相信自己的眼睛，一下子有点语无伦次。

　　（白）这些……怎么会在这里？这……这些不是被他拿去都卖了吗？

张　（表）格一切又要归功于张謇的一番苦心。自从得讯余觉要卖脱格十二屏顾绣，张謇就托苏州的好朋友时刻关注格点绣品，尤其是格幅顾绣的命运。张謇晓得，对于拿刺绣看得比自己生命还重的沈寿来说，失去心爱个绣品是何等的痛苦。据张謇对余觉的了解，俚不一定会珍惜格些艺术品，因为余觉一向是拿艺术品当商品的，而且该两年又是风流又是吃鸦片，再多的积蓄也要挥霍一空的。果然，他前一阵从朋友那里得到消息，余觉一样一样勒变卖格些物事，张謇说：倷搭我一样一样全买下来。朋友说：格套十二屏顾绣已经开到仔天价哉，但因为是稀世珍品问的人还是不少,阿要买?如果要买,倷给我一个尺寸,啥个数目可以买?张謇只回答俚六个字——不惜"倾家荡产"!就这样,张謇斥巨资拿格些绣品一件一件追仔转来,雪晴轩一造好就一件一件全挂了出来。

(白)雪君,你可记得我曾说过,绣品是有灵性的,总有一天它们会回来的?

沈 (表)我只当倷是安安我心的呀,我万万勿想着倷对我的每一个承诺无不兑现。一个一个惊喜实在是始料未及,倷为我沈寿真是用心良苦!倷明明晓得所有的付出是等不着回报的,而倷还要这样做,究属是为点啥哦?

(唱)眼蒙蒙,泪渍渍,咽喉梗住口难开。
置身旧园今如昔,曼寿堂中竟藏机关。
似梦非是梦,是真信也难,欲言谢,"谢"字轻轻何足谈?
这八年来,你惜我怜我照拂我,犹如慈父拳拳爱,
我有心事你抚慰,我遇窘迫你解围,
嘘寒问暖倍关怀。
你还懂我帮我明白我,艺术巅峰一起攀,
助我艺海展风采,弘扬苏绣倾赤胆,
此恩此情重泰山。
先生啦,你对我千般理解万般好,一片苦心是为何来?

张 (唱)为何来?为何来?我也扪心自问千百回。
皆因你,贤淑善良性温婉,清雅端庄非一般,
犹如空谷一幽兰。
你针下求自立,腹中锦绣才,绣花花烂漫,胸中有江海,
不畏难辛不畏难,鞠躬尽瘁未言悔,
一片痴情天难撼,我慕你敬你感胸怀!

(表)当我第一次看见倷作品的辰光,就被倷的艺术才华深深吸引。十来年的接触,倷沈寿温文贤淑的性格,清纯善良的品质,在我心目中,倷就像一个不食人间烟火的仙女。我宦海沉浮、激战商场几十年,见过的出色女子要多少,呒不一操场么,也有一书场,但从来勿有过格种感情。

张 (唱)人生难得逢知己,感恩天公巧安排。

  为红颜沥胆披肝亦心甘!

沈　(唱)　指尖弹出音万种，胸中层层起波澜。

沈　(表)　虽然两家头年纪相差廿一岁，但是特定的辰光，特定的环境，特定的遭遇，昔日的崇拜变成仔爱恋，感动变成仔激情。沈寿格一双素手不由自主伸仔出来。

沈　(唱)　四目相视，张唱：四目相视，

沈　(唱)　情难禁，张唱：口难开。

沈　(唱)　眸儿转，手儿抬，欲相搀，意相随，

张　(唱)　情忐忑，心潮翻，莫非好梦未醒来?

张　(表)　格情景曾经出现过勒我的梦头里，但现在梦境变成现实。张謇格两只手不由自主迎仔上去。两颗心越跳越快，两双手越曜越近，眼看就要碰着，就相差0.01公分!

沈　(表)　沈寿突然停住。啊呀!

沈　(唱)　世间最毒悠悠口，一跃雷池头难回，
  先生清誉要毁一旦。
  纵然是，情到浓时难自主，郎情妾意意姗姗，
  我要悬崖勒马坐稳鞍。

沈　(表)　自从到仔南通，张謇对自己无微不至的照顾，已经招来了外界的风言风语，如果今朝真的跨出格一步，不但会影响先生的声誉，俚为了刺绣事业所付出的一切也将付之东流。看上去该辈子，我搭倷先生只能是忘年之交、师生之谊。想到该搭，格双手往后一缩。

张　(表)　啊!?
 (唱)　我这里情深切，她那里意徘徊，为什么，手欲相搀却未相搀?

张　(表)　哦，明白了!
 (唱)　她晓我初衷知我意，怕污言浊水当头掺，
  恶名儿就此身上担。
  当年她毅然离故土，搬家随我来，为了绣艺把梦想追，
  狂风浊浪任它吹，头顶世俗迎艰难。
  倘然今朝燃情焰，背叛之名她承担，
  两相爱要变作两相害，情海终将成苦海!

张 （表）在这一刹那，张謇对眼前这位女子除了爱怜，更多了一份敬佩。真正的君子能"发乎情而止于礼"，就让伲拿格份爱永远藏在心底里吧。

张 （唱）一个儿清末状元称名士，

沈 （唱）一个儿刺绣女神旷世才，

张 （唱）他们两相爱手儿却未相搀，

沈 （唱）欲相搀，手儿难相搀，

合 （唱）难相搀，心儿已相搀！

张 （表）张謇与沈寿之间，就开出了这样一朵既高洁又美丽的情感之花。

沈 （表）但是沈寿的身体每况愈下，医生对张謇说，沈寿的肝硬化已经到了晚期，生命最多不超过半年。

张 （表）张謇听到格个消息好比五雷轰顶，一方面到处求医问药，一方面丢开手中所有的事体，全心全意照顾沈寿，自从她卧床不起，每天都要来看她。现在手里端好一碗药，轻动动"得儿"推开房门踏到里厢，只见床前一只绣绷。啊呀，你病成这样怎么还在绣啊？！走到床前一看，她睡着勒嗨，药碗望准台子上一放，走过来拿上面的包袱"哗啦"掀掉，一看么"啊！"只看见绣面上两个墨黑的大字："谦亭"！格两个字分明是自己的手迹，边上还绣好一行小字：贺啬翁寿辰。懂了，因为再过几天就是自己的生日，俚从匾额上拿格两个字去拓下来，赶绣出来送给我。再细细叫一看，格两字并不是用丝线绣的，而是用墨黑的头发精绣而成！张謇再也熬不住了，对沈寿望望，倷为我青丝作绣，格是一种怎样的情感啊？（泣泣之声）

沈 （表）倷的泣泣之声惊醒了床上的沈寿，眼睛睁开一看，

（白）先生来了？

张 （白）雪君，你病成这样还要为我而绣，千万不能再绣了！！！

沈 （白）过几天就是您的生日，我想表表心意。

张 （白）雪君，答应我，再也不要绣了，好吗？

沈 （白）放心吧，这幅"谦亭"是我最后的作品，我也绣不动了。

张　（白）不，等病好了再绣，来，不烫了，把药喝了吧。

沈　（白）（拿药碗一推）告诉我，还有多少日子？

张　（白）（哪哼好讲给俚听哦，面孔上还装得很轻松）别问这些，把这药吃下去病就好了！

沈　（白）先生，您别瞒我，医生究竟是怎么说的？

张　（白）医生说，让你好好养病！

沈　（白）您快告诉我吧，我还有一件非常重要的事要做，请您告诉我实话，不然就来不及了！

张　（表）听俚这样说，一阵心酸，也不忍心再瞒俚了。
　　（白）还有……还有半年。

沈　（白）半年？半年应该够了！

张　（白）你已经病成这样，还想做什么？

沈　（白）自从来到南通，您在事业上支持我，生活上关心我，精神上理解我，生了病你还要照顾我，为了却我思乡之苦，居然把老家的房子都搬了过来，你为我做的一切，雪君此生难以回报，只得来世犬马图报。

张　（白）雪君，你我之间别说这些啦。

沈　（白）先生，我还有一件事要麻烦您，最后再帮我一次吧，雪君求您了。

张　（表）格个"求"字能从俚嘴巴俚说出来，看上去格桩事体极其重要，重要到俚非做不可。（白）你说，什么事啊？

沈　（白）苏绣艺术精妙绝伦！可惜从古至今，只是按照师徒授艺的方式代代相传，如果有一部专业的书，将苏绣的技艺和针法留下来，就不用担心它的失传了。所以我想写一本绣谱，但现在我的身体已经不允许了，只能请您帮忙，我来说，您来写。答应我，好吗？

张　（表）张謇的眼圈一红，一个病入膏肓的弱女子，为仔让苏绣艺术能传下去，俚要用生命的最后一丝余力来完成这本绣谱，这个要求我怎么好拒绝呢？这恐怕是我最后能为俚做的事情了。写！从那一日开始，张謇陪着沈寿废寝忘食，夜以继日，赶写这本绣谱。

沈　（表）一个是年过四十，即将走到生命尽头的传奇女子，虽然干瘦憔悴，但还是衣衫整洁地靠在床上，尽量拿每一句、每一字说得清清爽爽。

张 （表）一个是年近七十，才高八斗又是富可敌国的清末状元，虽然头发斑白，老眼昏花，但还是认认真真捧好仔本簿子，拿每一句、每一字写得明明白白。

沈 （表）一开头沈寿的身体还好撑撑，两个号头过后，有仔肝腹水，作孽啊！沈寿有时痛得俚嘴唇皮都咬破。

张 （表）张謇心痛万分，要想放弃。

沈 （表）沈寿咬紧牙关，板要坚持。

张 （表）经过六个月的奋斗和煎熬，这一本中国历史上最完整、最实用的刺绣工具书终于完成了。正式出版那日，张謇手捧绣谱亲自送到了沈寿床前。

（白）雪君，看，你的绣谱出版了。

沈 （表）瑟瑟抖双手接过来一看，《雪宧绣谱》？

张 （表）"雪宧"两个字是张謇为沈寿取的雅号，但是从来朆用过，格是第一趟。雪：洁白，宧：光明。说明俫沈寿勒我张謇心目当中永远纯洁无瑕。

沈 （表）那时的沈寿已经开弗出口了，对张謇微微一笑：我的心愿终于了了。"啪"绣谱打开，里厢隔好一张信纸，信纸上写好两句诗，格笔迹熟得不能再熟，是先生写的："誓将薄命为蚕茧，始始终终裹雪宧。"沈寿嫣然一笑，我沈寿的命真好，此生能碰着先生这样的知己，我死而无憾！一代艺术大师，仿真绣创始人沈寿沈雪君，就这样带仔一面孔的满足离开了这个世界。

上 （表）沈寿入土为安，葬勒南通黄泥岭山脚下，依山傍水面对家乡。石坊上张謇亲手题好一排字：世界美术家沈寿女士之墓。余觉得讯赶到南通，质问张謇为啥拿家小葬勒异乡客地。为啥？张謇想自己格把年纪，还能活多少日脚？就让我自私一回，让俚陪自己走完人生最后一程！当然，格些闲话张謇并朆出口。接下来的每一日，张謇都要到坟上来看看坐坐、说说闲话。有一日，张謇又像往常一样坐到沈寿的坟前，讲讲张，居然眯着哉。一歇歇辰光天上开始落雨了，开

头是蒙蒙细雨，连下来雨点越来越猛，越落越大。但是张謇毫无感觉，俚勒做梦，梦头里看见沈寿来了……

沈 （白）先生知我，我必报恩。

张 （表）张謇点点头，把手一伸，（白）来，我们回家！

下 （表）就在不知不觉当中，张謇的魂魄伴随着沈寿一起去了。

下 （表）沈寿与张謇神交八年，他们互相欣赏，互相倾慕，互相理解；

上 （表）互相帮助，互相扶持，互相关怀。

下 （表）荷绽清流，却不求花开并蒂，这才是真正的知己情、知音魂！

上 （表）沈寿的故事讲完了。着过俚绣服、享用过俚绣品的帝王将相、达官贵人早已烟消云散，但是沈寿的名字和苏绣的艺术却在世界艺术的长廊里永放光彩！

中篇到此结束！

良心（短篇弹词）

出品：张家港市评弹艺术传承中心
作者：周希明、季静娟

上（表）啥叫良心？就是一个人要有一颗好的心，其实一个人的一切思维、一切行动全都靠他的心来指挥。

就在张家港市营房弄第三家，主人叫徐良，四十多岁年纪，有点看老，眼睛弗好，头发稀少，而且脚有点跷，和我比比外形有点像，不过我比他老，我的脚不跷。

下（表）徐良有个女儿叫霞霞，弗是亲生，但是从血泡泡就领得来（编者注：但是从小婴儿起就领养来的），今年已十岁，大大的眼睛，高高的鼻梁，一只小沙喉咙，和我有点像，不过我比她大，她比我小。

上（表）今朝五月一日是霞霞的生日，台上烧好几样小菜，叫啥父女俩坐在那里不吃，在等人，等啥人呢？

下（表）房客，单身女子——叫杨素萍，江苏张家港人，说来稀奇，徐良房子并不宽裕，这一小间是要留给女儿霞霞的，但是被杨素萍看中，而且愿意出多一倍的房钱，两家相处下来，关系极好，而且半年相处下来，杨素萍非常喜欢霞霞。

上（表）霞霞也很喜欢萍阿姨，今朝霞霞生

日，事先瞒一瞒，等萍阿姨转来给她一个惊喜。

按理辰光不早了，应该回来了，徐良有个习惯，一到老辰光要看电视新闻，那现在过来拿格只二手货十八寸彩电电源开关"啪"一开，没有图像，只有雪花状"呼……"啥道理？徐良晓得，不是质量问题，而是老化问题。

下　（表）霞霞拎得清，要想看图像只有请它吃记耳光，所以走过来，举起小手对电视机壳子上拉起来"啪"一记，耳光一吃，图像就出来了。

"现在播放今日新闻，当前最有希望的年轻一代的时装设计师杨素萍女士在这次全国大奖赛中荣获金奖，她的作品获得国内外专家的一致好评。"

霞　（白）爸爸快看，是萍阿姨，是萍阿姨，是萍阿姨。

上　（表）徐良也看呆哉，我只当她是一个普通的裁缝，原来是时装设计师。

徐　（白）霞霞，萍阿姨真了不起。

霞　（白）嗯。

　　（表）正在这时候，杨素萍回来了，一身时装，非常得体。

素　（白）霞霞、徐兄，我回来了。

徐　（白）噢，刚才电视里正巧看见你。

霞　（白）萍阿姨，你真酷。

素　（白）噢，这个没什么。

徐　（白）我一直当你是裁缝。

素　（白）是呀，是裁缝，还是一个女裁缝。

霞　（白）萍阿姨，我和爸爸在等你吃饭，你可知道为什么？

素　（白）阿姨知道，今天霞霞过生日，对吗？等我回来吃面条，对吗？看看，我带来了生日蛋糕，霞霞，阿姨祝你生日快乐。

霞　（白）萍阿姨，你怎么知道今天是我生日？一定是爸爸泄密了。

徐　（白）奇怪，我从没有说起，她哪会晓得呢？一定是小鬼自己不注意露出来。

徐　（白）萍阿姨，不好意思破费你了。

素　（白）这有啥？霞霞，来，点蜡烛。

　　（表）蛋糕十分精美，放在台上，十支彩色蜡烛插好点着。

素　（白）霞霞，来，许个心愿。

霞　（咕）霞霞在想，自己出生到现在，从来没见过妈妈啥样子，同学都有妈妈，就我没有妈妈，爸爸曾经和我说过，我不是他亲生女儿，我最希望自己妈妈来认我，而自己妈妈最好要像萍阿姨一样，这个就算我的心愿。

霞　（白）萍阿姨，我的心愿许好了。

素　（白）徐兄我和你来唱生日歌，来祝霞霞生日快乐……

徐　（白）好的，你先开个头。

素　（白）霞霞，祝你生日快乐。

　　（合唱）祝你生日快乐。Happy birthday to you，祝你生日快乐。

霞　（白）哈哈哈，爸爸你唱得太难听了，还是萍阿姨唱得好听。

素　（白）霞霞，快点吹蜡烛。

　　（表）小霞霞连吹三口气，把蜡烛吹灭。今朝的小霞霞生日过得特别开心，开心得不想睡觉，睡觉要睡到俚萍阿姨的床上，还要萍阿姨讲故事给她听。

　　等到霞霞睡着，徐良拿残羹收拾开，把吃剩的菜放到罩篮里。徐良心里不平静，非常感激杨素萍，不知道用什么话来向俚表达。

徐　（白）萍阿姨，你让霞霞这样开心，我真的非常感激。

素　（白）这个没什么，徐兄，现在我想喝酒。

徐　（白）哎呀，我屋里没酒。没事，我到小店去买。

素　（白）不要买，不要买，我有。

　　（表）杨素萍说完自己从包里拿出一瓶法国路易十三 XO。

素　（白）徐兄，你陪我吃阿好？

徐　（白）我吃弗来。

素　（白）尝尝。

徐　（白）哎呀，菜也没有，油爆虾只剩一只半哉。

素　（白）吃这种酒，不要菜的。

徐　（白）吃洋酒的杯子也没。

素　（白）拿碗，中西结合。

徐　（白）中西结合，好，好。

　　（表）素萍手脚十分熟练地打开瓶盖，倒好两小碗。

素　（白）徐兄，请。

徐　（白）萍阿姨，请。

素　（白）徐兄，我叫你老兄，你叫我萍阿姨，我真的有点吃不消。

徐　（白）我实在……

素　（白）叫我么萍妹、阿妹、小妹，就是叫我憨妹也可以。

徐　（白）我叫你妹妹又叫不出。来，祝你获得金奖。

素　（白）谢谢，徐兄，请。

徐　（白）请。

上　（表）不习惯吃洋酒真有点吃不消，一口 XO 下去辣蓬蓬。

素　（白）徐兄，我想请教你三个问题，阿可以？

徐　（白）你只管问。

素　（白）第一，霞霞是弃婴，你为啥收留？收留下来，你肯定吃了不少苦，你阿可以讲给我听听？第二，你对霞霞的父母有啥看法？第三，你阿谈过恋爱？为啥到现在弗结婚？

上　（表）三个问题，非常简单，要回答，也很容易，XO 端起来，"咕"吃下去，觉得啥叫 XO，完全是 OX。

第一个问题：说为啥收留霞霞。十年前，五月一日早晨，我老规矩早起要摆修脚踏车摊，走到门口，门还没开，听到外面小孩哭，门一开，一个小女孩横在面前，抱起来一看，上面一张字条写得蛮清爽：五月一日凌晨出生，巴望好心人把她收留。我当时心里非常难过，我决定要收养她。后来总算通过各级机关批准，那么确定了认养关系。至于我为什么认养她，收留霞霞，其实我……也是个弃婴。

素　（白）你也是个弃婴？

徐　（白）是啊，我靠全社会把我养大，我现在抚养霞霞也是回报社会一份心，要说吃的苦，就不要说了。

上　（表）第二个问题："咕"又吃了一口，还是 OX，对霞霞父母有啥想法？我自己是一个弃婴，本来对自己父母有想法，亲生父母为啥要把我抛弃？想他们当时难处肯定大，有啥怨有啥恨？霞霞父母同样如此，肯定也有天大的难处，我连自己的父母都不怨，我为啥要去怨霞霞的父母呢？霞霞很聪明，八岁那年我就和她说穿了："你是弃婴，相信你的父母会来认你，到那个时候我肯定让你们团圆。"我也叫她不要恨自己的父母,小孩你看她平时不流露,其实她最大的心愿也是希望自己的父母来认她。

第三个问题:阿谈过恋爱?谈的,唉!谈得多了,介绍人蛮多,有的谈一谈,有的谈二谈,有的没到三谈,已经结束了,不是嫌我穷,就是嫌我老,嫌我眼睛不好,还嫌我头发少,带了霞霞更加不行。你想,再带了一个宝宝还怎么行?到后来,我想不要来烦了,这样吧,不要我讲,我来唱给你听吧,"咕"这个一口下去倒觉得是XO了,你听好……唱得不好,不要笑我。

(唱)推呀拉呀转又转,

磨儿转得圆又圆,

上爿好像龙吞珠,

下爿好像白浪卷。

哦,不对,唱错了,搭弗牢,搭弗牢(编者注:不搭边,不搭边)。

自家亦弗好,还要带宝宝,带宝宝,脚还跷,眼睛又弗好,钞票亦是少,哪哼讨家小?钞票亦是少,哪哼讨家小?

(白)我福气不好,我不是何宜度,碰不到豆腐嫂嫂,算了,为了霞霞,无所谓,所以现在谁要来搭我谈恋爱,省得她们回绝我不谈,我先回绝她们,不谈,不谈,就是不谈。

(表)三个问题,简简单单,实实在在,听得杨素萍眼角旁边的眼泪"滴滴答答"挂下来。

徐 (白)你喝醉了,你喝醉了。

素 (白)徐兄,你心真好,来,酒再倒倒满。

徐 (白)弗,你弗能吃了,弗能再吃了。

素 (白)徐兄,你为啥不问问我的为什么?

徐 (白)我有啥要问?

素 (白)嘿嘿……有格,譬如:一,我为啥单身?第二,我为啥住在这里?第三,我为啥晓得今天是霞霞的生日?

上 (表)三个问题,被你一提,是有疑惑。

徐 (白)格么就算这三个问题,萍阿姨,你好说就说,弗好说就不要说。

（表）其实杨素萍提出几个为什么，自己做解答，借这个机会向你徐良吐露一番。

素（白）徐兄，你不要插话，你给我几分钟，让我讲给你听（徐[白]我肯定弗开口）十年前的一段往事。

（唱）含泪无言碎了心，
咽喉噎住阻芳音。
我素萍原是乡间女，
贫穷困苦缠我身。
我父故娘有病，
小弟他年尚轻，
这千金重担我挑在身。
就在十年前，正立春，
我从东沙到港城，
制衣厂中学缝纫，
劳碌终朝无怨声，
良心呼唤我杨素萍。

（白）正当我拼命工作实现自我价值的时候，一场噩梦开始了。

（唱）一个年轻人，他悄悄走近身，
好似哥哥一样亲，
堕入情网恩爱深。
就在那一天，那一夜，
我抵不住引诱，抗不住情，
与他——与他有了一夜情。
自从三月后，天上雨纷纷，
我们相依相偎在园林，
我在他耳边告喜讯，
我已有了孕，
笑迎腹内小生命。
哪知他抬眼多茫然，
重复问一声，
他颤抖的声音告诉我杨素萍，
他是一个没良心。

到后来,他留一字条匆匆走,
说什么要去广州到深圳,
说什么要另谋出路攀青云,
从此消失无音讯,
叫我茫茫人海何处寻。
徐兄啊,我是终朝怨恨有何用?
焦虑烦躁伴晨昏。
等待无归期,希望成泡影,
噩梦连连缠我身,
度日如年像那个云。

(白)我好几次想打掉,但是我下不了手,因为是我的骨肉,也是他的骨肉,我还在等他回来,但是徐兄,你知道吗?白马王子的心是黑的,脚是好的,走的路是歪的。

(表)记得正好五月一日前夜,女工都回家了,宿舍里就剩我一个人,当时我肚皮痛是痛得来,看上去要生了,但是当时旁边没有人,哪哼办?我只能参照一本初级的妇幼保健书,把小囡生了下来。总算还好,我和小囡都蛮平安,但是我晓得厂里是不能再蹲下去了,这个小囡,我也无法抚养,于是我做了一件十分愚蠢和荒唐的事,将母亲的责任推向了社会,推给了你……徐良,其实徐良哥哥,我杨素萍也是一个坏良心的人。在这十年中,我拼命打工,拼命学习,我每天都用泪水拌饭,我时时刻刻都在忏悔之中,我一直在查我的良心,我好几次到你门口远照。
徐兄啊,
(唱)你怀抱霞霞有无限爱,
你搀扶女儿有无限情,
不是亲生胜亲生,
我始终不解这内中情。
我感激你徐良兄,
我钦佩你好品行。
我恨自身多愚蠢,
差点害了自亲生,

羞愧内疚难平静，
我十年的忏悔何足论，
我十年的怨苦难比你十年的好良心。

（白）徐兄，你当初收养了我的女儿，吃了多少苦，其实我在半年之内了解得清清楚楚。我知道，当时为了那张领养证，街道里你不知道跑了多少次，真所谓跑断了脚筋。对的，一个男人，一个单身，一个经济并不富裕，而且脚有点不方便的人，阿能不能带好这个小孩，大家都有点不放心，但是你为了霞霞起早摸黑，整天整夜又做爹又做妈，一把屎，一把尿，你不嫌脏，不嫌其烦。霞霞没有奶水吃，你又买不起奶粉，你就每天磨新鲜的豆浆给霞霞吃，让她健康成长。你为了霞霞，宁愿省自己，让她吃最好的。有时候我知道，你还要饿肚子。有一次霞霞生病发热，你竟然抱了她一日一夜。要说千难万难，你都克服过来了。世界上有谁能和你比？你的良心是金子打的。徐兄，这半年来，你的一言一行都唤起了我的良知，唤醒了我的灵魂。我一直在不断地忏悔，不断地自责，我从你身上学到了做人的道理，知道啥叫是荣，啥叫是辱，你就是当今的道德模范，所以我今天借霞霞生日，乘着酒兴，和你说清楚这十年之中一直埋藏在我心里的那一段隐情，让那一段见不得阳光的事情在你面前做个交代。徐良哥哥，所以我今天真心要求你，既然你收留了我的女儿霞霞，那么你把她母亲一起收留吧，让我们永远生活在一起，成为一家人。

徐（白）我不……不……
素（白）为啥？
徐（白）我眼睛不好，我脚跷，我头发少，我穷，我年纪大，我……这……
素（白）主要你良心好。
徐（白）我配不上你……
素（白）要说配不上的应该是我……
（表）其实你们两个人的说话，霞霞全听见，而且开心得弗得了，现在熬不住，要紧开口。
霞（白）爸爸主要你人好。
徐（白）霞霞……快叫妈妈。

霞　（白）妈妈，妈妈，萍阿姨，我早知道你像我妈妈。
素　（白）霞霞……乖，快叫爸爸。
霞　（白）爸爸。
徐　（白）不……我不是你爸爸。
霞　（白）爸爸。
徐　（白）哦，我是你爸爸。
素　（白）徐良哥哥，你不要有顾虑了，我们应该生活在一起，我们应该是一家人。
旁　（白）应该是一家人？
旁　（白）应该是一家人？
旁　（白）观众朋友，请各位闭仔眼睛，摸仔良心，他们阿应该是一家人？

港城大义（短篇弹词）

出品：张家港市评弹艺术传承中心
作者：周希明、季静娟

下　（表）长江下游南岸张家港地区，有一家非常有名气的钢铁企业，江苏省里可以翘翘指头，在全国说来亦是一个奇迹。南江村的故事说亦说弗完，一天一只小故事，一年一只大故事，甜酸苦辣应有尽有。今朝要讲的是十年前南江村老书记的一只小故事。

上　（表）老书记参过军，打过仗，当过教师，做过生产队长，而现在是南江村党委书记兼南钢集团董事长。今天是星期日，老书记老早起来，但是只觉得心里有些不踏实。格么是不是多村合并只觉得肩膀上分量重了心里不踏实？不，这个老书记胸中有蓝图、笔下展宏文的老资格，为啥今朝要心神不宁呢？

下　（表）就是嫡亲外甥在基建工程吃进一批次货造成工程质量产生严重问题，工程返工，延误工期，外甥从中还受贿。这是严重违规违纪，董事会昨夜开会开到半夜两点，好几个董事表示要严肃批评，从轻处罚，可以警告，但是除名就勿除名了。还有几个弗开口，弗表态。

上　（表）老书记懂格，这是看我面浪，俚笃都清爽，我搭妹子感情最好，而这个外甥是我妹子最欢喜的儿子，所以在表态时，松动哉！

不。我是军人出身,我是农民的后代,而且我是村党委书记,时刻要牢记,我是一个共产党员,我在带领一帮人建设新农村,建设新家园。如果我脑子昏一昏,这辆南江村的快车会出轨的。封建社会里尚且提出"皇子犯法与庶民同罪",现在是什么时代?有法必依!违法必究!所以老书记深夜两点钟亲自做出决定,全体一致通过,将外甥开除出厂。但是老书记格颗心是沉重的:估计妹子得到风声会来寻我格,我要好好叫开导开导她,到底怎么说呢?

伴 (表) 书记的爱人是一个淳朴的乡村妇女,对自己老男人非常了解,平时风趣、幽默,早晨吃茶时还要说说笑话,今朝有些异样。

伴 (白) 老头子,咦?今朝好像有些心事,你胃里阿适意?

书 (表) 老爱人勒浪关心自家,当我身体弗好,缠错哉!(编者注:老伴在关心我,以为我身体不好,其实她弄错了!)

书 (白) 胃里蛮适意,今朝阿妹要来。

伴 (表) 哦,姑娘要来。

伴 (白) 来么好个,我多烧些饭。

书 (白) 弗一定会吃饭,就是我搭阿妹在讲话时,你到里厢去……

伴 (白) 啥体?有啥个秘密?

书 (白) 秘密是没有,噢,我要和她说一桩弗有趣格事。

伴 (白) 哦。

表 (白) 正在这时门铃响哉,"叮咚——"

书 (白) 噢哟,我妹子来了,你进去吧。

表 (白) 老爱人弗懂,弗有趣么指啥?现在往里厢一间去,把客厅边门带带上。

上 (表) 老书记把大门一开。

下 (表) 外头果然是老书记妹子,淳朴中带几分泼辣,一望就是一位能干的农村妇女,比起老书记的爱人来要显得时髦哉,手里拎一只尼龙袋,里厢放一只硬塑饭盒,如果摸一摸,还有些"热洞洞"。张家港人讲闲话,有一种特别的糯性,对人称呼,如果表示尊敬和亲热,往往在称呼前加一个"好"字,譬如,

阿爹叫"好爹",祖母叫"好婆"。阿哥叫"好阿哥",妹妹叫"好妹子"。今朝老书记妹妹来,说穿了是为儿子闯祸事体与哥哥打招呼,代儿子赔赔罪,为儿子讨讨情,所以有意亲手做了几只好阿哥最欢喜吃的新米团子。心里懊糟,面浪要笑,格只面孔像黄梅天出太阳,带点潮扭扭。

妹　(白) 好阿哥 (声音嘶哑)!

表　(白) 要死格来,开口就像猫叫。

书　(白) 里厢来吧,我等仔你一歇哉。

妹　(白) 好阿哥你晓得我要来格?

书　(白) 昨日就晓得格。

妹　咕(白) 噢哟,好阿哥,实头像仙人,我早浪刚决定要来,要想讲,请倷吃团子,还未开口……

书　(白) 团子我勿吃,你带回去,你要想讲啥就讲吧。

表　(白) 咦……我送团子他也知道的,阿是我家里装监控的?全晓得格。那末阵脚乱哉,事先端正好的闲话全忘记!

妹　(白) 阿哥好,我来你弗晓得,你弗晓得我来,你实头全晓得,我弗来……

表　(白) 要死格来,讲得像外国人哉。

妹　(白) 好阿哥,倷……你外甥,俚个"小七煞","小猢狲"他知道错哉,俚呒不面孔来见你哉,你饶仔俚吧。

书　(白) 哪哼饶法?妹子你先讲,为啥饶俚?

妹　(白) 一来第一次;二来下趟弗敢哉;三来你是娘舅,俚是外甥;四来你是我好阿哥,我是好妹子;五来俚是我好……是我儿子,我是俚娘;六来你是老书记,还是董事长,你只要一句话,大家服帖格……

书　(白) 啊有七来八来?

妹　(白) 嘿,我想想弗出哉……

书　(白) 我现在要你回答两个问题。

妹　(白) 好格。

书　(白) 第一个问题,如果严重违反厂规的人不是我外甥,是普通村民,是普通员工,你阿会来讨情?

妹　(白) 俚格……

书　（白）第二个问题，如果订了规矩都弗执行，南钢公司会成为啥个局面？要我个头头做啥？

妹　（白）格个……

书　（白）妹子啊，我想了一夜，希望你不要来求情，你实头会来讨情，我难过，你讲这番话出来我伤心。妹子啊，不少老百姓不是共产党员，但是心向着共产党，看好我伲共产党，可惜我伲有些共产党员偏偏忘记自己是共产党。但是我覅忘记，南江村民覅忘记，妹子，你不能忘记啊！

妹　（白）阿哥，我朆忘记。

书　（白）朆忘记？格倷来为儿子讨情做啥？

妹　（白）忘记弗忘记，搭讨情弗讨情搭弗牢格。（编者注：忘记不忘记，与求情不求情是不搭边的）

表　（白）喔唷，今朝事体办好有难度，话风听得出，大道理讲弗过俚，换方法。我应该是了解阿哥脾气个，说一是一最讲情意，啥人对他一分情，他要还十分，自家算算对阿哥真格好个，不过阿哥对我还要好，今朝为儿子讨情，想上去，花些口舌消消他的气能挽回，所以想讲一句，外甥弗出舅家门，要紧讲，冲口出，

妹　（白）娘舅——

表　（白）要死个来，妹子叫我娘舅？

书　（白）倷想降辈分做我外甥女？

妹　（白）我昏哉……

书　（白）你是我好妹子，弗好昏个。

妹　（白）我想讲一句常言搭俗语，叫"娘舅弗出外甥门——"

书　（白）你又讲错哉，娘舅比外甥先出世哉。

妹　（白）我又昏哉，格么你先吃只团子吧。

书　（白）我早饭吃过哉。

妹　（白）看我诚心诚意面浪，哪怕咬一口。

书　（白）好，咬一口。

表　（白）老书记把塑料盒打开，真格还有点热，抽一双筷，搭夹牢一只，问一声，

书　（白）啥个馅？

妹　（白）二只豆沙格，二只荠菜肉格，甜咸搭搭，你夹牢格一只是甜个，咬酿！

表　（白）一口，弗甜，弗看见豆沙。

妹　（白）阿甜？

书　（白）弗觉着，你馅放得少着点。

妹　（白）阿哥，因为你阿哥喜欢吃个，我有意多放些馅，大概馅全勒浪一边哉！

表　（白）再一大口。

妹　（白）阿甜？

书　（白）呒不感觉。

妹　（白）咦？啥道理？倷再咬……

书　（白）好妹子，我西北角咬到仔东南角，再咬下去要咬筷子了，妹子你大清早拨我吃只空心汤团，哈哈哈……

表　（白）那末呒趣哉，一定刚巧做团子辰光思想开小差，忘记放馅。

妹　（白）阿哥我粗心哉，你再吃一只吧。

书　（白）好了，我看还是你拿要讲闲话讲出来吧。

妹　（白）好个，横竖自家人，我亦弗拐弯哉。格只"小猢狲"犯错误，你饶仔他吧。阿哥！

（唱）我与你出生在贫苦南江村，

共度患难感情深，

非比寻常兄妹们。

我们一家人不说两家话，

有道是千朵桃花一树生，

望哥哥体谅妹妹心。

昨夜我心中有愧眠不稳，

思前想后难为情，

故而我么天色未明便动身，

我要当面赔罪诉衷情。

都是这只小猢狲，

你的亲外甥，

年纪轻，一时昏，

经不起诱惑动邪心，

坍台坍到脚后跟，
一失足成千古恨，
懊悔已迟祸已深。
害你哥哥
人难做，难做人，
难人做，做难人，
被人指点被人云，
总说是外甥不出舅家门。
其实哥哥你
重原则，无私心，
男儿汉，铁铮铮，
我们是同胞兄妹一母生，
深知你心胸磊落最光明。
也怪我平时疏于教育关心少，
以至于放任自流到这般行。
亲者当严从古说，
你尽管唤他来，关起门，
骂也好，打也成，
亡羊补牢断祸根。
教育重，处分轻，
留条出路重登程，
留个机会重做人。
哥哥啊，你在南江威信大，
从来一锤可定音，
你总要看妹妹薄面情，
急难中救救你的亲外甥，
救救你的嫡嫡亲亲、亲亲嫡嫡亲外甥。

书（咕）嫡亲嫡亲，跌得生生青。

书（白）妹子，弗有哉，再想想看，啊有啥闲话忘记说？

妹（表）（白）对阿哥望望，啥叫啥阿有了？有是还有几句了，就是提醒你阿哥，我妹子亦帮过你格，特别是：你从朝鲜战场下来受过伤，我帮你去弄伤药，你忘记了？有一回嫂嫂弗勒浪，你老伤发出来，我还服侍你，你忘记了？我晓得你阿哥在困难辰光没有鸡蛋吃，我鸡棚里生仔头窝鸡蛋省拨你吃，讲私心你亦弗是一点点亦呒不。我晓得有时叫食堂加工菜，想上去你亦搂搂嘴巴，外势送拨你的礼品，我想上去弗见得全部上交，格中闲话说出来就弗惬意，所以放在肚皮里弗想说。

上　（表）其实老书记对妹子格人非常了解，看仔俚格个神态就清爽，今朝你弗说我来说。

　　（白）妹子，今天如果说你不来，我也要到你家里来。我们南江村这么多年走过来不容易的，取得这样的成绩更不容易，我们不能毁了南江村啊！好妹子啊，

书　（唱）忆当年，实难忘，
　　　　点点滴滴，件件桩桩，
　　　　历历在目，
　　　　我都在那心里藏，
　　　　江滩建江村，江南称南江，
　　　　吃粮靠返销，花钱靠银行。
　　　　伸手要救济，
　　　　住的是茅草房，吃的是咸菜汤，
　　　　一年四季破衣裳，
　　　　南江村民谁能忘？
　　　　记得当年寒冬日，呼呼北风透骨凉，
　　　　早起摸黑挖鱼塘，六十天汗水换来笑声扬，
　　　　脱贫第一炮已打响，
　　　　南江村民谁能忘？
　　　　找木匠，请漆匠，
　　　　办小厂，建作坊，
　　　　聚沙可成塔，勤劳出宝藏，
　　　　万众一心聚起了好能量，
　　　　南江村民谁能忘？
　　　　马不停蹄步不歇，探索创新建钢厂，
　　　　冶金史上写出了新篇章，
　　　　南江村民谁能忘？

近水楼台先得月，得月也要有良方。
科学发展观，正确做导航，
建成大码头，神奇更辉煌，
吞吐千万吨，好比明珠嵌南江，
南江村民谁能忘？
我是村书记，我是董事长，
当家人，把千家万户的事我要放心上，
一人富不算富，大家富裕才荣光。
村民是股民，做主把家当，
并村又并队，
南江是幸福乐园胜天堂，
南江村民谁能忘？
个人得失何足道？廉洁为公正气扬。
集体的便宜我不沾，村民的利益胸中装，
谁叫我是领头人？
谁叫我是共产党？
总书记视察时的叮嘱我不能忘。
只有前进不倒退，南江村还要发展大步上。
新农村，新城乡，
共同富裕人人尽分享，
南江村民谁能忘？

书 （白）妹子，你说我讲得阿对啊？

妹 （白）阿哥，你话说得有道理，不过，格只"小猢狲"，看在我的面上，你今天一定要饶他的。

书 （白）你怎么劝不醒的？

妹 （白）好阿哥，你无论如何看在我的面上要饶他的。

书 （白）妹子啊，我和你讲，我做事情有原则的，外甥犯这样的错误必须开除，我的子女犯这样的错误也要开除。就是我，如果拿了不应该拿的，我自家如果犯规，哪怕拿集体一针一线，拿了弗应该拿的东西，占了集体哪怕一点便宜，哪怕一只菜一份礼品，如果我揩油了，我会自己开除自己。我欢迎你，欢迎亲属，欢迎全村村民都监督我，检举我。今天这桩事不要说

了，我不会同意的，哪怕跪在那里求我也是没用的。

表 （白）格辰光妹子受不住哉，眼泪在下来。看上去阿哥像包公一样要铡包勉哉。俚说得出那些话，妹子心里受不住了。

妹 （白）阿哥，你没有心肝格，我今朝认得你哉。好个，从今以后我们兄妹一刀两断哉，格只"小猢狲"只好去死哉，我亦没有面孔做人哉，南江村我亦不蹲哉！

伴 （表）里厢老书记格老家小也听弗下去哉，老男人好像太严厉哉，所以门推开踏进来。

伴 （白）老头子，你拿外甥开除处理太严重哉。妹子啊，你覅急，等歇再商量！

书 （表）老家小在瞎做和事佬。

书 （白）老太婆，你覅做啥好人，你预备搭啥人再商量？你哪哼做人没有原则个？我再讲一声，为了南江村，为了集体，为了新农村的发展，外甥必须开除！

伴 （表）老家小从来不曾见过老男人这样严肃，吓得弗响，弗响就是弗有声音。

妹子气得拿起放团子的塑料盒，连团子、连盒子往尼龙袋里一塞，袋一拎想要出门……

书 （白）慢！

表 （白）脚里停，做啥？

书 （白）团子留下来，我要吃格。

妹 （白）格个……

书 （白）你想团子弗拨我吃，办弗到，空心格亦要吃个，你想搭我一刀两断办弗到，听好，你永远是我好妹子，你的儿子永远是我外甥。

妹 （白）格个……

书 （白）转去告诉外甥，振作起来，真正吸取教训重新做人！啥地方跌下去啥地方爬起来，如果以后有啥困难，寻我，要做生意，要办企业，缺资本我娘舅会帮他个，我这个人到底阿有义没有义？阿有情没有情？对外甥阿对不对？让众人来评吧！好哉，吭不哉！妹子，你走吧。

表 （白）格辰光脚提弗起来哉，要跨出门，这一步有千斤之重，阿哥那些话像晴天里打雷,又像军鼓在心里敲,阿哥对的,我错了,娘舅对的,外甥错了,原来阿哥不是无情无义,而是最讲情义,回过来只有三个字叫出来:好阿哥——!

无情却有情,无义却有义。

真心真情义,港城有大义。

牵手（中篇弹词）

出品：张家港市评弹艺术传承中心
作者：陈碧红、王智雄

第一回　惊变

上首　倪张家港南大门有座凤凰山，旁边有个凤凰镇。这个地方历史悠久，资源丰富，风景秀丽，而且文化底蕴非常深厚。

中首　俚历史上共有 4 位状元，36 位进士。至今保存着千年古街、红豆树等一批历史遗址、遗迹。

下首　有名的河阳山歌、河阳宝卷，被列入国家首批非物质文化遗产名录，代表作《斫竹歌》有六千多年的历史。

上首　另外，凤凰山风景区是张家港市第一个国家 AAAA 级景区。凤凰、凤凰，真是一只，

合　　金凤凰。

上首　这个场化非但山美、水美、

合　　人更美！

吴　　诶，伍笃阿晓得，倪凤凰镇最最有名气格是啥物事？

一起　水蜜桃哇。

吴　　伍笃只晓得吃，除脱水蜜桃之外还有一张非常感动人个事体，

婆　　喔？

吴　　这是真人真事，

婆　　啥个事体介？

吴　格个人，二〇一三年被评为全国道德模范、中国好人，

陈　俚叫陈慧芳，是凤凰镇金谷村人，今年二十八岁，面孔标致，身材匀称。倷只要看俚这双粗糙的手，就晓得这是个勤劳的女人。

吴　俚个男人叫吴志清，今年三十岁，初中文化，是个木匠。平常待人和气、勤勤恳恳，一看就是个老实头。一九八九年，经人介绍两个人结的婚。

陈　开转年来养了个女儿。

吴　小夫妻两家头勤俭持家，巴巴结结，好弗容易积了点钞票，造了一幢楼房。

陈　今朝是一九九四年五月一号，办"进屋酒"，所以请点亲眷朋友来庆祝庆祝、闹猛闹猛的。

婆　吴志清个娘是开心得了，嘴也合弗拢："志清、慧芳。"

吴陈　"哎！"

婆　该搭两桌交给你们了，卖力点多敬两杯，格搭一桌我来去。

吴陈　"有数目！"

甲　乡邻等辈要紧过来恭喜："小吴啊，今朝是你们的大喜之日，倷要多吃几杯的。"

吴　对，开心日子，大家多吃几杯。

乙　志清，当初倷是穷得叮当响啊，自从慧芳过门，夫妻两家头巴巴结结，日脚一点点好起来嘎。

丙　哎，对个，这种家主婆给倷讨着的，非但日里做，夜里还要来料加工。一年四季勤停、勤歇的，蹩脚的男人不及俚，所以这幢楼房有俚一大半的功劳。

甲　不过闲话说转来，志清也不差，木匠生活呱呱叫，团团一带啥人不晓得。总之，夫妻两个全能干的人，所以造起村里第一幢楼房也是理所当然的。

好婆　隔壁王家好婆听见大家讲话也插了进来。"这对小夫妻人聪明不要说俚，良心也好。我一个孤老太，平常辰光慧芳总归问长问短，帮我做点事体，比女儿还要亲。还有我厨房间的这套台子、凳子都是志清做的，铜钱也弗肯收哇。"

乙　讲起这个事情我也蛮难为情，旧年俚搭我打的一整套家具，

做工便宜不要说俚，我工钱只付仔一半，还有一半看上去要年底再付了，志清，搭你打声招呼，不好意思噢！

吴　啥个闲话呢？全是乡邻，工钱慢慢叫弗不要紧的。

好婆　真是好人啊，慧芳嫁给倷着实福气。

吴　好婆啊，没有慧芳也就没有我个今朝。

乙　格么今朝夜里倷好好叫抱牢俚多亲热亲热！

吴　倷么板要寻开心格。

乙　哎，对了，志清啊，慧芳唱歌唱得呱呱叫哇，实梗，今朝开心日脚，请慧芳唱个几句大家开心开心啊。

吴　嗷，慧芳，人家都说你歌唱得好，今朝就唱个几句吧。

陈　喔唷，吃力阿吃力煞着，还要唱啦？

吴　今天开心日子啊，难得的，倷就唱几声吧。

陈　好好好，格末唱啥呢？

吴　就唱格只《牵手》，你唱得呱呱叫。

众人　对、对、对，就唱那个《牵手》。

陈　《牵手》就《牵手》，不过唱得弗好么，请大家多多原谅。

众人　哦呦，慧芳，勠客气则哇，该点么你拿出来就是。

陈　因为爱着你的爱，因为梦着你的梦。

众人　好！

陈　就在这个当口，陈慧芳觉着眼睛一阵急痛！只觉得头里晕，眼睛花，耳朵叫，脚里软，浑身都在出冷汗。

（唱）霎时间天旋地转汗淋淋，似有万把钢刀刺眼睛。

痛彻肝肠钻入骨，浑身好比滚油烹。

咬牙忍痛睁双目，两眼茫茫雾霾生，

南北东西分不清。

（白）想我从小近视眼，难道眼睛出毛病了？

（唱）免心慌、略定神，不过老毛病此番又加深。

我自小近视眼，度数逐年增，

粗活尚能做，绣花万不能，

发病时候时常头里昏。

近来事烦添辛苦，老天爷责令我停一停。

渡难关只要忍一忍，

所以闭上眼睛默默养精神。

(表)陈慧芳拿眼睛一闭,隔一歇,慢慢叫张开来一看,啊?仍旧看不见啊?啊呀不对,以前凡是吃力着,只不过眼睛模糊一点,为啥现在一点点都看不见啊?

(唱)好比深夜置身枯井底,既无月亮又无星,

赛过眼睛重遮黑纱巾。

伸手难将五指觅,环顾四周黑沉沉,

只觉得万分恐惧袭上心。

精神崩溃难支撑,撕心裂肺喊高声,

(白)我,我的眼睛……!

(唱)跌倒尘埃失了魂。

(表)那么不好,陈慧芳人"噌",跌倒在地上!

众人　旁边个人阿要吓个啦?大家都在听俚唱歌呀,叫啥唱得一句,突然之间女主人跌倒地浪,大家一吓,要紧围上来,"啊呀不好,慧芳晕倒哉!"

吴　吴志清急得了,要紧抱牢家小,"慧芳,倷醒醒呢,倷醒醒呢?"

乙　是啊,刚刚蛮好的。

吴　就是呀,格末哪哼办法呢?

甲　格么快点送医院。

吴　嗷,在亲眷朋友的帮助下面,拿陈慧芳送到了医院。

医生　医生诊断下来,毛病相当严重。"老妈妈,小吴啊,你爱人的病啊,是视网膜色素变性并发症,我们没有办法治疗啊!"

婆　啊!医生也呒不办法治疗哉!

医生　也就是说你们已经错过最佳治疗时间了!

婆　格个啥个意思介?倷意思是说她的眼睛看不好了,瞎掉了?弗,弗,弗,医生,随便哪哼要想想办法救救我这个媳妇啊,医生!

(唱)叫一声医生泪两行,千愁万绪诉衷肠。

慧芳儿媳农家女,忠厚老成性善良。

嫁到我家已五载,夫妻和睦度时光,

把我婆婆当亲娘。

我常笑志清能有福，几世修来娶慧芳。
不料苍天无眼飞横祸，
倘然她从此不能见阳光，我们一家人一世要心伤。
求求医生你要尽力救，我从今为你烧高香。
（白）医生啊，我这个媳妇比女儿还要好，倷要救救她的啊。要是看得好俚的毛病，我当菩萨一样的来拜倷！

赵　老妈妈，您不要这样，不是不愿意救啊，实在是你们来得太晚了！

吴　旁边吴志清也急得全勒嗨，拖住医生："医生。"
（唱）你无论如何救救她，
她如同我的生命我的家。
有了她，我才有家，
一年后添了个女娃娃，
合家欢笑乐无涯。
（表）唉，我的家小眼睛本来还好了，为了一家门早点住上楼房，俚拼命地做。
（唱）她每日从清晨，忙到日西斜，
筋疲力尽为了家。
身体弱、元气差，由此病魔缠上她。
（表）记得有一次农忙，我是个木匠，齐巧外头接到一只生活蛮要紧的，所以弗能回转来。碰着慧芳齐巧身体弗好，倒说俚带仔个病，将田里的生活全部做脱。就是这个一趟俚毛病发作。我晓得之后还埋怨俚了，我说倷为啥不到医院去看，叫啥和我说，老毛病了，休息休息就会好的，就这样积劳成疾。
（唱）一拖再拖酿大祸，也怪我粗枝大叶误了她。
医生啊，只要能医好慧芳的病，
哪怕倾家荡产也要花，
绝不能让一双眼睛误了她。
倘然可能来移植，
你挖了我眼睛救一救她，
我没齿难忘你好医家。
（表）一个人眼睛几化要紧得了，没有眼睛你叫俚怎么办啊？不过我想现在医学这么发达,一定可以看好俚的毛病。对吧?只要能看好俚的毛病,哪怕倾家荡产我愿个呀。

婆　对个对个,医生,倷只要看好俚个毛病么,我们不会忘记倷的。

医生　对俚笃望望,作为医生我何尝不想救?但是要有希望才能够救啊!"老妈妈,小吴,眼睛问题没有你们想象的那么简单,你爱人的病啊,实在没有办法治疗啊!"

吴　格么实梗,我割一只眼睛给我家小阿来赛?只要可以,我马上上手术台!

医生　你不要冲动。就算你愿意挖只眼睛给她,也没有用的。

吴　我个眼睛好个,为啥没有用?

医生　因为五官和神经上皮牵连勒一道的。倷爱人是视网膜色素变性并发青光眼,而且属于晚期。

吴　格么俚的眼睛真的看弗好则?

婆　瞎脱了?

医生　我们只能深表同情。(摇头)

母子　天哪!!

(表)到底哪哼?请听下档!

● 第二回　劝妻 ●

上首　陈慧芳因为积劳成疾,眼睛不幸由视网膜色素变性并发为青光眼,外加是晚期,经过各大医院的会诊,说已经无法治疗了,就此双目失明。这个消息,对二十八岁的陈慧芳来说,是一个沉重的打击,眼睛瞎掉,今后的生活怎么办?她要在黑暗中度过一生,你叫她哪哼不要伤心?哪哼不要难过?但难过归难过,日子还是要过。凭她男人吴志清劝,始终无法解开陈慧芳心里个疙瘩。喏,昨日吴志清又接着一支木工生意,所以今朝一早起来,吃过早饭拿女儿送到学校里面,回转来帮家小烧好中饭、窝勒锅子里,哪么要要紧紧出门做生活。

下首　慧芳呆顿顿坐在床沿上,想想自家只有二十八岁,现在已经双目失明,变了瞎子,还要拖累俚笃爷、囡吾两家头,格个

残酷的现实她是无法接受的。想勒想，想到后来钻到仔牛角尖里钻弗出来了。倒说吃了半瓶农药，摸到河边往淮河里"豁隆冬"……

上首　阿要危险啊？如果没有人看见，就是一场悲剧。幸亏隔壁邻居发现得及时，要紧将她救了上来，一方面通知俚男人吴志清，另一方面把她送到医院里，经过两个多小时的全力抢救，总算这条命倒保牢的。吴志清得着消息赶到医院里，看见家小醒转来，哦，总算松仔一口气。现在护士拿陈慧芳送进观察室，挂上盐水，退到外面。吴志清上来轻轻叫把病房门带上，在家小旁边坐定。看见家小面色惨白、头发凌乱，一阵心酸，肉痛啊，夫妻呀！

（白）慧芳，慧芳，侬啥地方弗舒服么搭我讲，我来请医生搭侬看。慧芳，我算的劝侬则，侬啥体要这样想不开呢？

陈　陈慧芳虽然人活过来，但是心仍旧无法复活。现在听见男人的声音，倒说眼睛都弗肯睁。想睁开来有啥用？总归是看不见呀！想想我作孽，眼睛从小就不好，一歇歇清楚，一歇歇糊涂，平时靠戴眼镜、点眼药水过日子。不过不管怎样，还好看看，现在是好了，看也看不出，难道这个就是我的命？

（唱）心如死灰哭失声，

哭失声语语倍酸辛。

辛酸仿佛哀鸿叫，

哀鸿声声不忍听。

我痛不欲生你们何苦救？

将我救留世间，

我的苦更深，

我永生永世永沉沦。

我少年近视少年苦，

幸有恩重如山的父母亲，

尚能无忧无虑过光阴。

自从与你成婚后，

操劳家务不从心，

我时恨未生好眼睛。

每当你汗流浃背归家转,
家中琐事还要你操心,
我时恨未生好眼睛。
可怜女儿年还小,
我为人母却难尽心,
我时恨未生好眼睛。
婆婆年迈身染病,
我难尽孝欠照应,
我时恨未生好眼睛。
而今是末雪上加霜双眼瞎,
暗中摸索不知晨与昏,
我生趣已无半毫分。
志清啊,我再不能尽孝道,
我再不能施善心,
我再不能操持家务炊烟升,
再不能抚养女儿长成人,
我再不能与你夫唱妇随过光阴。
更何况苟延残喘连累你,
你为了家庭已操碎了心,
我非但不能为你把忧分,
还害你时刻牵挂常关心,
我这半死人要拖死你这大好人。
我虽不愿离开你,
无可奈何下狠心。
志清啊,我不能连累你,
我不能成祸根,
不能、不能、万不能,
耽误你连累君,
于情于理罪孽深,
我的心已决不愿生,
今生无望求来生,
求来生生一双好眼睛,

与你再做夫妻报你恩。

（表）志清，你们为啥要救我呀？让我去死吧，侬放心，侬对我的好只好来生再报答哉！

吴　吴志清听完家小格番闲话，晓得俚死心已定，心里既是难过又是内疚。难过点啥？现在眼睛瞎掉，走进了黑暗，赛过到了另一个世界，难怪俚要万念俱灰，要去自寻短见。格么内疚点啥呢？她眼睛个毛病我老早晓得，从勩陪俚去看过，而俚呢？嫁到了我家里以后，省吃俭用巴巴结结，帮我搭人家，也从来没有考虑过自己的眼睛，这样一个心地善良的人现在变成瞎子，侬叫她怎么不难过？而且我知道她的脾气，今朝要将她死路上拉回来不是一件容易的事情，她为什么要死？一对生活失去了信心，看不到光明；二，只怕今后格双眼睛在生活上连累我和这个家。如果我今天不做通她的工作，只怕会再有这种事情发生，怎么办？吴志清虽然只有初中文化，是一个木匠，但是脑子一点也不木，一动脑筋，有啦！

（白）慧芳，侬不要难过，侬现在的心情我完全理解，你听我好好说两句。

（唱）我明了你心中的苦，理解你的口中言，
将心比心我也会泪涟涟。
然而是天非绝人总有路，
轻生自绝命归天，
难道生命这等不值钱？
纵然是一死能解你心中苦，
你要想一想、掂一掂，
会留下几多痛苦在人间，
留与家人受熬煎。

（白）慧芳，侬今朝自寻短见是为了要解脱心里的痛苦，侬以为死了死了一死百了，你错了。了不脱格呀，我们一家人家虽然经济浪有点紧，但是平常日脚穷开心，和和睦睦，小日脚过得还算可以。你倒好，拍拍屁股一走了之。侬阿想过，侬实梗走仔以后，留下来格是啥？

陈　是啥？

吴　是留给活着的人无穷无尽的痛苦！别人不说，就讲我，呒不倷，
　　我哪哼活得下去！
　　（唱）你么怎忍心撇下我志清人一个？
　　食无味、夜难眠，
　　都是我大错铸成愧对天。
　　你眼睛有病我知晓，
　　倘然多生心、常挂牵，
　　早就医、不拖延，
　　何至于山穷水尽有今天！
　　（白）倷眼睛的毛病我有责任的，
陈　哪哼好怪你呢？
吴　哪哼弗怪我呢？因为我老早晓得倷眼睛有毛病，如果我早点陪倷去看，就不会落到今朝实梗一日。主治医生说，倷的毛病是硬拖拖脱个。所以我对弗起倷，我有罪。
　　（唱）你留个机会让我来赎罪，
　　只要你能原谅、换笑颜，
　　我情愿重担千斤挑一肩，
　　哪怕黄连当饭也甘甜。
吴　慧芳阿，幸亏今朝没有事情，假使倷有点啥，我要背负内疚与痛苦，倷舍得的？倷哪哼不为我想格呢？
陈　我哪哼弗为伍笃想？今朝我的死就是勿想拖累伍笃，伍笃哪哼弗理解我。
吴　慧芳，倷弗为我想倒勜去讲俚，有三个人，倷弗能弗想。
陈　三个人？
　　（唱）怎忍心婆婆年迈女儿小，
　　哀哀痛哭在灵前，
　　苦雨凄风永绵绵。
吴　倷个爷，我个娘，俚笃实梗一大把年纪则，哪哼受得了实梗一个打击？万一有点啥三长两短，叫黄梅弗落青梅落，白发人送黑发人，倷弗是要俚笃个老命吗？
陈　我……

吴　还有伲个女儿，侬哪哼舍得？俚聪明漂亮，活泼可爱，每一天学校里回来，额骨头上贴了小红星，胸门前戴了小红花，开开心心，快快乐乐，回到屋里，伲一家三口团团圆圆，享受天伦之乐，几化开心。万一侬今朝有点啥，女儿看弗见侬娘，俚不要哭死？女儿现在还小，还需要侬娘个照顾，有实梗一句闲话，世上只有妈妈好，有娘格小囡像个宝，无不娘格小囡赛过像棵草，难道侬舍得女儿像棵草？

陈　弗！格是我弗舍得格。

吴　既然侬弗舍得，侬就弗应该死，侬现在眼睛弗好，耳朵好格，女儿每天学校里厢回转来，到侬门前叫侬一声妈妈，侬有几化格幸福喔！

陈　这来稀奇，这叫母女关天性，陈慧芳听志清提起女儿，浑身会得一凛：是个，每当女儿回来，喊一声妈妈，我心里多少开心，想到女儿，眼泪掉了下来。

　　（白）志清你不要说了，我的囡囡……！

吴　吴志清看见家小提着女儿眼泪在挂下来，晓得格番闲话已经触动了她的心，快点趁热打铁再讲下去。

　　（白）慧芳，侬覅哭呢，覅哭呢，我晓得侬最最不舍得的就是这个宝贝女儿，但是侬阿晓得，我最不舍得的是啥人？

陈　啥人？

吴　就是侬呀！

陈　我？

吴　慧芳，

　　（唱）生活由来多曲折，既有苦也有甜，
　　尝遍苦辣与酸甜，一世人生方完全。

吴　慧芳，每个人在生活中，是会碰到不少不尽如人意的事情，但是我们不怕，因为我和你年纪还轻，好日子还在后面。侬想想，果园里面的桃树，都是你一棵一棵亲手种下去，现在的桃树上结满了桃子，今年又是一个丰收年。

　　（唱）慧芳啊，你手栽的蜜桃初结子，
　　生机一片兆丰年。
　　慧芳啊，我们想从前，看今天，

生活一天好一天。
　　慧芳啊，美好的未来向你招手笑，
　　梦圆幸福在明天。
　　慧芳啊，莫道是黑暗中摸索无边苦，
　　阳光就在你心间。
　　（白）慧芳，倷现在没有眼睛，我有眼睛，让我来做倷的眼睛！
陈　啥？倷来做我的眼睛？
吴　对！
陈　弗，弗，我要拖累倷个。
吴　啊呀我愿个呀，伲是夫妻啊，夫妻应该同甘苦共患难。人家说，夫妻本是同林鸟，大难临头各自飞。慧芳，我不是这种人。自从我搭倷结婚后，暗暗地发过誓，我要搭倷白头到老，只要倷坚强个活下去，你相信我，我会让你开心，使你幸福，我们好日子一起过，苦日子也要一起过。有只歌倷弗是顶顶欢喜唱吗？
陈　歌？
吴　《牵手》！
　　（唱）慧芳啊慧芳，我来做你的明杖做你的眼，
　　我们手牵手，肩并肩，
　　牵手并肩走向前。
吴　倷说阿好？
陈　陈慧芳听志清这番话，这个人赛过如梦初醒，这颗死掉的心慢慢地慢慢地活转来则，想想对个，我这个人怎么可以如此自私，为了生活当中挫折，就用极端的方式了却自己的生命。志清说得对，我们年纪还轻，以后的路还长，既然是夫妻，夫妻应该共同肩负起家庭的责任，一家三口天伦之乐，这个才是完美的家。再说，志清说我眼睛不好，他非但不嫌弃我，他情愿做我的眼睛。想到这里，陈慧芳心头一热，好像黑暗之中重见了光明。"志清，你说得对，我和你是夫妻，我们夫妻好日子要一起过，苦日子也要一起过。你放心，我想通了。"

吴 真的？

陈 哎！

（表）喔唷！吴志清心里开心啊，家小终于被我从死路上拉了回来。万万没想到，十一年后，一场更大的灾难要降临到这家人家头上，到底怎么样？请听下档！

第三回 奇迹

吴 吴志清实头有道理，一番语重心长的闲话，总算劝得家小回心转意不再寻死路了。不过说是这样说，要让一个盲人适应一切，不是这样简单的事情，所以吴志清动足脑筋忙得非凡。

陈 陈慧芳在想男人志清为了家里的生计起早摸黑，天天要出门干活赚钱，等到回转来已经是很吃力了，真所谓是精疲力尽，但是他还要忙家务，还要照顾自家，心里实在是过意不去，转念头：我一定要学会走路，必须要学会烧饭、洗衣服等等家务事体，这样么阿有啥可以减轻男人肩膀上的分量。弗晓得想是想得蛮好，说说容易做做烦难，为啥？俫眼睛看不见，烧开水不当心吊子打翻，汰汰碗碗打碎到后来手划破，脚烫伤，弄得两眼茫茫眼泪汪汪。

吴 吴志清晓得之后肉痛啊，家小烫伤了，不过还算好，伤势并不严重，要紧买来治疗烫伤的药膏，搭俚涂到伤口上。

吴 慧芳，

陈 志清，

吴 你眼睛不便就不要做了。

陈 你叫我不要做，坐在那里一动不动，你么做得这样辛苦，我心里实在不好过，我一定要做，一定要做，一定要学。

吴 那这样，事体简单的你做，不方便的让我回来做。覅忘记，我是你的眼睛。

陈 晓得了。

吴 半年过去了，慧芳在亲人特别是自己丈夫的耐心关怀下，已经完全适应。

中 隔壁乡邻也全都看着，称赞连连：这种男人有情有义，是个好人，慧芳有福气的。

吴　光阴似箭,一日一日这样过去,一年一年这样过去,陈慧芳瞎脱眼睛到现在,已经十一年了,吴志清对家小,一如既往,不离不弃。好在女儿慢慢地长大了,也能帮家里做些家务,这个家庭恢复了平静的生活。弗晓得天有不测风云,人有旦夕祸福,一场更大的灾难发生了。二○○五年六月一日,吴志清在出去干活的路上,遭遇了一场严重的车祸,撞得鲜血淋漓当场昏死。路人一看不好要紧报警,马上把他送到医院抢救。陈慧芳得着凶信,哭得死去活来,差点昏过去,连忙赶到医院,听别人说自己老公伤势非常严重,现在处于昏迷状态,作孽,在重症监护室整整四十九天!今朝医生说可以出院了,但是已是一个植物人,而且活不长,最多只能活半年。

陈　陈慧芳心里很难过:我不相信,我不相信!我一定要让他活下去。虽然眼睛看不出,但是她很快学会了鼻饲喂养术,就是从鼻子里喂进去。还听别人说植物人,除了正常的治疗以外,只要有人经常在耳朵旁边喊,加上中医穴位的推拿按摩,有醒转来的奇迹发生,所以陈慧芳很快学会了盲人推拿法和一系列护理植物人的技巧。

吴　这家人家本来靠吴志清一个人在撑,现在他倒下来,这个家庭彻底失去了经济来源,一家人靠农村低保过日子,这是多么艰难啊。

中　还好,亲人没有抛弃俚笃,日常吃的蔬菜,是吴志清的弟兄供应的,米是陈慧芳的父亲定期会送来的,有时候还会带些荤菜来,另外隔壁乡邻也支援点。

陈　每逢屋里有荤菜,有好吃的东西,慧芳自己总是不舍得吃,全部省给男人吃。她耐心真的好,把吃的东西全部打碎磨细,然后一口一口喂。自从志清出了事体之后,那时女儿在外地读大学,所以一家的重担全部落在陈慧芳的肩膀上,人么真的能干,把每天的日程安排得满满当当,一早起来烧饭、洗衣服,帮丈夫翻身擦身、推拿按摩、敲背捶腰、喂饭喂药,忙得不亦乐乎。

吴　多少个日日夜夜的付出,多少次同样动作的重复,这是多么

枯燥和艰辛啊，但是陈慧芳虽然眼睛看不见，照样把病人照顾得清清爽爽、干干净净。就这样，十年工夫在艰苦的环境中度过，吴志清在家小关心之下有所好转。

陈　那是慧芳服侍得更加起劲哉，今朝吃过早饭老规矩，帮志清全部料理舒齐，床边浪一坐，一边搭男人按摩一边轻轻地在哼那一只三百六十五天天天哼个《牵手》。

吴　因为陈慧芳的精心护理，所以打破了医学上的常规，吴志清有所好转。其实只有两个人晓得，一是吴志清本人，另外就是陈慧芳，虽然她眼睛看不出，整整十年俚是用心在体察男人病情，我说书人讲句公道话，陈慧芳在创造人间奇迹。

陈　志清，你到底啥时候醒转来？你怎么把你说过的话、把过去的事体全忘了呢？你说要做我的眼睛的，现在怎么睡在那里，都弗管我了？我在别人面前不说，其实我是很累很累。志清，我为啥不倒下去？是你的话在激励我，我在等你醒来实现你的诺言。志清，你到底啥时候醒过来？

婆　就在这时，外面进来一个人，啥人？吴志清的娘，吴老太。老太这时从外面进来，齐巧看见媳妇对牢自家儿子一边按摩一边在出眼泪。唉，想想：儿子啊儿子，慧芳被你拖累要十年了，也太辛苦了，我也实在看不下去了，虽然一个是儿子，一个是媳妇，但对我来说手心手背都是肉，快点让我进去劝劝俚。吴老太走近慧芳。

陈　慧芳一听阿婆声音，要紧眼泪擦一擦："姆妈！"

婆　慧芳，你又在难过了？

陈　姆妈，我不，我不！

婆　慧芳，天地良心，你说这么多年，服侍我儿子，服侍得这样周到，谁做得到？我是他娘我也做不到啊！志清啊！你讨着慧芳，真是前世修来个好福气。唉，你天天睡在那里，到底啥辰光好醒过来？

（表）倒说老太到这里来一次要难过一次，本来蛮好家人家，儿子孝顺，媳妇能干，孙女儿已养好，多好，现在一个是盲人，一个变瘫子，一家人家不像个哉。

婆　慧芳啊，你么跟我一样也是个苦命，你真正作孽个！

（唱）曾记那年六月初，
一场车祸起风波，
算来过去十年多。
我儿是病床僵卧无知觉，
病势沉沉难复苏。
饥饱要你管、坐卧靠你扶，
衣衫须你换、疮药要你涂，
这样的艰难你不在乎。
（白）唉！我儿子真作孽，已是个植物人，每天睡在那里啥也不知道。
（唱）他大便拆烂污，小便画地图，
臭气熏天满床铺。
开水烫擦板搓，汗透衣衫盐霜多，
我自扪良心依不过。
难为你日夜操劳勤服侍，
否则是志清早已见阎罗。
可敬你一个盲人真不易，
唯有一根明杖作帮扶。
我自恨年迈力衰难相助，
不忍你无止无休受折磨，
思来想去泪如梭。

婆　慧芳，你天天这样辛辛苦苦服侍他，你看他，仍旧这样，一点点也没有好转，我看不会好了，你还是想开点吧。
（唱）你尽心竭力仁义尽，
他么依旧糊涂木麸麸，
看来唤醒的希望半点无。
还是送往康复医院去，
那里是医生护士有照顾，
你只要闲来抽空探病夫。

婆　慧芳，这样，你听我，把志清送到康复医院去，你看怎么样？
陈　陈慧芳一听，啥？阿婆劝我拿志清送到康复医院去，想格是

弗来事的。"姆妈，把志清送到那边我不会同意的，为啥？虽然我眼睛不便当，但是我能照顾他，把他送到那里，我不舍得个。"

婆　唉，我是心里有数的，你为来为去丢不下志清，送到外面弗舍得，那么这样把他交给我，我来服侍他吧。

陈　哎，姆妈，这个怎么可以呢？你年纪这样大，自己身体不大好，我来服侍你还差不多，不行，不行的。

婆　你么横不来，竖不来，不管怎样，你再这样被他拖下去，真个要被他拖累死了。

陈　姆妈，他是我男人，我当初嫁给他的时候，他是一个健壮的人，他是为了我，为了这个家，才成为现在的样子。我们讲好的，要白头到老，我就是苦煞，也不会和志清分开的。志清，你到底什么时候醒过来？你再不醒过来，姆妈说要把你送到康复医院去。志清，我和姆妈讲的话，你阿听见？

吴　阿听见呢？听是全听见的，倒是开不出口，这个时候的吴志清，你说俚清爽么弗清爽，说弗清爽有时有点清爽。这双眼睛说俚看见么弗看见，说俚弗看见么眼睛睁得蛮大的，人好像感觉在水里一会儿沉下去，一会儿浮起来。听你们的声音吧，也是这，有时候远得来像是在三里路的外面，有时候近得像在耳朵边。你们痛苦，其实他比你们还要痛苦，真所谓身不由己、无可奈何。

（唱）病体沉沉压泰山，
　　　思潮滚滚满胸怀。
　　　迷蒙蒙身处何方地？
　　　软绵绵无力起身难，
　　　真叫人倒倒颠颠费疑猜。
　　　这女子声音曾相识，
　　　似曾相识燕归来。
　　　朝朝伴夜夜陪，
　　　絮絮叨叨话再三。

（白）这个女人到底啥人？为啥待我这样好，朝朝来陪我服侍我？

尽管我手难动口难开,
她志不移心不灰,
相亲相爱倍关怀。
陌陌生生来照顾我,
莫非你前生欠债今生还?
你是谁?你是谁?
为什么无缘无故到我家来?
慢问你是谁先问我是谁,
我是谁?我是谁?
何姓何名何地来?
为什么亦无喜亦无悲,
直僵僵的身体不能弯,
要人照料要人陪?

陈　(唱)没有风雨躲得过,没有坎坷不必走。
娓娓动听歌声好,
我已听过千百回,
回回听来动情怀。
她一边唱一边推,
头摸摸手搀搀,
将身靠到我身上来,
好似那老夫老妻同一般。
不是她天天来陪伴我,
我早已草色青青入坟堆,
恩深似海重如山。
你是谁?你是谁?
为什么要生生死死不分开?
几番开口口难开,
默默无言徒无奈。

爸　你陈慧芳在唱,你个爷倒来了,老老今年七十多岁,老家小老早过世,一个人种种蔬菜、养养牲畜,做做吃吃,日子比以前好过多了,农村人看上去蛮精神,现在辰光手里拎个篮子,踏到里厢。"哦呦,亲家母啊。"

婆　哦，我家亲家公来了。
爸　来哉来哉。
婆　亲家公真好，每趟来么总是不空手，大包小包。
爸　哦呦，拿点蔬菜还有点鸡蛋，不值钱。
婆　常吃你的东西难为情的。
爸　覅客气。说完篮往边上一放。
婆　慧芳，
陈　姆妈，
婆　我讲过的话你再想想，你爹爹来了快去陪陪他。
陈　我晓得。
婆　亲家公，你来了就多坐一会儿，不要急着走，好好劝劝她。我田里还有些生活要忙，我先走了。
　　（表）说完吴老太走了。
爸　看俚走，想：蛮好，让我抓紧时间搭女儿谈。那么老老来做啥？一来，几日不见，拿点蔬菜来看看他们；二来我实在不舍得，十年了，一直被植物人拖累，这样下去你要被拖死了。乡邻们也在讲："你是爹呀，为什么不去劝劝你女儿？"劝是我算得劝了，但是没有用呀，女儿的脾气犟不过，她认定的事情，别人劝也劝不醒的。但是不管怎样，今朝我话里给点分量她。其实刚正你们婆媳的话我都听到的，亲家母情愿把儿子送到康复医院去，啥体？长病无孝子，她不舍得我女儿，现在只看见：一个直僵僵躺着不动，另外一个瞎了两只眼睛在帮他按摩。老老倒说一阵心酸么，眼泪都掉下来，好在女儿看不见，要紧眼泪擦一擦。
　　（白）慧芳，
陈　爹爹，
爸　志清好一点没有？唉，十年了，你对他尽心尽职，乡邻都看好勒浪，再这样下去你要吃不消，我爷为你在担心。你娘过世早，我爷年纪大，身体一年不如一年，眼睛一闭，我放心不下你。好了，听爷的话，把志清送到康复医院去。
陈　爹爹，你这两句话和志清姆妈两句话一似一样，你们都要劝我把志清送到康复医院去。我知道你们是好心，康复医院条件虽然也蛮好，但是把志清送得去，我是不舍得的，为啥？志清虽然躺勒床上不开口，但是他已经成为我的精神支柱了。对我来讲每天能够摸摸他人，我的心就会定；每天听到他的呼吸声，我的心就会静。不管他听得见听不见，每天对着他自说自话，讲几句话也是一种寄托。他呢，每天习惯我在他耳朵旁边喊"志清，志清"。再说当初我眼睛瞎掉，志清说过要做我的眼睛，他现在不能动，我要做他的手脚。只要他还有一口气，我不相信他不会醒过来，我在等他醒过来做我的眼睛。

爸　为了这句话，你服侍他十年哉，也对得住他了。医生说的，他的病不会好了，你自己顾好自己蛮好了。

陈　爹爹，我还是那句话，把志清送走我不会同意。下次这种话你们不要来劝我了，我是不会听的，也不会同意的。

爸　话说到这样，推车撞壁、关门落栓，看上去又是墙上刷白水，白说，弗！今朝我要拿只爷面孔出来给她看看，她眼睛看不见，但是耳朵听得见，我今朝话里给点分量她，再一想慧芳没错呀，但是爷是为你好，今朝做爷难得专横一回了，你女儿委屈就委屈点。

（白）慧芳，

陈　爹爹，

爸　志清直僵僵躺勒浪，就像……要想说像死人，想这个话讲出来，女儿要伤心，毕竟是自己女婿，调一句吧，像个木头人，你这点苦头全白吃的。如果你不听话，一定要这样服侍下去，那么你听好，从今之后我与你一刀两断！

陈　啊？

爸　你阿相信我爷做得出的？娘家你不要转来了，我没有你这个女儿，你只当我死了。

陈　"爹爹。"俚爷这番话出来，慧芳的心像针扎一样痛，啥么事？我的心，我的愿，我吃辛吃苦服侍志清，别人不理解不去说，你爹爹也不理解我。所说慧芳是一个乖小囡，从小到大从来没被俚爷骂过，现在俚爷格番绝情的话讲出来，慧芳觉得天要塌下来了，心里亦是委屈亦是伤心，眼泪像潮水一

样涌出来。爹爹，我知道你是气话，不是真的。我虽然眼睛看不出，但是我能感觉到。"爹爹，你不要气，你不要气，气坏了身体叫我怎么办？"

爸　看你女儿哭得这样伤心，老老肉疼啊，自己关照自己千万不能心软，长痛不如短痛，今朝痛一痛，为了你今后几十年的不痛。"不要来叫我爷，我没有你格个女儿！"

陈　爹爹！我知道。你看我服侍志清吃力，不舍得我，心痛我，其实我真的感觉到力不从心，但不过，志清是为了我，为了这个家，我怎么舍得把他扔脱呢？爹爹！

（唱）休生气我的老父亲，
怪女儿不该应伤了你心，
我养育之恩未补报，
反累你牵肠挂肚费精神。
自从志清遭横祸，
你么常周济多照应，
我三世报不完你一世恩。
我一心只在志清的病，
与父亲少谈心，
缺少沟通这一层。
你今朝说了生气的话，
本是父亲爱女心，
我自觉理亏难为情。
曾记得我双目失明后，
志清是重担千斤挑一身，
千般呵护倍温存，
从无怨恨一星星，
我是无限感激在于心。
他教我铁骨铮铮休退缩，
他给我无限幸福与温馨，
他打开我希望一扇门，
故而我么尚能生活到如今。
每当他筋疲力尽鼾声起，

我的感激之情又添几分,
我记住他的情记住他的恩,
恩报恩来情报情,
我俯首为牛也甘心。
我俩已经成一体,
他是树我是藤,
藤绕树时树绕藤。
而今他身有病、我想前情,
爹爹呀,患难相扶理该应。
只要他心还跳一息存,
功夫不负有心人,
终教病树也逢春。

陈　爹爹,你今朝骂我也好,埋怨我也好,我都能够接受,因为自从娘死后,你为我吃了几化苦,只有我心里知道。有人说,爷的好总及不到娘的好,但是我要说一句,你是世界上最好的爹爹,你对我的好,我这一世永远报答不完。就说娘死了之后,有人帮你做媒,都是好好的女人,你看都不看就回绝,别人问你啥原因,你只说一句,只怕后娘进门女儿吃苦。我眼睛瞎了之后,你守在我旁边多少日子,半夜里急得睏不着,天不亮就赶到我这里来问询。自从志清瘫了之后,你非但为我男人担心,也为我担心,经常送菜,送我需要的东西,从无半句怨言。其实我知道,今朝你是为我好,我不应该不听你的话。但是爹爹、我的好爹爹,今朝女儿要违拗你了,你不要动气,我不能离开志清,因为我一离开志清,他也许活不长。我十年苦守,我有一个信念,志清会好会康复,志清正在好转,其实只有我能够觉得到,也许再坚持一阶段志清就会醒过来。爹爹,最最重要一点,我在报恩,做人要有良心,格辰光我眼睛瞎脱,万念俱灰,唯求一死,是志清救了我,无怨无悔照顾我十一年。他和我说,我没有眼睛,他有眼睛,他要永远做我的眼睛;他还说我们夫妻不能分开,好日子一起过,苦日子也要一起过。这些话,字字句句刻在我心上。如果现在叫我离开志清,就等于叫我去死。

还有，各级政府对我们非常关心，为我们办了低保，生活有保障，社会各界的爱心人士经常来资助，伲许多志愿者也会定期来帮我打扫屋里，他们还陪我聊天。我已经感觉到非常温暖，我非常满足了，所以我现在没有理由让志清离开我。爹爹，你要理解我，你要支持我，你千万千万不要再逼我，你不能下这样的狠心，拆开我与志清这对苦命的夫妻，爹爹，我的话你阿明白了？

爸　明白是都明白了，倒是慧芳你要苦死了？（哭）

陈　爹爹，我愿的。志清，你到底啥时候醒过来？你有没有听见？爹爹、姆妈都叫我要放弃你，我不舍得你呀。你快动动呢，你开开口呢，你看看我呢，志清！

吴　说来奇怪，本来吴志清脑子里就像电线短路，现在被伲爷、女儿一番激烈的争吵一刺激，他脑子里那根筋搭牢哉。这个好女人是我的家小，服侍了我十年了。她一个盲人，要服侍我个植物人，这是需要多少勇气与毅力呀！现在她叫我开开口，她叫我动动，倒是我动不动，弗！为了自己也为了慧芳，哪怕我今朝拼了命也要动！弗知哪里来的力气，面孔涨得通红。"呵、呵呵——慧芳！"

陈　陈慧芳这个时候正抓牢志清两只手，志清一动一开口，还当了得！"志清，你在叫我！你在叫我！志清、志清……"

（表）陈慧芳用真情谱写了一首人间最动人的诗篇，她人格的魅力感动了千家万户，也充分体现了社会主义的核心价值观，我们为她感到骄傲、感到自豪，真是夫妻牵手静中参，风雨同舟共苦甘。传统精神传承好，何愁中国梦难圆！

焦裕禄（中篇弹词）

出品：张家港市评弹艺术传承中心
作者：周希明、陈世海、邢晏春、季静娟

● 第一回　雪中送炭 ●

要做一个好干部是不容易的，首先要把老百姓放在心上，老百姓的事就是大事，决不能马虎。焦书记时刻关心着老百姓的疾苦，决不放在嘴上，而是放在行动上，真正做一个人民的儿子，请听《雪中送炭》。

上　（表）今朝是一九六三年十二月九日，河南兰考县梁孙村，村口有两间孤零零的泥打墙破房子。兰考是出名的苦地方，梁孙村是苦地方的苦村落，而两间破房子里住的人是苦村落里最最苦的人。户主梁俊才，叫到"俊才"，估计英俊漂亮又有文才，其实俊才弗英俊，略有才，就是出身苦得非凡，今年已经有七十岁，面容憔悴，走路有点困难。几十年下来朆过个一天好日子，因为苦惯哉，所以也弗觉着苦。血泡泡被父母遗弃在黄河故道上，村里一个姓梁的农民将他收下来当养子。三十岁前朆吃过一块肉，没穿过一件新衣裳，后来养父死在黄河里，养母前几年自然灾害，没有吃饿死了。俊才心善良心好，养父养母抚

养的救命之恩，一直记在心里。在六十岁那年居然娶到一个老婆，还比自己小十五岁。

下（表）他的妻子小名叫亮亮，这个女人不像河南女人那样有强悍的体格，而是瘦身材，细条杆，如果换一身时髦衣裙，绝对是一位身材极好的绝色女子，还可能当时装模特儿。就是现在破棉袄，破棉裤，头上梳了一个不标准的横爱司发型，也能感觉亮亮的身材属于黄金比例身材。但是不得不告诉大家，名字叫亮亮，一身全亮，就是眼睛不亮。据说小时候得了一场毛病，眼睛瞎了，五三年成了孤女，一直没有嫁人，后来经好心人介绍从兰考七里坡嫁到梁孙村。正是"花对花，苦对苦，苦人嫁苦人，苦妹跟苦哥"。

上（表）其实世界上钱多不一定幸福，子孙多不一定好过，夫妻心贴心，日脚照样过，幸福在哪里？就在心窝窝。

下（表）现在已是下午四点多，整个兰考大地一片白茫茫，就像盖了一条厚厚的白被子，而天上的雪花还在无声无息地飘下来，梁孙村，成了一个银色世界。

上（表）破屋里炕上俊才靠在墙上，破棉袄穿在身上还是冷，一条破得已无法再破的被子盖到齐腰还是冷，鼻子里、嘴巴里呼出来的热气一歇歇就散开了，用糨糊糊在墙上的一张陈旧的招贴画已翘起一只角，只听见被风吹着在发抖。隔壁灶间，屋顶被风雪压坏了一只角，行灶上、地上亦有些积雪。雪花还从洞里飞进来，所以外面下大雪，屋里落小雪，啥地方还谈得上保暖啊？

下（表）亮亮坐在炕的另一头，两只手镶了笼管，冷得在发抖，眉头皱着，胃里隐隐作痛，为啥？从昨日到今朝只喝了一小碗薄的小米粥汤，胃里空荡荡，胃开始撑不开了，心想：照这样下去不是冷死就是饿死，有得饿死，还是自杀吧，活着牵命，没有意思了。这个日子过得没啥放不下的，唯一舍勿得就是俊才阿哥，我如果死肯定他亦要死，唉！我真是哭亦没眼泪了……

上（表）俊才生病已三天了，头里昏昏沉沉，一点气力亦没有，今朝觉着饿了，晓得身体可能是在好转，算算不看医生、不吃药病怎么也会转好呢？噢！要末穷人的骨头硬，病菌看看没啥榨出来亦会自己撤退，现在看见老婆在发抖，真的舍不得，她是不清爽，屋里在下小雪，再没有东西吃下去，哪能会不抖？今夜看上去两个人全部要到阎王那里去报到，我七十了，两脚一伸，没啥留恋，她只有五十多，唉！她真的眼睛没张开，投到我这里来。再想想她双目失明，眼睛是没有张开，我现在瞎埋怨，要么我眼睛亦没有张开。

俊　（白）亮亮。

亮　（白）嗯。

俊　（白）你在发冷，还是到炕上来好暖和些。

亮　（白）我不冷，没事。

俊　（白）我看你在发抖。

亮　（白）我主要是肚皮饿。

俊　（白）喔，那屋里可有啥好吃的东西？

亮　（白）没啥好吃的东西。俊才，谢谢你不要说吃了，一提醒吃会更加饿的。

俊　（白）那么亮亮你去烧点开水吃吃吧。

亮　（白）屋里没有火种。

俊　（白）灶头上不是还有半盒火柴在么？

亮　（白）火柴早被雪淋潮湿了，打不着了。

俊　（白）唉，怎么办啊？

亮　（白）熬吧。哎，俊才，你身体可觉得好点了呀？

俊　（白）好像好点了。让我起来吧，我要到村里去再问问乡亲，问问哪一家能再借点口粮来。

亮　（白）你不要起来，不要起来了，我都去借过了，别人也有难处，再说不少人家都逃出去讨饭了，听说村里小队长亦逃出去了。

俊　（白）不会吧？小白小队长前日喉咙还"三板响"说：要搭梁孙村共存亡。

亮　（白）那个末说说的，你全相信？小白还说过梁孙村要翻身，齐努力，创先进，亩产超过两千斤，我亦背得出的。今年风一吹，吹掉两百斤，雨一落余掉三百斤，全收到一共三百

斤，还缺一千两百斤，那现在小白自己人逃脱，现在一斤亦弗斤，小白说的两千斤，下巴没托牢，阿好相信？他姓了白，全是白说。

俊　（白）亮亮，你埋怨村干部，当心犯错误。

亮　（白）我怕点啥？现在不是冻死就是饿死，真正活弗下去要去自杀。他姓了白，白说，我是瞎子，就当我瞎说了吧。你说困难吧，村里你和我最最困难了，外面下这么大的雪，啥人来问讯？

俊　（白）不能怪别人，怪我没有用。我上次听说政府亦有救济粮下来，估计明朝会发下来。亮亮，不要难过，不急，难关总会过去的。

亮　（白）过？怎么过？不见得烧黄沙吃？你刚才说的救济粮，我昨天就听说了，到现在没有发下来，我们这里没有来，其他人家怎么轮得着？看上去今夜我和你都要动身了。

俊　（白）哪里去？

亮　（白）来的路上去呀。

亮　（白）俊才，我真的不懂，你怎么会一个亲眷亦没有的？

俊　（白）我老早对你说过，我是被丢出来的，养父母一死，只有政府是亲人，现在你亮亮是亲人。

亮　（白）不见得吧？

俊　（白）啥不见得？

亮　（白）还有一个。

俊　（白）啥人？

亮　（白）村里豆腐作坊陆寡妇。

俊　（白）陆寡妇？她不好算亲人的。

亮　（白）怎么不好算亲人？不是亲人怎会常常送豆腐给你吃呢？

俊　（白）难得送两块豆腐是阶级感情。

亮　（白）嘿嘿，阶级感情？你当我不晓得，有人还说她在郑州的儿子还是和你养的。

俊　（白）赛过在放屁，唉！村里有些人欢喜嚼舌头，我梁俊才穷虽穷，一生不近二色，如果不三不四，包龙图会来找着我的。亮亮，你肚皮饿到这个地步，谢谢你不要吃醋了。

亮　（白）俊才，我相信你的。稍微说说你，就急到这样了，俊才不要生气。咦？和你瞎说说肚皮倒不饿了。
俊 （白）啥叫啥不饿？是饿过头了。（表）老头自己晓得，你亮亮嫁给我这么多年，没过上一天好日子，而且没有半句怨言。刚才我说去借点啥来吃吃，其实自己晓得两只脚动也动不动，年纪一岁一岁大上去，看上去也活不长了。我这点年纪死倒无所谓，亮亮怎么办？想到这里有点眼苦盈盈。
亮 （白）俊才，俊才，你怎么不说话？
俊 （白）喔，亮亮我听见的。
亮 （白）我当你睡着了。
俊 （白）我在看着你呢。
亮 （白）我……我想说两句心里话。
俊 （白）说说看呢？
亮 （白）风雪好像越来越大。
俊 （白）嗯。
亮 （白）今朝下一夜，明朝再不停。
俊 （白）嗯。
亮 （白）救济粮也不送来。
俊 （白）嗯。
亮 （白）亦没人来望我们。
俊 （白）嗯。
亮 （白）死就死吧，我跟你死在一起不后悔。
俊 （白）嗯。
亮 （白）谢谢你多讲两个字呢。
俊 （白）我亦是。
亮 （白）俊才，你说话实在太省了，真的只多两字。
俊 （白）亮亮，我死无所谓，我已经七十岁了，我主要舍不得你。
亮 （白）这个有什么！一个瞎子，不值钱的。
俊 （白）你怎能这么说！其实你除了眼睛不好，其他全好，良心好，手脚利索，上灶头烧点东西，眼睛好的人亦不及你。
亮 （白）你是在甜甜我。俊才，有时候，我只觉着你不像我男人，（啊？）像我爹，对我是真的好，你只以为我眼睛看不见

不知道，其实我都知道。就说这种大冷天你怕我冷，你就把自己棉袄里的棉花拆到我棉袄里，你是当我看不见不知道，其实我厚薄摸得出的。有时候家里难得有荤腥吃，你假装吃的，其实全省给我吃，你是当我不知道，我洗碗的时候，碗油不油还是摸得出的。有一次，一只热馒头有肉的，你藏在胸口从县城奔转来到家里我吃时还烫嘴的。俊才，你对我的好，我这一世不会忘记的……

亮　（唱）　曾记得那年九岁零，
　　　　　我眼睛一病失了明。
　　　　　无钱求治谁能救？
　　　　　盲女家贫难嫁人。
　　　　　到后来，父母双亲亡故后，
　　　　　撇下我六亲无靠苦伶仃。
　　　　　我终日无一语，
　　　　　默默暗伤神，
　　　　　半间披屋伴晨昏，
　　　　　好比深秋黄叶等飘零。
　　　　　自恨此生无指望，
　　　　　求来世生双好眼睛。
　　　　　莫不是，上苍派你收留我，
　　　　　使得枯木逢春又爆青。
　　　　　你对我，百般呵护千般爱，
　　　　　莫道我一个盲女不知情。
　　　　　看来今朝路已尽，
　　　　　我心满意足不需论，
　　　　　来生还嫁你老男人。

俊　（白）　亮亮，我的好老婆……
　　（唱）　弯勾勾镰刀割韭菜，
　　　　　一把把老婆搂在怀。
　　　　　绿豆芽粉条拌凉菜，
　　　　　再穷再苦也把你爱。
　　　　　满窟窿被子两人盖，

咱死也盖条烂麻袋。
老婆呀，咱俩是苦命夫妻一根绳，
难活不过空等待，
命运无情遭苦挨，
就到那阴曹地府绝尘埃。

亮 （白）俊才，你待我的好，是爹对女儿也没有这样好的，我下一世还要嫁给你。

俊 （白）你倒情愿，我倒不敢。

亮 （白）啥了不敢？

俊 （白）我不敢当。

上 （表）两个人饿到这样，情到蛮情。

表 （白）现在外面风呼啸雪飞扬，都儿……

亮 （白）俊才，俊才，俊……

俊 （白）亮亮，你、你叫我为啥？

亮 （白）我听见有胶皮车在进村了，而且这种车我们村里没有的，是外村的。

俊 （白）亮亮，你肯定听错了。

亮 （白）啊呀！俊才，我眼睛不好，耳朵好的，不会听错的！

俊 （白）这样大的风雪还有谁来进村？我不相信。

亮 （白）啊呀！俊才，车在我们门口停下来了。

俊 （白）亮亮，我看你痴了。

亮 （白）真的，有人到我家门口了。

旁 （白）笃笃笃笃，笃笃笃笃。

亮 （白）俊才，阿是有人，阿会是坏人？

俊 （白）怕啥？是强盗亦不怕，屋里没啥好抢好拿，只有两个活死人，抢得去倒有饭吃了，快去开门。

亮 （白）知道了。

下 （表）亮亮过来把门一开，风雪抢在来人之前先轧进来了，那个叫冷！夫妻两个人一个零碎动。

上 （表）亮亮是有道理，虽然眼睛不灵，但两只耳朵刮刮叫，门外两米开外停好一辆胶皮车，上面油布盖紧半车东西，俊才门口立好两个人，一个四十开外，

下　（白）一个二十出头。

上　（白）四十开外的人就是兰考县委书记焦裕禄。

下　（白）二十出头的小伙子是县委办公室干事小张。

上　（表）老焦看见门开招呼小张要紧进门。

下　（表）小张随手把门关上，把风雪挡在门外。

上　（表）老焦眼光一扫，已经明白，炕上就是五保户主梁俊才，七十岁，看上去身上有毛病，旁边站着的就是他老婆亮亮，今年五十五岁，是梁孙村最苦最苦的人，外加双目失明。为啥一看就知道？原来之前已经做过调查。看来揭不出锅盖，饿了好几顿了，今朝我来得还算及时，啥叫还算？如果昨日到还要及时。要紧抢上几步。

焦　（白）俊才老伯。

俊　（表）梁俊才看呆了，啥人？不是村里人，也不是公社干部，他怎会晓得我名字？怎会这样的和蔼可亲？怎会跑到我屋里？怎会不怕风雪来望我们？所以激动得手伸出来了但是开不出口。

亮　（表）旁边亮亮虽然看不出，也感觉到有两个人进屋了，心里在盘算：陌生人是啥人？虽然陌生，但是好像这两人一进屋，屋里开始暖和了。啥，啥人？

上　（表）焦裕禄晓得老梁夫妻肚皮饿坏了，今朝带来的救济粮马上烧起来还需要半个小时，我身边带一只窝窝头是自己的晚饭，让老梁先吃吧，不知小张的那只有没有吃了？所以对小张看了看，做个手势，没吃的话拿出来，做点贡献。

下　（表）小张跟了焦书记学到了不少，拎得清，对书记点点头，隐隐然：窝窝头在身边，你放心。

焦　（白）好。

焦　（表）老焦点点头。

焦　（白）梁老伯，这个您老先吃，吃了再说。一边说一边把窝窝头塞到梁俊才手里。

下　（白）小张动作也快。大娘，这个您吃。一边说一边将窝窝头塞到亮亮手里。

上　（表）梁俊才这时除了激动就是感动，又像在做梦，一只窝窝头就是救了一条命啊！

俊　（白）谢谢！谢谢！我跟亮亮要谢谢你们这些好人啊，请您告诉我，您是谁？

表　（白）小张要想介绍。

上　（白）老焦冲口而出，我是您儿子。

俊亮（白）啊？

亮　（表）亮亮明白了，俊才外头真的是有儿子。

俊　（白）（苦笑）好人哪，你可不要说笑话，我没有儿子，您到底是哪位？

焦　（白）梁老伯，我是毛主席派来看望您的，就是您的儿子。

张　（白）梁老伯，他是咱们兰考的县委书记焦裕禄。

俊　（表）噢！那么恍然大悟，是县委书记，我老早听说，这位书记一上任，调查风沙，调查水灾，走千家，访万家，想不到今朝这么大的风雪，到我屋里来了。啥叫神仙？他是神仙。啥叫菩萨？他是菩萨。啥叫好人？他是好人。啥叫领导？他是好领导。

俊　（白）焦书记，焦书记，您就是兰考的焦书记！让我赶快起来。

焦　（白）不，梁老伯，您靠着好说话。小张，去烧水。

张　（白）是。

亮　（白）啊呀，我们家里火柴也没有？

焦　（白）我有。

焦　（表）说完，身边摸出火柴传给小张，让小张去烧水。

俊　（白）亮亮，亮亮，快点谢谢焦书记。

表　（白）亮亮全听清了，原来是兰考最大的官来了，我还真当是俊才的儿子，要紧说，话挑错说。

亮　（白）俊才，我……我谢谢你……

俊　（白）怎么谢我呢？

亮　（白）哈哈哈……被你缠昏了，我是谢焦书记。

焦　（白）老梁伯，您先慢慢吃，吃了咱爷俩好好聊聊。

亮　（白）啊呀！俊才，屋里凳子也没有，叫焦书记坐在哪里？

焦　（白）炕上坐坐不是更好么？梁老伯，我首先做一个自我检查。

俊 （白）为啥？

焦 （白）我应该昨天就来看您的，害你们受苦了，老梁，

（唱）一声老梁原谅我，
　　我愧对百姓和你老夫妇。
　　千言难出口，万语藏心窝，
　　心儿颤抖泪如梭。
　　梁村的情形谁不知？
　　特大风雪压千户，
　　燃眉之急谁相扶？
　　倘然我昨日临此地，
　　大力下功夫，
　　化险为夷免灾祸。
　　虽然是自然灾难无预告，
　　也怪我粗心大意预案无，
　　害你们遭不测、受折磨，
　　无衣穿、吃糠麸，
　　村民背井离乡跋长途，
　　这件件桩桩是我错，
　　从今要亡羊补牢不再拖，
　　为民服务记心窝。
　　我是兰考人民的贴心子，
　　肩挑重担不含糊，
　　要运筹帷幄去奔波。

焦 （白）梁老伯，您受苦了。

表 （白）开水烧好，小张端出两碗放到炕边，顿时炕头热气腾腾。

张 （白）梁老伯，喝口热水。

焦 （白）梁老伯，您喝水。

表 （白）稀奇，人是铁饭是钢，一吃东西精神就两样，小张把救济粮放在炕的另外一头。

焦 （白）梁老伯，这些您先吃，吃了再说，过几天我会派人来看您。

俊 （白）有您焦书记在，我想兰考老百姓福气来了。

焦　（白）梁老伯，我的工作做得还不够，现在老百姓逃荒出去我有罪过，我没有做好工作。

俊　（白）讲罪过不是您，原来兰考风沙没有这样大的。

焦　（白）那为啥现在这样大？

亮　（表）亮亮一只窝窝头、一碗热开水下去精神来了，站在焦书记后面听到现在熬不住了。

亮　（白）俊才，让我来告诉焦书记听。

焦　（白）亮婶，来，坐下来说。

亮　（白）呵呵，我欢喜站着讲。焦书记，我们兰考原来泡桐树多得很，风吹不过来的。

焦　（白）那些树呢？

亮　（白）大炼钢铁砍掉了。

焦　（白）喔。

亮　（白）树倒是砍了，钢还没炼出来，风沙倒来了，我们兰考完了！

焦　（白）言之有理，所以我们准备动员老百姓重新种泡桐。但是有一个问题，刚种下去的泡桐扎根不深，恐怕挡不住风沙呀，可有其他办法？

亮　（白）有啊，用河塘淤泥可以压住沙，粘牢它，沙就不会流动。

焦　（白）这个办法我第一次听说，亮婶您讲讲看。

亮　（白）焦书记，俊才娘坟葬在沙丘处，风大把沙吹掉，棺材也露出来，俊才想出来用塘里的淤泥盖上去把它压牢，居然有道理，至少几年当中好太平。

焦　（白）嗯，是个好办法，小张，记下来。

张　（白）焦书记，我在记。

焦　（白）梁老伯，村里还有几家烈军属我要赶过去，过几日有人会来关心你们，我们有机会再碰头。

俊　（白）好的，焦书记，我要送送您。

焦　（白）不用了，梁老伯，您好好地养病吧，亮婶，我们走了。

亮　（白）慢。

焦　（白）做啥？

亮　（白）我眼睛看不见，我要摸摸你，让我知道你的模样。
焦　（白）好吧。
表　（白）亮亮过来，起两只手从书记头上摸下来。
亮　（白）喔哟！书记，您长得漂亮神气的，书记。我告诉您，本来我跟俊才今朝夜里要死了，您救我们两条命，我现在要和俊才活下去。
焦　（白）对！应该坚强，不怕困难，我们的好日子还在后头呢，坍塌的屋顶天亮后我派人来修。
亮　（白）我听书记的。
焦　（表）焦裕禄身边挖出二十元钱传给俊才。
焦　（白）梁老伯，新年快到了，这钱过几日帮亮婶买一件新棉袄过年。
俊　（白）谢谢焦书记，谢谢焦书记。
表　（白）旁边亮亮一听，啥？您焦书记还要帮我买新棉袄，所以情不自禁过来抱紧焦裕禄，眼泪在挂下来。
亮　（白）谢谢焦书记！谢谢焦书记！
亮　（表）你亮亮这么一抱，只听见焦书记肚皮里"咕咕咕"在叫，亮亮觉得奇怪，两只手慢慢地放下来。
上　（表）这时焦书记带了小张出门坐上胶皮车迎着风雪往村里而去。
俊　（白）焦书记，走好，走好……
亮　（白）俊才，焦书记他们走了？
俊　（白）是的，走了。
亮　（白）啊呀！俊才，他们还饿着肚子。
俊　（白）你怎么知道？
亮　（白）我刚听见书记肚子里在咕噜噜叫。我和你吃了他们的晚饭。
俊　（白）啊？坏了，书记饿了肚皮进村，身体可吃得消？
亮　（白）就是呀！
俊　（白）亮亮，刚才书记还给我二十元钱，过几日帮你去买一件新棉袄，漂漂亮亮、开开心心过个新年。
亮　（白）俊才，我想哭，我想大声哭。

俊　（白）哎——，你应该笑，应该高兴，为啥要哭？

亮　（白）俊才，我是高兴得想哭，我亮亮跟你成亲的时候，你帮我买了件新棉袄，你可知道？今朝跟你成亲刚好十年，书记又要给我买件新棉袄，所以我心里感激得不得了。再说，本来今朝夜里我和你要死的，书记非但救了我们，还要让我们苦人开心，书记真是我们老百姓的大恩人，现在他们进了村，不知什么时候再能看见他？所以我难过，所以我想哭。

俊　（白）亮亮，书记不会走远的，因为已经留在我们心里了。

亮　（白）对的，书记永远在我们心里。俊才，我现在想说一句心里话。

俊　（白）亮亮，我倒也想说一句心里话。

亮　（白）那现在我们一起来说，听听看，想得可一样，阿好？

俊　（白）好的，我讲一、二、三，准备，一、二、三，讲。

俊、亮（白）谢谢共产党！

　　　　正是满天风雪何足道，雪中送炭春来早！

第二回　焦门家风

　　要做一个好干部必须做到以身作则，严于律己，不好忘记，一丝、一点、一滴贪欲之心都不能有，而且还要管好自己的老婆，管好自己的子女，管好自己的家庭，老焦做到了，请听《焦门家风》。

焦　（表）焦裕禄，自从一九六二年冬天上任以后，家就在县委家属大院，房子里家具是陈旧和简单的，生活是朴素的，而一家聚在一起用餐也是难得的，原因很清楚，老焦忙啊，焦裕禄真的忙。

妻　（表）老焦夫人徐俊雅心里明白，自家男人是一位善良、厚道、忠于职责的领导干部。作为三个儿子、三个女儿的娘，她除了要关心肝上有毛病的丈夫，更是这些小孩的守护神。

焦　（表）老焦原来是尉氏县委领导，地委首长重托老焦，一定要把最穷苦的兰考搞好，让这里的老百姓也能过上好日子，所以老焦对自己说，我去兰考是拼命的，要对得起组织上的信任，要对得起兰考三十六万老百姓。

妻　（表）作为妻子，我不担心老焦的能力，而是担心男人的体

力。今天已约定，我们这一家的大男人要回来一起吃夜饭，所以早就准备好一搪瓷盆的窝窝头，估计十来只，一盆咸菜豆腐汤，还有一盆白菜加酱油略漂几滴油花的炒白菜。为什么讲得这样复杂？因为菜简单，说书人只能嘴上闹猛点，让你们听的人有劲点，其实就是一盆炒白菜。

儿　（表）两个小囡比较起劲，知道今天爸爸回来一起吃晚饭，劲头十足。爸爸最喜欢我们，以前在尉氏县，爸爸高兴的时候还拉拉二胡、唱唱歌。爸爸唱歌时胸挺出，有时还会握紧拳头在空中晃动打拍子，有时候讲起故事来，手还会叉到腰里。最近发现爸爸连唱歌的空闲也没了，不过我们在街上、在学校里听着不少人讲到爸爸，说的都是称赞的话，都说我们爸爸是好领导，听了也开心。咦？爸爸怎么还不回来呢？

上　（表）的铃铃……

小　（白）爸爸回来了，爸爸回来了，

下　（表）几个孩子全部奔出去。

小　（白）爸爸，爸爸，爸爸……

中　（表）大哥国庆接过爸爸的脚踏车，趁机在院子里踏两周过过瘾。

下　（表）大姐、小妹、小弟牵牢爸爸的手，大家都想讲自己的事给爸爸听，那是不得了，赛过像打翻的鸭船。

小　（白）爸爸，爸爸，爸爸……

上　（表）哈哈哈……这个时候才是焦裕禄最放松的时候，啥叫天伦之乐？这就是！几双儿女多么可爱。他对站在门口的爱人看看笑笑，有种感激之情，外面人看我焦裕禄像是辛苦，其实我明白你是最辛苦的。

焦　（白）孩子们，我建议一个一个说怎么样？现在谁先讲？

众　（白）我，我，我……

焦　（白）这样吧，我来点名，让大姐先说，怎么样？

众　（白）好吧。

大姐（表）大姐想，我今天要向爸爸汇报的是一件重要的事，因为拿不定主见，所以妈妈对我说，等爸爸回来后听爸爸的。

大姐（白）爸爸，你过来看。

下 （表）把焦裕禄拉到墙边，窗底下有一只桶，大半桶水里面有五六条鱼在游来游去，调皮的两条还用尾巴拍水。

焦 （白）闺女，这鱼哪来的？

大姐 （白）爸爸，这鱼是那边鱼塘一位叔叔送来的，说当时养鱼是你的主张，现在鱼长大啦，所以送一份来给我们吃。弟弟刚才要妈妈将鱼杀了，等着烧来吃，但是妈妈没同意，说"鱼能不能杀、该不该吃，要等你爸爸回来听你爸爸的"，所以请问爸爸，这鱼我们能吃吗？

焦 （白）闺女，那我先听听你的想法。

大姐 （白）爸爸，我在想如果是公共水塘的，大家都有份，那我们当然也可以吃；如果是私人的，那我们不能随便去吃人家的。爸爸，我还在想，如果那鱼是公家的，人家没有得吃，只有我们家有，那这鱼我们也不能吃。爸，您说是吗？

焦 （表）老焦听了女儿这些话，心里觉得一丝欣慰，女儿跟这鱼一样，也长大了。对的，鱼是公家的，我焦裕禄不能吃，你们是我子女，更加不能吃。当时那个鱼塘，杂草丛生，臭气冲天，有人提出来把那鱼塘去填了。当时我出了个主意，我说这样，把这个鱼塘管理管理好，一方面呢可以改善一下环境，另外一方面放一些鱼苗下去，等到鱼长大以后，还可以改善一下生活。现在鱼长大了，环境也好了。女儿有一定的分析能力，这两句话讲得确实有道理。

焦 （白）闺女，你说得对，这鱼是公家的，我们不能吃。我是县委书记，兰考的干部，你们是我的子女，也不能沾这个光。这样，交给你一个任务。

大姐 （白）什么任务？

焦 （白）把鱼送回去，让他们把这些鱼送给那些孤寡老人和其他特别需要照顾的人吃，好吗？

大姐 （白）是！报告爸爸，立刻执行。

下 （表）让大女儿拎了水桶出去。

焦 （白）孩子们，跟我进去吧。

众 （白）爸爸，好的。

中 （表）一会儿，大儿子国庆也进来了，大儿子最顽皮，名字

叫"国庆"，正好国庆日出生的。

儿（白）爸爸，自行车我放好啦。

焦（白）好，踩了几圈？

儿（白）三圈。

焦（白）过瘾了吧？

儿（白）还行。

焦（白）最近学习怎么样？

儿（白）放心吧，爸爸，我和大姐都是全优。

焦（白）好啊，可不能骄傲啊。

儿（白）知道。

上（表）等到大女儿回转来，焦裕禄关照大家吃夜饭。夜饭吃好，夫人拿饭碗收拾开，小朋友大家都做作业。

下（表）国庆有件事很好奇，要问爸爸。

儿（白）爸，您是山东人吧？

焦（白）是啊。

儿（白）山东枣庄离这里很远吗？

焦（白）还好吧。

儿（白）爸，您会弹土琵琶吗？

焦（白）不会。

儿（白）微山湖大不大？

焦（白）没去过。

儿（白）您打过鬼子吗？

焦（白）打啊，还杀过小鬼子呢。

儿（白）您是八路？

焦（白）不是。

儿（白）您是解放军？

焦（白）不是，我在解放战争时当民兵、做后勤。

儿（白）您怎么从山东到河南来的？

焦（白）我是组织上调来的，后来做工人，还读书，当干部。你问这些干什么？

儿（白）我好奇。

儿（白）哦，爸，您留在山东多好呀，还能参加铁道游击队。

焦 （白）我留山东还会有你啊？你怎么会对山东铁道游击队感兴趣？

下 （表）旁边二女儿守云熬不住了。

小 （白）爸爸，我检举揭发，哥哥刚才去看电影的，看的是——《铁道游击队》。

焦 （白）噢，小子，哪来的钱啊？是你妈为你开小灶啦？

儿 （白）妈没有给我钱。

焦 （白）那你怎么进去看电影呢？

儿 （白）爸爸，是这么一回事。刚才放学回家，路过电影院门口，看到海报上写着《铁道游击队》，我本来是不想进去看的，谁知道售票叔叔说："小朋友，想看电影吗？里面有空位子，还有半个多小时。"我说："行吗？"他说："可以。"然后他问我住哪里的，我说住县委大院的。他问："你是谁家的孩子？"（你怎么说？）我说我爸是焦裕禄，他就放我进去了。

焦 （白）混账！

中 （表）国庆一吓。

下 （表）边上夫人、小囡全部一呆。

焦 （表）焦裕禄怎能好听见这样的话？儿子竟然在外面靠自己的牌头看白戏！那时候，原来县委、县政府每逢到看戏，那些干部非但不出钱，而且总是坐在前三排，老百姓称当时县委书记就是三排长。所以在我的建议下，县委起草了一个通知：不准任何干部搞特殊化，不准任何干部和子弟看白戏。想不到儿子今天靠了我的牌头在看白戏，火"夹辣辣"蹿上来，要知道焦裕禄肝上有病，火窜上来么只觉得肝区一阵疼痛，额头上的汗在冒出来，自己也意识到，可能发火发得太大了，所以慢慢地把火降下来，但是表情十分严肃！

焦 （白）国庆，你、你在外面怎么好这样做呢？孩子啊，
（唱）吃一口黄连嚼一口糖，
心里不是滋味好难尝。
儿子一石激起千层浪，
就像一把尖刀剜胸膛。

看半场电影事虽小，
　　可小事隐藏大文章。
　　你说出父名是何意？
　　无非是拿着针尖当长枪。
　　你借父亲的名字搞特殊，
　　多少人要在背后戳脊梁。
　　便宜咱一厘一毫都不沾，
　　"公"和"私"二字也用标尺量。
　　要知道爸的权力代表党，
　　时刻把群众疾苦心中装。
　　要知道爸的责任千斤重，
　　不能在是非面前有彷徨。
　　儿要做鲜花欲滴蕾初放，
　　儿要做新苗初绽透芬芳。
　　爸现在给你一毛钱，
　　你立马赔礼道歉莫思量。
　　（白）你好好想想，今天做得对吗？

儿　（白）爸爸，

中　（表）国庆原本在想，自己看半场电影是小事体，爸爸怎么会发这么大的火？不过现在听完爸爸的话，想想对的，爸爸是这里的县委书记，他要从小培养我优良的作风，如果他的儿子不争气，要造成极不好的影响。里面有许许多多的道理让我慢慢地来理解，所以今朝爸爸的训斥是对的。现在国庆一边流眼泪，一边在点头。

儿　（白）（哭）爸，我明白了，你不要生气，我一定改正，我今后一定再也不犯啦。

焦　（白）好，我相信你，这一毛钱拿去，立刻到电影院把票补上，还要跟那位叔叔去认错，骑自行车去，早去早回。

儿　（白）是。
　　下　（表）国庆拿钱出去补电影票。

妻　（表）徐俊雅看儿子走，俚说不出什么滋味，有点不舍得儿子，更加舍不得俚老焦，为啥？因为看俚刚才这样痛苦，正所谓看在眼里，疼在心里。

妻　（白）老焦，你肝不好，不可以动这样大的肝火，伤身体的。平时教育儿子、女儿是我的责任，这个事体要怪我平时木鱼敲得还不够，下次不要发这样大的火了。老焦，我看你额头上汗还在滋出来。老焦，你现在疼得怎么样？

焦　（白）俊雅，我没事，你放心，但是教育小孩不可小看，整顿风气，从自身做起，尤其自家的亲属必须从严。

妻　（白）我明白，是我们焦家的人做事必须公私要分明。啊呀！老焦，我有一件事体忘记跟你讲了。

焦　（白）什么事？

妻　（白）你办公室小张送来二十斤大米。

焦　（白）我怎么不知道？什么时候送来的？

妻　（白）昨天。

焦　（白）噢，你昨天怎么不说？

妻　（白）昨天你回来什么时候了呀？再说小张说县长关照这件事不需要告诉你，但不过我在想，你总是要知道的。

焦　（白）对呀，那你预备怎么处理？

妻　（白）老焦，我准备明天退转去。

焦　（白）俊雅，既然要退，为啥不当时拒收？今天早上为啥不退？为啥要拖到明天？

妻　（白）老焦，我昨天收有昨天收的原因，明天退有明天退的道理，我本来今天空下来要和你说的，为了这桩事体，我思想斗争了一晚上，当时收下来全是为了你呀。

焦　（白）哦？为什么？

妻　（表）讲到这里，焦夫人眼圈发红，鼻子发酸，
　　（唱）她是千言万语涌上胸，
　　　　　气塞咽喉两泪浓。
　　　　　骨鲠在喉求一吐，老焦啊，
　　　　　你听我从头至尾诉情衷。
　　　　　你为兰考心操透，
　　　　　从春夏，到秋冬，
　　　　　百姓的愁患铭刻在胸中。

白天里踏遍盐碱土，
治沙植泡桐，
吃的粗粮窝窝头，
凉水润喉咙，
力用尽，汗流空，
时常是么昏昏沉沉转家中。
夜来筹良策，挑尽一灯红，
积劳已成疾，渐入膏肓中，
肝病频频发，汗湿衣几重，
几番昏迷病势凶，
你哪有时间就医请郎中。
用钢笔顶，止疼痛，
竟把藤椅顶出一个大窟窿，
我是忧急交加愁满胸。
家计靠你撑，
正梁一般同，
兰考需要你，
砥柱中流中，
没有好身体，
万事转头空，
怎能奋斗立新功？
你不为儿女想，
也该想民众，
身体早透支，
衰弱须补充，
亡羊补牢莫放松。
这二十斤粮米县委慎重定，
不是私来只是公，
想你党员理应要服从。

（白）老焦，我一开始收下来是这样想的：既然组织上考虑到你身体不好，肝上有病，伙食上调理调理也是应该的。我在想，人是铁，饭是钢，养好身体是革命的本钱，你是公家的人，我是你老焦的家属，我可以做这个主，所以当时就收下来了。

焦　（白）那刚才说明天要把米送回去，为什么又要改变主意呢？

妻　（唱）方才你训子一番话，

　　　　正气贯长虹，

　　　　着手在大局，

　　　　着手在秉公，

　　　　立党为公一片忠，

　　　　我么相形见绌脸羞红。

　　　　防微杜渐从自身起，

　　　　你语重心长敲警钟，

　　　　我们要时时牢记这焦家风。

（白）我知道你不会同意开这个先例，我如果站在你的立场上，体会你的做人、你的想法、你的做法，我的人会像触电一样跳起来。老焦，你经常对我说，做干部的家属也要与党同心同德，也要严于律己，处处时时拿老百姓放在心上，绝不能拖后腿。这困难年头，如果思想上一有疏忽，或许吃下去的不是营养，而是腐蚀剂。

（白）老焦，所以我要把这二十斤大米退转去。

焦　（表）焦裕禄听得眼泪含勒眼眶里，心里涌起千言万语，只觉得眼前最亲的人是最善良、最正直、最漂亮的。两手搭在妻子肩膀上，

焦　（白）俊雅，你说得好，你真是我的好老婆，谢谢你，所以做官人的老婆也要警惕好，歪风会变着法钻进来的，老婆，我们要当心"感冒"！

中　（表）就在那时，国庆从外面进来，正好听见爸爸说当心感冒。

儿　（白）爸爸，外面不冷，我不会感冒的。事情办好了，电影票五分，还有五分还您。

焦夫妻（合）不会感冒？不会感冒？哈哈哈……

焦　（白）对！当心了就不会感冒……

　　　　正是心里有大众，处处春意浓。

　　　　正气传后代，焦门好家风。

第三回　情在深处

要做一个好干部，请你带好你的一班人马，带好你的团队，带好你的同甘共苦的弟兄，而你必须恪守职责，敢于担当，分清是非，对老百姓有利的去做，对人民有害的坚决反对，哪怕走到生命的尽头，也要不忘使命，因为公道自在人心。

请听第三回《情在深处》。

下　（表）六十年代，郑州的五月初与今朝的五月初几乎没有什么区别，有些夏日的味道，今朝确切的时间是一九六四年五月三号傍晚七点光景，郑州医学院附属医院住院部已是冷清清，白天上班的各科医生早已下班回家，夜里值班医生在交接班查资料，至于探病时间，老早已经过了。

上　（表）此地门房间里坐好一位专门值夜班的值班人，夜饭吃好，值班工作开始。他的工作就是禁止病人偷偷溜出去，禁止探病家属悄悄溜进来，所以这扇门是看两面的，如有疏忽，出一点小纰漏，惩罚的办法就是卷铺盖。此人年纪六十上下，一件灰赤赤的旧衬衫，下面一条不太相配个旧军裤，一看就知道，是一位真的贫困的老实头人。如果眼睛再凶点，还可以看出他是一位厚道的庄稼汉。此人姓龙，家里排行老二，所以名字又叫"龙老二"，听说是从兰考一个苦地方逃荒出来的，落在郑州，经远亲介绍，到此地混着一个医院值夜班的苦差事。当时没有身份证，凭公社一封讨饭的介绍信，那么收留。啊？讨饭求乞还有介绍信？主要看得出证明人是实在的，知道留在当地可能要饿死，领导开介绍信，等于救自己命。龙老二对这份工作满意得不得了，所以特别巴结，他也晓得开介绍信让他出来讨饭的恩公是犯了错误，现在受了处罚。唉，做了好人无好报，而罚好人的人也没有好报，毛病重得就住在里边，耳朵里好像听着一句，说那个人最多再活二十天，所以想想稀奇。当然我只要负责看好这扇门，勿进勿出，龙老二想得出了神了。

中　（表）外面有一个妇女在玻璃窗外看了俚一歇哉。这个女人年纪四十朝外，穿着朴素，既不花哨，也不像当地农村女人，手里操一只竹篮，外面一块乡下粗布盖好。此人是从兰考赵垛楼来的，想见见兰考老百姓最崇敬的人，也是自己一家人的恩公，此地医院住的重病人。啥人？兰考县委书记焦裕禄！昨天村里传说，焦书记病情严重，医院做出诊断，可能是回天无力了。这种消息像晴天霹雳，当头打下来，不敢相信，但愿是误传。今朝受丈夫嘱托，煮了十只鸡蛋，还有平时节省下来的大米要送给老焦，还要当面谢过。刚才在住院部见到许多不认识的兰考乡亲，说是见不着书记，因为俚病重，不能加重老焦负担，白天都拦阻，何况现在呢？所以在窗外望。这个看门人不知能否通融？所以硬着头皮用指头在玻璃窗上轻轻地敲"笃笃笃"。

龙　（表）门房间里亮，龙老二看玻璃窗外面弗是最清楚，只见一只手的手指在敲窗户，做啥？懂的，要我开开后门，进去望病人。这个不行，所以对外头摇摇手。

林　（表）外面的女人看里厢清爽，这个老头子在摇手，弗肯开门，只好开口求吧！

林　（白）大叔，我求求您了，帮一个忙吧。
　　（表）想想完不成任务如何向丈夫交代，心里一酸，眼泪也下来了。
　　（白）大叔，我真是有急事啊！您开开门吧！要不我要跟您下跪了。

龙咕（白）啊，跪下来？跪在门外？那多难看呀。这样吧，到底有啥事让她到里厢来好好说，要放进去这是不可能的。如果有啥东西要送给里面病人，我或许可以帮帮忙。龙老二心一软，拿门一开。

龙　（白）你这妹子啊，什么事要跪呢！你不是折煞我了，有话进来说。

林　（表）总算开门了，快点进去，所以一边谢一边进来。
　　（白）谢谢大叔！

龙　（表）龙老二将门关上。
　　（白）妹子啊，你听了，进这扇门我是怕你跪了伤心，所以让你进来了，但是里边还是不能进去，因为时间过了，医院有规定。

林　（白）大叔，我知道您心好，让我进来，但是我只要把事讲清楚，您就会让我进去了。

龙　（白）妹子，这话别说，只要违反规定你叫我爹也没用，哪怕叫我爷爷也没用。

林　（白）大叔！

龙　（白）干嘛？

林　（白）您是兰考人？

龙　（白）是啊。

林　（白）您是七里坡人？

龙　（白）是啊。

林　（白）您是七里坡靠近黄龙村的人？

龙　（白）中啊，妹子啊，你咋一说就准啊？

林　（白）哎呀，大叔，我是在七里坡呆过三年的人。

龙　（白）啊，你在那里呆三年啊？

林　（白）我是走遍七里坡每个村的人呐。

龙　（白）妹子你是？

林　（白）我叫林小妹。

龙　（白）不认识。

林　（白）大叔，那秦有为您认识吗？

龙　（白）秦有为，秦书记，我知道！你是？

林　（白）我是秦有为的家里人。

龙　（白）秦书记家的？

林　（白）是啊。

龙　（白）我的妈呀，我今天差点做了小狗的事了，我……我不是人，妹子，不！不，秦夫人，我该死，秦书记是我的恩人呐！我永世不忘，他救了我命，没有他，我早就死了，还能在这里？秦夫人，我对您跪下了。

　　（表）说完，"扑"，跪下来。

表　（白）林小妹也发呆了。

林　（白）大叔有话好说，快、快、快起来，咋回事啊？

龙　（白）秦夫人，您坐好我说给您听，秦书记是我救命恩公，前年年底七里坡大灾大难，没有吃啊，穷啊，秦书记做出了一个决断，给每家开了一张可以走遍全国的求助证明，如果没有这一张介绍信我龙老二早就死了，所以我要饭到了郑州，才有今天，如果没有秦书记，还有我吗？最痛心，听说秦书记为了我们受了处分。不过害秦书记的人现在就住在这里等死，您知道是谁吗？他叫焦裕禄。秦夫人啊，这都是报应啊！来，您东西给我，您家哪位亲人在住院呐？我来帮您送。

林 （表）林小妹听到这里，恍然大悟，怪不得刚才听见我是秦有为家里人他马上会一百八十度大转弯，而且口口声声叫"恩公"原来我丈夫做了一件大胆的事情，居然还有人在这里感激他，而焦书记做了许许多多天大的好事，现在得了重病，居然在这里还被人臭骂，这个还有天理啊？

林 （白）大叔，您说这个话错了，大错特错啦，您有这样的想法真的要跪下了。

龙 （白）我刚才不是对您跪下了吗？

林 （白）您不是对我跪，而是要向焦书记跪。

龙 （表）这下听不懂了，焦裕禄处理了秦书记，而秦夫人居然讲这个话，这个老农民头脑里真的弄不懂哉。

龙 （白）秦夫人，这、这、这咋回事啊？

林 （白）大叔啊，这件事要说明白，我还得从头说起，大叔，看事情咱们可不能颠倒啊，大叔！

（唱） 兰考本是有三害，
常年风沙与干旱，
汪洋洪水从天来。
自然发威天发怒，
顺应还需不懈怠。
世人只怕庸人恶，
人为之难胜天灾。
几万乡亲离家走，
我家秦有为，
自认为发证求乞理不亏。

（白）我家有为做的那个事大家都说他犯了严重错误啊，要对他做出严肃的处理，说如果大家都出去要饭，这个影响也

　　　　太大、太难听了。他们说：
　　　　倘然都像兰考样，
　　　　出尽丑，坍尽台，
　　　　说道有为他自作主张胡作为，
　　　　害了兰考害河南。
　　　　条条批评多严肃，
　　　　如同针针刺胸怀。
　　　　焦书记他敢担当，挑重担，
　　　　风雪夜，守车站，

龙　（白）听说是叫大家回去的？
林　（白）不，他没有叫大家回去，而是他说理解大家的难处，有亲投亲，没亲不要走太远，活命要紧，明年春天要回来，而且一定要回来，"我在兰考等着你们，我会想你们的"。
　　（唱）他是苦口婆心语，
　　　　句句入心怀，
　　　　干部带了头，
　　　　检讨在党委会。
　　　　说道秦有为有罪也要做缓办，
　　　　救人治病暖心坎。
　　　　焦书记将他调往赵垛楼，
　　　　叫他在风口浪尖做指挥，
　　　　只要干群合力战万难，
　　　　心齐的力量大如山，
　　　　有为感激在心怀。
　　　　老焦肝病时常发，
　　　　他是积劳成疾在今番。
　　　　我家老秦誓学老焦样，
　　　　要奋战一生在黄河湾。
　　　　若说恩人就是焦书记，
　　　　今日里我是受命汇报到郑州来。

林　（白）大叔，您明白了吗？
龙　（白）啊呀，我弄错了，我搞错了。

（表）龙老二，像做梦刚刚醒，所以世界上如果位置坐错看事体就会颠倒，不了解情况，信口开河，还像人啊？我服帖秦书记，现在更加敬佩焦书记，我还有啥说？老实人面孔上会红出来。

（白）秦夫人，我是粗人，我弄错了，我明白了。

林（白）大叔，快告诉我，往哪儿走可以见到焦书记？

龙（白）我领您去。

林（白）您要在这里看门的。

龙（白）没关系，本来是不进不出，我把门一锁、灯一关就没事了。再说您刚才一说，我下来也要回七里坡了，我不准备在这里干了，也要回到家乡撸起袖子加油干了。妹子，您说中不中？

林（白）中啊！

表（白）那么此地灯关门锁，龙老二沿小花园花街，领到一座小洋楼这里。

龙（白）秦夫人。

林（白）大叔，您还是叫我林小妹。

龙（白）好，好，妹子，您看那边两间是医生护士室，不能惊动他们，我们从这边上楼。

林（白）好的。

（表）两人上楼，将近单独病房，听到里边在讲话。

下（表）里面是焦裕禄焦书记和他的家小徐俊雅两人在讲话。

焦（表）现在焦裕禄靠在床架子上，人已经瘦得弗像了，现在弗挂水，也弗吃药，眼睛闭着在呆呆思考：自己毛病看来是十分严重，肝区的疼痛越来越厉害，而且一痛人就支撑不住，疼至昏迷。医院的治疗可以说是出尽全力，特别从北京医院的诊断治疗，再转回此地郑州医学院附属医院，说明了一个问题，肝病可能已经转入晚期了，目前医界可能对于我的病是无能为力，家小徐俊雅眼光里可以说明这个一点。至于我，最最舍不得的就是对兰考的治理，还刚刚有点希望，还刚刚摸出点情况，还刚刚看到些曙光，我就不能继续下去，这是多么痛苦的事啊。但死神在一步一步逼近我，我要

做一点交代。老焦眼睛张开。

（白）俊雅。

妻　（表）徐俊雅心里明白：老焦病况是非常弗好，我是强忍悲痛，忍住眼泪在跟我最心爱、最崇敬的一群孩子的爸爸做周旋。实话不能说，假话说不出，难啊。组织上的决定，我一定要遵守做到。刚刚老焦连一点点薄粥都吃不进，我怎么办？现在老焦在叫我。

（白）老焦。

焦　（白）俊雅，我发现近来我的病更加严重了。

妻　（白）不会吧？医生说在康复中。

焦　（白）俊雅，你我是夫妻，你应该对我直讲，我知道后可以对有些事早些做一个交代。

妻　（表）本来徐俊雅对于医生的诊断结论是无法接受的，被你老焦这么一问，眼泪含在眼眶里，心里难过得不得了：叫我怎么来回答他呢？这对夫妻的感情是多么的深，可以说二十年夫妻两个人相处，呒不高低，相敬相爱，你焦裕禄可以说是党内真正杰出的优秀干部，我俊雅也是跟了你老焦一步一步走过来的，要跟上你的步伐已经叫不容易，现在是携手向前，同甘共苦。想一想从结婚到现在，你从一个普通工人到现在成为一个国家干部，从尉氏县到兰考县，从到兰考县的第一天算起到今朝为止，只不过四百多天，而这四百多天的工作量是无法形容，常人不知要做多少天，而你还是一个病人，我是你最亲的人，可以做个见证，你心目中除了老百姓还是老百姓，而对自己人的要求某种解释是实在高，而且还带些苛刻，有时我也想不通。你可以关心许许多多的人，就是不关心自己，现在医院已经没有回天之力了，结论等于宣判，我心里只装着三个字——"二十天"，这二十天还是可能，还是最高数，我只要看到天断黑，就会在我心里黑板上擦掉一天，现在算算只有个位数了。越想越焦急，越想越难过，越想越心酸，自己关照自己眼泪千万不能流出来，心里是上下翻腾，波澜起伏……

（唱）医院会诊如宣判，

无情之剑寒光炫。

肝病病变难预料,
良药种种已无胜算,
何来妙手把春换?
多少名医诊,
多少专家断,
组织全力送温暖,
只望老焦转平安。
医生常叹息,
护士添心酸,
拉我一边轻轻唤,
只望老焦转平安。
多少乡亲结伴来,
他们只求瞧一瞧来看一看,
祈愿祝福声声传,
只望老焦转平安。
细望河南天空云,
徐徐飘来许一愿,
谁能救助谁能圆?
彩虹高挂在云端,
只望老焦转平安。
兰考的水,兰考的船,
兰考的沙,兰考的岸,
只望老焦转平安。
分分秒秒无情义,
时间滴答转圈圈,
一圈转来又一圈,
时光流逝即是命来捐。
老焦声声催,
心胸存疑团,
泪水腹中咽,
万箭刺心穿,
俊雅托词如何瞒?

强忍悲痛强忍泪，
　　我是作假强装将他瞒。
　　（白）老焦你放心，一切都在康复中，你会好起来的。
焦　（白）俊雅，你是在瞒我。
妻　（白）老焦，我没瞒你，你会好的。
焦　（白）俊雅，到现在你还不跟我说实话。
妻　（白）老焦你……
焦　（白）别说了，我一切都明白了。
妻　（白）老焦……
焦　（白）俊雅，别难过。
　　（表）自己晓得真的要走到生命的尽头了，我对于死无所畏惧，我们革命前辈有多少人抛头颅，洒热血，非常年轻，就献出了生命，换来了新中国，我只是在建设新中国的道路上倒下了，不足为奇，人总是要死，要么轻于鸿毛，要么重于泰山。但是我心里有个最大的遗憾，就是对兰考的建设和改造，治理"三害"的任务还没完成啊。
　　（唱）俊雅一言已分明，
　　何必连连查究竟。
　　在世之日无多久，
　　死神悄悄走近身。
　　我本是东海鲁地客，
　　党命如山受重任。
　　从尉氏奔赴兰考地，
　　深知"三害"苦乡亲。
　　走遍重灾区，
　　调查研究深，
　　倾听百姓事，
　　党的温暖送千村。
　　一年零三月，
　　病魔连连侵，
　　眼看胜利日，
　　无奈急收兵，

这最大的遗憾留心灵。
我难舍兰考壮丽的黄河水，
更舍不得艰苦奋战的兰考人。
贫穷难夺志，
"三害"何足论，
村村户户齐一心，
誓建幸福万里营。
如今我半途撒手走，
岂不成了一逃兵？
任务未完成，
匆匆留遗恨，
少有回天力，
情系兰考却断了魂，
令人儿痛恨又痛心。
想到此时情难舍，
急忙掩饰偷偷忍，
莫对爱妻留伤痕。

（表）现在让我抓紧时间做我应该做的事情。

（白）俊雅，你帮助我做几件事。

妻（白）好的，老焦，什么事？你只管说。

焦（表）枕边取出一个小本本传过去。

（白）这是我对兰考大地的调查研究，"治理"三害的方法、方针与要求，你要交给县委。

妻（白）好的，我明白了。

焦（白）家里几个小孩的教育、培养都要你费心，我的要求就是读好书、做好人，永远想着老百姓。我死后，家中的重担要落在你一个人身上，不要向组织上伸手要钱、要东西。

妻（白）知道，你放心。

焦（白）我死了之后……

妻（白）老焦，你、你会好起来的！

焦（白）唉！俊雅，我知道我没有几天啦，我活着没有治好兰考的沙丘，死后希望把我埋在兰考的沙丘上，……要看着兰

考人民把沙丘治好。

妻 （白）老焦……

林 （表）你们讲到这里，外面的两个人吃不消了，林小妹先哭出来。

（白）焦书记啊……

龙 （表）龙老二一直在打自己的脑袋：怎么会怨恨实梗一位好干部，自己就像不吃粥饭的人。

（白）焦书记啊……

焦 （白）俊雅，门外有人，请他们进来。

妻 （白）喔。

（表）要紧出来一看，一男一女，男的好像是值夜班传达室的，女的没见过。

（白）老焦请你们两位到里边去坐。

中 （表）两人进来。

焦 （白）来、来、来，随便坐吧。

林 （白）谢谢焦书记。

焦 （表）其实老焦肝区一阵阵在痛，好像在抽，额头上的汗像黄豆大小在渗出来。

（白）你是？

林 （白）焦书记，我是秦有为的家里人，我叫林小妹，有为叫我来看您的，而且要谢谢您，他在赵垛楼治理沙土分身不开，请您原谅。

焦 （白）秦有为，我知道，他现在越干越好了，是一位好同志，果然不负众望。你回去对有为说，我相信他，现在正是更加有为了，找到了有为的地方。我要请他原谅，我在批评他时有些过火了，你告诉他焦裕禄也有许多缺点，我要向有为学习，我们党就需要这样的好同志。

林 （白）焦书记，您是好人，您是榜样，您救了有为，您教育了他怎样做一个真正的共产党员。我们全家感激您，篮里的蛋、米是我们全家的一点心意，请焦书记一定收下。

（表）林小妹双膝跪下。

龙 （表）龙老二熬不住亦然跪下。

（白）好书记啊，我叫龙老二，我对不起您啊，我一直将您当坏人呐，我一直恨您，因为秦书记开了要饭的介绍信，我感激他，后来只听说您要处理他，我为他抱不平。刚刚正好碰到秦夫人，总算我的梦醒了，我真是糊涂，我是糊涂的七里坡人。我现在醒了，离开家乡是对不起国家，对不起老祖宗，也对不起自己。

妻　（白）你们怎么啦？快起来，我们老焦受不住的。

焦　（白）龙老哥您没错，错都在我们当干部的身上，干部也会有一时糊涂的时候。来、来、来，都起来吧。

医　（表）值班医生正好过来要检查病房，听见里面闹猛么踏进来。

（白）你们太不像话了，快出去，让焦书记休息。哎，你是看门的，怎么回事？这个门没把住，怎么把人放进来了？自己也犯规了，这样做告诉你，我们医院里就不能留你了，快出去！

龙　（白）医生，你不叫我走我也要走了，我下个月就回去了，我要守在故乡，改造故乡，建设故乡，我要听焦书记的。

焦　（白）好啊……我将在堤岸边上一直看着你们，相信兰考一定会建设好的！

妻、林(合)（白）焦书记……老焦……

（表）一声在堤岸沙滩看着你们，震撼了兰考大地，震撼了兰考千千万万干群，震撼了中华大地。一九六四年五月十四日九点四十五分，人民的好儿子、人民的好干部、优秀的共产党员焦裕禄走完了他光灿灿的人生历程。焦裕禄精神与天地同存，焦裕禄永远活在全国人民的心中。

千里寻宝（短篇弹词）

出品：常熟市评弹团
作者：金曾豪、陆建华

"嘀嘀"，一辆红色的士飞驰而来，方向全国文明村——常熟任阳蒋巷村。车子里坐好一个老客人，年纪六十弗到，弗长弗短，弗瘦弗胖，头浪戴黄色旅游帽，身浪穿一套黑色化纤西装，虽然格个领带打得弗太正规，但是看上去促崭全新，血庞通红；脚浪一双旅游鞋雪雪白，头颈里挂一只半新柯尼卡格照相机，格种打扮阿是到蒋巷村旅游？弗噢！此人是山东泉城郊外马家村党支部书记，叫马清泉。叫啥老马格个人啊，北方人，南方人格性格，随便啥事体才要问个为什么，随便啥事体才要追根究底。倒说清泉最近勒报纸浪看见一篇报道，是介绍伲常熟任阳蒋巷村，说得格蒋巷村建设得来赛过天堂，老百姓格生活已经步入仔小康，而且村里党支部书记叫常德盛，格人家说得俚赛过像孔繁森，说得俚赛过像焦裕禄。老马想想：我清泉勒浪山东阿蛮有名气，报纸浪经常有报道，弗晓得弗看格报道还好，一看啊反而一包气，啥事体？因为一篇报道里往往可以挤出一桶水，洗脱个头，还好带脱双脚，蹩脚点格报道格个水好弄出来可以洗脱一个浴。心里带点疑惑，不相信，一个心动，特地从山东赶到此地常熟，现在打一部的么，往准蒋巷而来，车子停下来，人往准村里来，踏到蒋巷大桥，对准门前一看。

马　啊哟,不得了了,只看见一幢幢新式格别墅赛过像到了美国华盛顿格富人区,蜡黄格油菜花铺了格田里厢赛过像金地毯,亦像走进一幅美丽格图画。"咦","啊哟",山东人已经有点服帖了啊。

林　桥面浪厢还有一个人,靠仔格栏杆盯牢伲勒浪看,俚叫林玉英,今年三十二岁,剪短头发蛮时髦,一双眼睛有点潮,鼻头尖尖细眉毛,就是嘴巴有点翘,该搭村里厢没有一个人弗认得俚。作孽,前年俚儿子阿毛出车祸死脱,神经受仔刺激,脑子出仔毛病,那么呶,幸亏该搭格常书记,特地拿俚送到城里厢格大医院去看病,病情总算有所稳定。不过外头油菜花一开了,倒说俚根神经亦搭牢哉。

林　喂勒浪看点啥脚?

马　山东人被俚一吓得勒呀,唉,这位女同志,你是在叫俺吗?

林　我浪喊侬活。

马　什么叫侬?

林　侬么就是你,刚才我在叫你,侬么我们常熟人的就是你,我么就是我,你这个人真是山东人吃麦冬——一懂也不懂。

马　唉,你这个女同志,倒被你说着了,我是从山东来的了。

林　啥格?侬实头是吃麦冬格。

马　你怎么这样说话的了?你……

林　你、你、你么,就是侬、侬、侬。

马　啊哟,这个人有病了。

老太　唉,桥堍下头倒说有个老太勒海接嘴:"老先生,你不要生气啊,她这个地方啊有这么一点点搭错。"

马　怪不得了,是有病了嗨噢。

老太　你是外地人吧?

马　对,老人家,俺是从山东来的。

老太　做什么的?

马　俺不是来卖生姜的。

老太　噢！

马　俺是来寻宝的。

老太　噢，收古董收宝贝的。

马　哪能弄仔个收古董出来？随他吧，对……我说这个老人家，奇怪了……

老太　哪里奇怪？

马　刚才那个女同志说的常熟话俺听不懂，为啥您说的那个常熟话俺倒能听得懂呢？

老太　啊哟，我讲的么是常熟官话呀，就是常熟普通话。你收古董蛮辛苦的啊。

马　不辛苦，不辛苦。

老太　来、来、来，到我家里来坐坐。

马　您不要客气嘛！

老太　我们蒋巷人都客气的呀！

马　噢！

老太　常书记关照，要客气，要礼貌，要帮助别人，来、来、来，没有关系的，到我家里来坐坐。

马　多谢了！

老太　来坐坐，来坐坐。

老太　老太真热心，一面说一面端只凳子，怠慢哉……凳子浪坐，泡杯茶过来么。

老太　来、来、来，吃杯茶。

马　好、好、好，虽然俚格闲话听弗太懂，但是老太格热情老马是能够感觉的，"这位老人家……"

老太　哪能？

马　刚才您说的那个常书记，可就是那个常德盛书记？

老太　真是活，啊哟，我们常书记啥格名气响来，倷山东也晓得哉。

马　俺是从报纸上看到的了。

老太　噢，不过闲话也要说转来，我们常书记勿讲倷山东晓得，他北京人也认得，俚么十六大代表、优秀共产党员、全国劳动模范，北京也是横去竖去哉。

马　噢，这个人肯定错不了。

老太　你也真是,"好得不得了"。

马　　那好得怎么样呢?

老太　好来怎么样?倷先看看我们田里怎么样。

马　　这个田里好啊。

老太　我们住房怎么样?

马　　这个房子气派了。

老太　我们高大厂房怎么样?看看我们中心村怎么样,你再看看我们每家人家的存折怎么样,你要是知道我们蒋巷以前穷得怎么样,你就晓得我们常书记好来怎么样!

马　　老太婆倒蛮会讲的啊,横个怎么样,竖个怎么样,俺就是要知道这个"怎么样"。

老太　好格,我来告诉倷。老太说起常书记么浑身劲道啊来哉。

老太　你可知道,我的小官人,

马　　小官人?

老太　小官人么就是老公,老公么就是丈夫,从前是生产队长。作孽,五十岁就死哉,临死前头,常书记一脚来看伲老老(编者注:我们家老伴),但老老想想常书记意弗过活(编者注:临死之前,常书记一直来看我们家老伴,但我老伴想想,这样对不住常书记的呀),那么,生产队到今朝仍旧戴仔顶穷帽子,阿要对弗住乡亲?常书记安慰伲老老,说该种事体倷弗要考虑,身体弗好了嗨,静心养病,倷有啥事体倷只管说,我去办,倒说伲老老有桩心愿呀,

马　　心愿?

老太　倷倒猜猜看,阿猜得出伲老老临死门前讲仔点啥个说话?

马　　格个哪能猜得出?他……他说什么?

老太　勥倷猜哉,倷猜也猜弗着。

马　　那一歇叫我猜,一歇勥我猜。

老太　老头子想请常书记搭俚拍张照片,给我老太婆做个纪念,想念格辰光么好看看。

马　　他没有照片的?

老太　没有的呀。

马　　怎么会没有的呀?

老太　该歇辰光穷活，穷来答答滴。拍张照片是桩大事体哉，不像今朝拍照片没有什么稀奇。傺看，傺胸口头挂只照相机么柯尼卡格活。

马　啊，俺说老人家，您倒新法了，您倒新潮了，您怎么知道俺这个照相机的牌子是柯尼卡的呢？

老太　啊哟，我孙子白相的照相机么搭傺一样格呀。

马　您在触俺霉头了。

老太　不是……傺勿动气啊。老先生，我孙子格照相机亦要换哉，换……噢，叫"数码相机"。

马　啊哟，你们这个蒋巷条件是好了啊！

老太　随便啥么事叫见多不稀奇，就讲我们蒋巷。以前草棚棚，现在小别墅；以前穿得像叫花子，现在全毛不稀奇；以前有部脚踏车蛮稀奇，现在宝马、奔驰、小红旗、奥迪、凌志算小气。

马　口气大啊。

老太　啊哟，我讲到哪里？

马　讲到哪里也不晓得了，您在说要拍一张照片。

老太　噢，对哉，伲老老想拍张照片，倒说常书记一口答应。作孽，我记得下大雨，常书记一脚水一脚泥，走仔半日天路赶到镇浪厢照相馆，想拿俚笃请得来，搭伲老老拍照片，弗晓得别人家弗肯来。

马　为啥不肯来？

老太　他说拍死人照么触霉头格。

马　这个人还没有死呢。

老太　那后来常书记硬做主张，拿乡里位会拍照片的秘书拖得来，搭伲老老拍照，呶，就是这张照片。

马　就是这张照片。

老太　傺话拍来哪能？

马　拍得好，您看，您的丈夫笑嘻嘻来。

老太　傺话这张照片几个人？

马　一个人。

老太　两个人。

马　一个人。
老太　两个人。
马　一个人,俺看来看去就一个人,您怎么说两个人?
老太　是两个人,倷听我话呢。一本正经,别人家来拍照片,伲个老老坐也坐不起哉,那么常书记硬劲拿俚抱起来,靠仔俚身浪拍成仔这么一张照片。看看一个人,实骨子两个人。
马　后面还有一个常书记。
老太　倷看这张照片拍来好来,一双眼睛赛过活个哎。我走到东俚望到东,我走到西俚望到西,我走到厨房间里,
马　不望了。
老太　还是望格。
马　看不到了,他不会转弯抹角看的。
老太　我心里明白,俚勒望。
马　常书记这个人不简单。
老太　简单。
马　不简单。
老太　简单,倷晓得还是我清爽。
马　怎么格简单?
老太　你只要记牢"三多"好哉。
老太　常书记带了我们办农业,
　　　农业高产米粮多。
　　　带了我们办副业,
　　　副业兴旺钞票多。
　　　带了我们办工业,
　　　工业发展笑声多。
老太　阿是简单?"三多"记牢好哉。
马　讲讲是简单,只要记牢"三多"好哉,但是我也是村支书啊,要做到这"三多",常书记弗知要花多少心血,这个"三多"就是为民办事。
马　老马立起身要来想走,"老人家,俺要走了……"
老太　慢!

马　　哪能?

老太　　哪倷亦变仔常熟人哉。老山东,倷就再坐一歇,我像只财节牙钳拨倷启开仔,合弗拢哉。(编者注:我好比一只蟋蟀,牙口被你撬开了,合不拢了。)

马　　我……

老太　　倷收宝,告诉倷我屋里就有宝。

马　　您家里就有宝?

老太　　第一件宝么就是一张照片,再要拍么拍弗着哉,绝照绝片,是弗是一宝?

马　　这是个宝啊!

老太　　还有两宝。

马　　还有什么宝?

老太　　倷慢慢叫,倷坐。

老太白　老太立起身来往准里厢来,拿出一只红布色,只看见格样物事包得方方正正,一本正经,郑重其事地往准外头勒浪走出来。

马　　老山东一吓呀,这是什么?"老太太,这是啥东西?"

老太　　宝活。

马　　啥个宝?

老太　　倷不可以讲的啊,台浪厢一放,老太做是做得出格,赛过像变戏法这样,轻咚咚,慢慢叫拿块红布头掀开来,里厢一只白木小方凳。

马　　这个哪是宝?这种凳子么伲山东家家人家有,"老太太,这个凳子怎么是宝呢?"

老太　　一个凳子、一本书,倒说蒋巷勒浪常书记带领下头日脚好过哉,家家人家连下来全要翻房子,那么常书记格房子是村里最后一批翻造格。上正梁那天,回转来拿尺一量,好!东面那间房间比原来造阔仔一尺,那么不得了哉,面孔毕毕板,拿俚笃家小喊出来。

马　　什么叫家小?

老太　　家小么就是家主婆,家主婆么就是老婆,老婆么就是夫人,夫人么就是……

马　俺懂了……

老太　说这个怎么行,村里厢家家人家全要造房子格活,倘使每间房间全这样放阔一尺,还当了得!当机立断,关照三墙拆脱,房梁截断,乡亲们全看好了,都竖起大拇指讲好,搭俚起个绰号叫"断梁书记"。

马　断梁书记!

老太　截下来个段木头,我弗舍得扔掉,做仔只凳子么纪念纪念。

马　俺就不懂了,您要做其他东西也可以了,为啥别的东西不做要做个小方凳呢?

老太　倷弗晓得我哉,我格儿子也是村干部,我做仔只凳子么,关照儿子每日天夜里坐仔只凳子洗脚,我儿子每日天夜里坐仔只凳子,就是每日天在心里要想像常书记这样做人民的好公仆,看见这只凳子就像看见常书记格天风亮节。

马　慢,这句话不对了,这是个成语,叫"高风亮节"。

老太　倷晓得还是我晓得?天浪格风么最最高哉,还错格?

马　俚倒总归不错格。

老太　倷倒话这只凳子是不是一宝?

马　是宝。还有一宝呢?

老太　还有一宝么,粥活。吃格粥,啊哟,不好哉,不好哉。

老太　老太想着桩事体么突然立起来,往准厨房间里直冲么冲进去。真正一歇歇工夫倒又回出来哉,啊哟,老山东,老先生,那么我真正要谢谢倷,里厢浪勒烧粥,幸亏倷提醒我,倷不提醒我,一锅子粥么全要糊了,粥要烧得不厚不薄,吃粥格辰光要不冷不热,过粥小菜要不咸不淡,村里厢全晓得我老太婆烧粥是头挑头。

马　俚年纪大哉,讲着仔粥么就讲粥哉,宝么不讲,粥的事慢慢再讲,我问您第三件什么宝呢?

老太　你到底阿是年纪大哉,我就是要说粥,不说粥么哪个地方来得第三件宝呢?这个粥么就是宝,宝么就是粥。

马　为啥是宝呢?

老太　常书记一再搭我俚讲,说蒋巷工厂要像公园,公墓像林

园，学校像花园，家前宅后像果园，要把我们蒋巷建设成为社会主义的乐园。这仔这样几十年如一日，拼命工作，村民背后头搭俚起个绰号叫"拼命三郎"，吃饭不当顿，得着仔严重格胃病，老百姓看在眼里急在心里，那么怎么办呢？送给他吃补品，退仔转来哉。送给他吃人参，坚决弗收。这来还是我老太婆聪明，想出一个办法。

马　啥个办法？

老太　烧好仔一碗不冷不热格粥，让常书记暖暖胃，养养神。我对常书记说："常书记，倷只管吃，一碗粥么不值啥铜钿，你吃么哉。"他倒吃格呀，弗晓得这个消息一传十，十传百，不得了，全村才晓得。村里人只要得信今朝常书记到村格东横头，东横头家家人家烧好仔粥等俚吃。今朝常书记到村格西横头，西横头家家人家烧好仔粥等俚。这个一碗粥不是普普通通的一碗粥，这个一碗粥是想弗到、做弗到、得弗到的一碗粥，这个一碗粥是出铜钿买弗到的一碗粥，这个一碗粥是用命换弗到的一碗粥，这个一碗粥是蒋巷格老百姓捧出的一颗颗赤诚的心，这个一碗粥胜过千两黄金，这个一碗粥是党心民心合齐欢。老先生，老山东，倷倒话话看，这碗粥一是宝来弗是宝？

马　"是宝，是宝。"这个山东人算得文质彬彬，讲闲话眉条细目，听俚讲完叫啥俚也会激动格，想想这个碗粥出铜钿银子买弗着，伲共产党就是要这碗粥。

马　（唱）一张照片一段情，
　　　一张小凳一颗心，
　　　热粥一碗是无价宝，
　　　它联系了党和村民的情与心。
　　　为什么蒋巷经济能发展？
　　　为什么这蒋巷村成了全国文明村、
　　　成了富裕的小康村？
　　　为什么书记他如此得民心？
　　　我是顿开茅塞见真经。
　　　任阳镇，蒋巷村，

江南水乡红旗村，
红旗猎猎迎风展，
红旗飘处尽是春。
红旗一举万马奔，
红旗下有一个带头人，
这带头人就是书记常德盛。
我是千里迢迢来到蒋巷村，
亲眼见到了这新农村，
亲耳听得村民诉实情，
我是眼观耳闻把疑惑全扫尽，
我无限欣慰百感生，
马清泉今朝服了你这常德盛！

马　老人家，俺要走了，不瞒您说，俺从山东到这个地方来，主要是向蒋巷村人民学习、取经来的。

老太　啥格？倷特地从山东赶过来取经的？

马　对。

老太　格是山东唐僧活。

马　现在俺要去亲自会一会常书记，当面请教。

老太　阿是倷去碰头常书记？

马　对。

老太　倷覅跑哉，就在这里等吧。我俚常书记马上就要来哉，我粥也烧好哉，他么晓得玉英又在发病了，不放心，板要亲自拿俚送到医院里去格。

马　噢。

老太　是。

"嘀嘀——"

老太　我俚常书记来哉活，我带倷去碰头我俚常书记。

马　走。

老太　走。

招牌菜（短篇弹词）

出品：常熟市评弹团
作者：金曾豪、陆建华

上 （表）酒楼、饭店、宾馆、酒家一般分上、中、下三个档次。所谓上等格是上星格，三星、四星、五星。有一定规模、有一定特色格但是弗上星格，算中等。连下来格小饭店，格末只好算下一等哉。但是弗管是上等、中等还是下等，开饭店只有一个目的，赚铜钿！开得好个饭店总归会在菜、价格、管理、服务上动脑筋来吸引顾客！

下 （表）对格，开好一家酒店无非要做好各方面格工作。但是讲讲容易，做起来难！开关店我是见得多哉，划一，陆建华，侪好像阿开过饭店格活，哪哼会开弗下去仍旧搭我来说书只呢？

上 （表）覅去说俚，难为情！叫隔行如隔山，像俚格种人说是蛮会说的，要做生意，开饭店，弗来事格！反正我服帖哉！弗亏光䎬跳楼，今朝还好搭俅说书，我心满意足哉。

下 （表）还是说书好，现在俚评弹界档次提高弗少，照样啊有海归——有一批原来说书格后来做生意下海，现在又在说书哉，叫商海回归，海归人也弗少。

上 （表）最近在山湖区商业中心竖起了一幢大楼，名叫"山湖楼"，开了一家目前在市里厢最高档次格酒楼，叫"山湖酒楼"。像格种酒楼，一般个老百姓是不敢问津格。

下（表）弗说别样，倷听听俚店里格三只招牌菜格价钿，就要吓煞仔格人。三只菜人民币六千八百块，平均两千两百块一道菜。

上（白）格末是哪哼三只菜呢？

下（白）第一只叫"一江鲜"，生青碧绿格草头上头排一圈雪白格出骨刀鱼球，刀鱼是长江三鲜之一，身价高。如果格只菜在清明前去吃，单单格一只菜就弗止六千八百块。

上（白）格末第二只菜呢？

下（白）"双珠凤"。

上（白）高博文，倷末说书哉，哪哼叫"双珠凤"呢？

下（白）一只糟制野鸡，盆子边上围一圈鸽蛋。

上（白）"双珠凤"格，还有一只凤呢？

下（白）格道菜格打底是用格燕窝！

上（白）格是格道菜价钿亦是辣豁豁哉。还有一道呢？

下（表）第三道菜叫"三套车"。一只俄罗斯民歌"三套车"，冰雪覆盖着伏尔加河——

上（白）好听格，哪哼叫"三套车"呢？

下（白）格只菜用料是三种肉，驴肉、鹿肉加驼鸟肉。用格三种肉块在盆子里排成三个像车轮的形状，打底是上等格鱼翅，所以取名叫"三套车"。格种菜吃是肯定好吃格，勿说吃我讲讲，讲得馋老老，格种价钿，勿说一般老百姓吃弗起，就是我——

上（白）倷是吃得起格，我吃弗起。

下（白）我搭倷弗是一样？大家全是说书格。

上（白）弗，倷是大响档我是小说书，倷格名字叫高——博文，比我高一段，我叫陆——建华，比倷落后一段。

下（白）好哉，勿搞嘴讲哉，说书吧。（编者注：好了，不插科打诨了，说书吧。）

上（表）看来我搭倷全吃弗起勒嘿，倪末吃弗起，吃得起格人来哉！山湖大道由东朝西，"轻铃哐啷"——飞快格过来，

一辆飞鸽牌重型老式脚踏车方向直奔山湖大酒店。骑勒车子浪格人，二十多岁年纪，大头大脚大身体，就是人长得弗长，五短身材，精神抖擞。头戴安全帽，身穿工作衣，足蹬绝缘黄跑鞋，浓眉小眼，两只大板牙，三色皮肤，黑色、白色、黄色，黑格是底色，白色是涂料，黄色是搭着泥土。此人是从山东枣庄平阳来到伲开发区建筑工地格打工的，叫王大毛，现在到山湖酒店门口车停下车，直往店里进来。

下　（表）现在是上半日十点，酒店里上到经理下到厨师、服务员才勒为迎宾做最后的准备。大堂里格值班经理叫林佛清，名字蛮好听，森林里清风拂面，蛮雅格，但是小林因为人性格太耿直诚实，生意场上尔虞我诈、蒙骗顾客格事体常有发生，俚看弗惯，向老板反映，结果呢，老板反而说俚："小林啊，你格名字搭你格性格有点相像格，林佛清，字面上蛮好看，但喊起来，只有是'拎弗清'。"开饭店格目的是啥？赚铜钿，赚得着是爷，赚弗着是孙子！所以格小林一家头呆登登，坐勒大堂里勒想。

王　（白）同志，

林咕（白）拎弗清。

王　（白）说话文明一点，俺叫王大毛，不叫"拎不清"。

林　（白）对不起，我叫林佛清。

王　（白）喔。

林　（表）小林想我名字叫林佛清，人是蛮拎得清勒嘿，看俚格人格种装扮，分明是一个外地打工仔，弗像吃客，看样子是跑错地方哉。

　　（白）先生，您——是叫我？干啥？

王　（白）干啥？俺到饭店当然是要饭的。

林　（白）啊？您是讨饭格？

王　（白）不、不、不……是要吃饭。

林　（白）噢，吃饭，那您是走错地了，吃快餐盒饭在隔壁。

王　（白）俺在工地打工基本上顿顿吃盒饭，天天是快餐，你还要叫俺吃快餐？俺不吃盒饭。

林　（白）噢，那您是要吃点菜，好，宴会厅在二层，雅座包厢在三层、四层。

王 （白）那这边底层没有饭吃的？

林 （白）有、有。（转念头不过该搭你更加吃不起了，像倷格种打工格末，盒饭吃厌脱哉，换换口味弄两碗小馄饨吃吃末差弗多。）

（白）倷来看。

（表）小林对准上手里一指，花格月洞门上头一块匾，额上三个描金大字："三珍堂"！

（白）先生，这里是三珍堂，专门供应本店三道招牌菜格，可能您是走错店门了吧？

王 （白）俺没有走错，俺就是专门来吃三珍堂招牌菜的！

林 （白）先生，您听我解释，其他楼层可以点招牌菜，一只、两只都可以，踏进这三珍堂就必须三只招牌菜一起点，所以，依我看……

王 （白）对啊，三道招牌菜俺要一起点，"一江鲜""双珠凤""三套车"，俺可是慕名而来啊！

林 （表）林佛清那末真格要弄弗清哉，哪哼桩事体……哦，明白哉，看上去格打工仔一定是中仔彩票哉，那末到三珍堂来尝尝鲜。

林 （白）慕名而来，欢迎、欢迎。请！

（表）三珍堂，装饰讲究，古色古香，红木台凳，靠北一排落地长窗，望出去一汪山湖水，波光粼粼，湖中小岛树木郁郁葱葱，亭台楼阁星罗棋布，坐勒三珍堂品尝招牌菜，可谓悠然自得，惬意极了！

（白）先生请！

王 （白）俺要靠窗这张桌子！

林 （表）噢唷，倒精格，格张台子是三珍堂顶好格角度哉，从窗口望出去湖光山色，一览无遗！看上去非但中奖而且中得蛮结棍了嘿，今朝准备来出血格！

（白）兄弟，格一次中的是啥个奖啊？

王 （白）中奖？中啥个奖？啥意思？

林 （白）没啥意思！兄弟，一般到三珍堂来请客的客人不是港澳同胞，就是当今阔佬。要末生意应酬，还有发着红包。除

此之外,一问价钿就逃,除非你中着体育彩票。

王 (白) 不瞒你说,俺是山东同胞,又不是当今阔佬,从未买过彩票,包工头昨天发了个红包。

林 (表) 怪弗到,拿着仔红包勒嘿哉,甏没清头,拿着铜钿就来浪吃浪用,到三珍堂,格只红包一定弗少。

(白) 包工头给了您多少钱?(见对方伸出三只手指)(白)三百?弗对啊!那一定是三千?还是不对。

王 (白) 三百。

林 (白) 三百美元。

王 (白) 三百元人民币。

林 (表) 啊?三百人民币?还不够买一只菜,发了铜钿马上上馆子,今朝碰着脱底棺材哉,甏说吃好仔买单出洋相,到辰光倷身浪格衣裳全脱下来还弗够,打工仔赚两个铜钿弗容易,我来提醒提醒俚。

林 (白) 兄弟,看来山湖楼您还是第一次来吧?

王 (白) 没有第一次哪来第二次、第三次呢?怕不给你钱?

林 (白) 不、不、不,别误会,我是说三珍堂招牌菜是一套三只,要点就是三只一起点的,明白吗?

王 (白) 三个菜一起点没错!

林 (咕) 咕口轻飘飘一起点,倷阿晓得格菜价?!

(白) 朋友,三百块是吃弗着格。

王 (白) 三个招牌菜总共六千八百块对吧?

林 (白) 对、对、对,六千八百块不错!(咕:倷阿拿得出?)

王 (白) 俺今天只请一个客人吃饭,所以只点小套盆,标价三千八百对吧?

(表) 从胸口头摸出来一只塑料袋,往台子上一放。

(白) 我带了四千块,够了吧?你现在放心了吧?

林 (表) 看俚拿出来一只塑料袋,说里厢有四千块钱,派头倒大格,问我阿可以放心了,弗瞒倷讲,现在我倒反而不放心哉!

(唱) 见他塑料钱包桌上放,

定然他早有准备到三珍堂。

看他年纪轻轻是个打工仔,

出手大方倒像阔佬样。
莫非他遭受打击心情坏，
故而消愁解闷到三珍堂？
（白）阿会勒工地浪受仔气，所以来吃酒解闷，看俚喉咙三板响，格种神情，不像。
（唱）莫非他原是个盗贼辈，
这人民币来得不正常？
中饭一顿花销三千八，
哪像外来人儿打工的样。

林　（白）兄弟，你们打工的工资不会太多，您这钱——

王　（白）哥，你放心，俺这钱是辛苦钱、血汗钱，来得清、去得明。

林　（白）积攒四千元钱不容易，哪能一顿饭就把它用掉呢？

王　（白）是的，出来打工的人赚钱是不容易，你们这里还算好，包工头从来不欠工资，可每个月的工资除了衣食住行，谈女朋友也要钱，还要寄回一些钱到老家，贴补家用，所剩无几了。积四千块钱不容易。

林　（唱）他明知赚钱非易事，
何不节俭要铺张？
我费疑猜，细思量，
追根由，难知详，
跌入迷雾欠主张。
（白）噢，对哉！
（唱）定然是他谈恋爱，赶时尚，
故而潇洒一回到三珍堂。
慕虚荣，爱张扬。
（表）对！
（白）兄弟您今天请的一定是个女客人，阿对？

王　（白）你好像是个仙人，对的，是一位女的，是俺邻村的白娜！

林　（表）直头拨我猜着，原说俚哪哼会不惜重金，实梗大方。俚女朋友格名字倒蛮洋气格，叫白娜！

　　　　（白）白娜,几岁了?
王　（白）七十三岁。
林　（表）啊唷会,女朋友七十三岁,做倷好婆末错弗多!看上去我是冬瓜缠勒茄门里哉!
　　　　（白）七十三岁,她是你什么人呢?你要请她到三珍堂吃招牌菜,四千元不是小数目,可是我两个月的工资加奖金啊!
王　（白）兄弟,不要说四千,就是四万俺也要请她来吃的!
林　（白）她是你娘?还是真的是你好婆?就是娘呢好婆,倷啊用弗着请她四千块吃一顿饭活!
王　（白）关你什么事?俺出钱,你出菜,井水不犯河水,你管那么多干啥?拎不清!
林　（表）我拎弗清?到底我拎弗清还是倷拎弗清?我是觉得您花四千块弗值得,我是替您着想,倷个铜钱是血汗钱,用得冤枉。
　　　　（白）兄弟!
　　您说我拎弗清,
　　我看倷有毛病。
　　四千块请一个人,
　　到底您有病,
　　还是我拎弗清?
王　（表）看俚情绪激动,看得出俚是弄弗懂我为啥要请客,为啥非要勒三珍堂吃招牌菜!俚弗是拎弗清而是弄弗清,好人,勒为我着想,晓得我赚钱弗容易。格末老兄啊,倷阿晓得钱用光仔还可以再赚格,但是一个人一旦失脱仔诚信,格种人活勒世界浪还有啥意思呢?
王　（白）老兄,俺没有病,你呢也不是拎不清,而是有点弄不清为啥俺非要吃三珍堂这套招牌菜,对吧?
林　（白）对!你倒说说看为啥?
王　（表）我"耿"俚比我还要"耿",今朝"耿"头碰着"耿"头,实头老虎追上山,打破砂锅问到底,还要问声砂锅几时死!
　　　　（白）好!老兄,现在离开饭时间还早,我来讲个故事给你听听。
林　（表）胃口好格,讲只故事,行书快点,我要晓得为啥,为啥!

王　（唱）离别山东乡去打工，
　　　　同行还有一帮好弟兄。
　　　　伲上海、深圳搞搬运，
　　　　常熟、苏州做建筑工。
　　　　虽然是
　　　　辛苦的汗水常流淌，
　　　　虽然是
　　　　任务重，刻刻时时不放松。
　　　　然而是
　　　　弟兄相处乐无穷！
　　（白）特别是到了你们这个城市，农民工的工资从来不拖欠，虽然不算富裕，但也算是过得过去了，满足了。跟俺一起出来的同乡叫李云峰，是俺最铁的铁哥们！
　　（唱）李云峰，好弟兄，
　　　　我们宛如亲生一般同。
　　（白）白娜，就是云峰哥的娘，云峰哥的娘也就是俺的娘。

林　（白）唔！

王　（白）一年前，也就是山湖楼即将竣工的那一年，当时俺和云峰哥就在这里打工。

林　（白）哦。

王　（唱）建设山湖楼，我们在其中，
　　　　为抢工期建奇功，
　　　　工期缩短了三千工。
　　（白）为了赶在去年春节前竣工，抢时间，缩短工期，我们加班加点，云峰哥连加几个班，怎么料得到——
　　（唱）就在阴雨黄昏夜，
　　　　霹雳当空起大风，
　　　　云峰哥他不幸坠楼伤势重。

林　（白）出事故了。

王　（白）是啊！
　　（唱）他临终之时来相托，
　　　　说道老娘的慈容常浮他脑海中，

他今生难以再尽孝终。

（白）俺娘把云峰哥抚养长大不容易,她壮年丧夫一直守寡,省下的钱都用在云峰哥身上了,自己却甘愿吃苦。

（唱）尝尽了清贫苦,

从未出山东,

粗茶淡饭饥肠充,

全不知山珍海味是哪一种。

哥说道,

我本想大楼开业后,

接了老娘到江东,

搀扶娘亲到店堂中,

尝尝招牌菜,

与她美酒一壶过几盅。

当时间,我闻听他此言双泪涌,

他孝心一片令人崇,

我说道,

大哥啊!

我与你虽然不是同胞养,

然而是胜比同胞似亲弟兄,

你的心愿有我来了,

我定要代你行孝守亲终。

（白）兄弟,明白了吗?

林（白）明白了。

（表）越是明白越是弗能让俚吃,为啥?你小山东巍巍如一座泰山,格格叫"一诺千金",诚实,守信!为仔一句诺言不惜重金!回过头来看看格座高楼,要是造了泰山脚下,就像只打火机了,小山东,你没有必要花四千元来吃这样的招牌菜。为啥?因为这三只招牌菜有猫腻。三只菜用的食材非但价格昂贵,而且格食材还相当稀缺,准备好钞票不一定办得到。哪哼办?酒店老板想出了食材替代法,说穿了就是假冒伪劣。格末用啥么事做格?阿要介绍一下酒店老板格歪门邪道?不可以,格种歪门邪道哪哼好扩散呢?真真假假,手段极其狡猾。前阶段报纸上弗是介绍过地沟油、瘦肉精？意思相像格。小林想，兄弟啊，你这三四千元是血汗钱，吃辛吃苦跑到这里来吃三只假冒伪劣菜，叫我于心何忍啊！倷全是打工格，晓得格铜钿来得弗容易，让我想办法打消俚吃招牌菜格念头。怎么讲？实明实白讲？格是弗来格，拨老板晓得肯定叫我卷铺盖滚蛋。

（白）兄弟，我佩服您！不过——

王　（白）不过怎么样？

林　（白）不过，叫我怎么讲呢？

王　（白）您怎么了，俺怎么看你有点娘娘腔？有话快说，时间不早了，俺要去接老娘来吃招牌菜了。

林　（白）别去接（山东话），(咕：急得来我啊讲山东说话哉！)

张　（白）赶快去接，小林你开我的车去接！

林　（表）小林一看，完！是老板张金宝，看上去今朝格一刀但是非斩不可了。

（白）老板，您——

张　（白）弗瞒你们讲，刚才你们的谈话我全听见全看见面了。

王　（白）你在听壁脚？

（表）老板格办公室里有监视器，酒店大堂包厢全有安全探头，发现小林搭格打工仔亦像谈生意亦像吵相骂，所以下楼到三珍堂门口，刚才两家头格对话俚全听到了。想想个小山东弗容易，现在看个小林欲言又止，晓得俚是啥意思。

张　（白）小林，我知道你准备跟他要说什么，我明白了诚信比什么都重要。兄弟，快跟小林去把你老娘接过来，尝尝我们三珍堂的招牌菜。

林　（表）要死快哉！倷实头黑格，倷既然晓得诚信，还要开仔汽车拿顾客接过来斩！辣手！老板，您还要叫他来吃招牌菜？

张　（白）小林，你真格是拎不清。今天是我娘生日，我本来晚上要设宴请亲朋好友来三珍堂吃招牌菜祝寿，所以原料早已办好，而且100%全是真价实货，我也是人，人总是有情，我被这位兄弟打动了，这楼是他们帮我们建的，还献出了生命，我有娘，他们也有娘，不讲了，今天的招牌菜打对折。

林　（白）老板您真拎得清，兄弟打对折！

王　（白）不，不能打折！

林　（白）格种客人出生出世第一次碰着，小兄弟，为啥不能打折？

王　（白）林佛清同志，因为诚信是不可以打折的！

吴宫遗恨（中篇弹词）

出品：苏州市吴中区评弹团
作者：万金声

● 第一回　乞谷·闯宫 ●

中　（表）春秋时期，吴越争霸，战事连年。公元前四九四年，吴王夫差与越王勾践在夫椒山，也就是现在的吴中西山摆阵交战。

上　夫差为父报仇勇气倍增，把越国军队打得落花流水，全歼越王四万人马，真叫尸横遍地，血染太湖。

中　勾践只得屈膝求和，到吴王夫差脚下为奴三年，受尽屈辱。自从还转越国，俚卧薪尝胆，一心要报这深仇大恨。俚定下"灭吴九策"，这九条计策条条毒辣，其中最厉害的一条就是献美入吴。越国大夫范蠡在苎萝山觅得二位美女，一个叫西施，一个叫郑旦，就将二位美人送进吴宫。因为郑旦不多几年一病身亡，现在只剩西施陪伴吴王。

下　今朝在姑苏台春宵宫里歌声绕梁，舞姿翩翩。西施最近新编一段舞叫"浣纱舞"，看俚轻舒广袖，舞步翩跹，正向吴王献艺。西施是古代四大美人之首，倾国倾城、貌若天仙。只见俚一头乌黑青丝披在两肩，紧俏的细纱衣裙透露出

女性的曲线之美，身段婀娜多姿，如出水芙蓉亭亭玉立，一股青春气息飘逸着特异的奇香诱惑迷人，似乎俚不是女人而是女仙。

上　　看得吴王如醉如痴。吴王夫差身材魁梧、器宇轩昂，身佩镇国之宝属镂剑，透露出一股英武之气。现在俚是看不尽西施风情万种、仪态万千，沉醉于声色美酒之中，正想举起属镂剑与西施共舞，一名卫士匆匆进殿。

中　卫　士（白）禀大王，越国大夫范蠡求见。

　　夫　差（白）喔。（表）夫差正在起劲辰光，听范蠡来非常扫兴。不过，范蠡是勾践身边一位重要谋臣，今朝俚来肯定有要紧事体。（白）爱妃，你去后宫歇息，待寡人料理完国事，再与你饮酒共舞。

下　西　施（白）谢大王。（表）西施听见范蠡来吴又是高兴又是伤心。范蠡是我心目中的白马王子，风流倜傥、才学出众，当年俚到苎萝山来察访，我与他相互爱慕。但是，为了吴、越两国弗再打仗，能和好相处，我搭俚只能忍痛割爱，献身入吴。自从我到吴国来以后，两家头就呒不见过面，甚至连消息也听弗着，现在听见俚来哉，真想见一面，但我现在是吴王的妃子，你是越国的大臣，见面是不可能的。所以只能谢过大王往后殿而去。

上　夫　差（表）看西施离宫而去，那末关照卫士传范蠡进见。

中　（表）范蠡眉清目秀、唇红齿白，身穿宽袖大袍，显得精神抖擞。现在俚踏进春宵宫跪地三叩。

中　范　蠡（白）罪臣范蠡叩见大王。

上　夫　差（表）夫差听范蠡称自己为"罪臣"，心里蛮开心：看来越国已经口服心服，甘为臣国，来见我的人都是胆战心惊、小心翼翼。所以面孔上露出一副傲慢之气。

　　（白）哎，什么罪臣不罪臣的？不就是勾践在夫椒山打了一个败仗吗？

中　范　蠡（白）败国之臣，理当请罪。

上　夫　差（白）哈哈哈，好了好了，站过一旁。

中　范　蠡（白）谢大王。

上　夫　差　（白）范大夫，今来有何要事？
中　（表）大事体，要来借粮，拿你家人家借穷脱仔拉倒。（编者注：预备把你这户人家借穷了拉倒。）
中　范　蠡　（白）大王啊，今年越地水旱不调，农耕受损，收成不佳，民众饥困，因而奉越君之命前来借粮。
上　夫　差　（咕）喔，原来是越国遭受旱灾，在闹饥荒，所以来借粮，前几天派人来借过，被我回头脱格，现在再回头脱拉倒。（白）唉，你们真是国运不佳，遭此灾荒，本则理应相助，无奈国库粮谷岂能外借，大夫回去吧。
中　范　蠡　（咕）弗借，叫我回去？呒不这样便当。你能回头别人，但你回头不了我范蠡。
　　　（白）大王啊，想我越国已是泱泱大吴的臣国，越民饥即吴民饥，这不能称作外借，望大王恩准。
上　（表）好话人人欢喜，这二句闲话夫差听得进。吴国现在日益强盛，国威大震。而且听范蠡讲，吴、越一家人哉，一家人当然不属于外借。不过事关重大，哪哼好答应？
上　夫　差　（白）大夫啊，你话虽有理，不过，我劝你还是回去告诉越民，叫他们束腰瘦身，安度灾荒。
中　范　蠡　（咕）束腰瘦身？这是减肥。你当伲壮肉吃得太多，人太胖，那末要束腰瘦身苗条点？伲现在是肚皮饿，真家伙，要吃呒不吃，哪哼被你说得出来。（白）罪臣启奏大王：常言道，"国以民为本"，"民以食为天"，束腰瘦身怎能抵挡饥寒？大王为仁义之君，恳请大王开仓借粮。
上　夫　差　（白）这个……
中　范　蠡　（表）范蠡听你这个那个，晓得已经说得你动仔心，老实讲，你吴王最大的毛病就是软耳朵，我只要盯盯紧就会成功。（白）大王，越国遭受大灾实为可怜，请大王恩准。
上　夫　差　（白）未知要借多少粮谷，以解饥困？
中　范　蠡　（表）范蠡心想：我恨不得借空你们国库，连谷种也一淘借光。　（白）多谢大王施恩，眼下需借谷……借谷……
上　夫　差　（白）需借多少？

中　范　蠡　（白）需借谷万石，以救越民之饥！

上　夫　差　（白）啊！（表）夫差听见一吓，要借万石粮谷，狮子大开口，胃口不小。赶快回头俚。（白）范大夫，这万石粮谷之事非同小可，待来日再议吧。

中　（表）范蠡一听推车撞壁。看来现在只有再去寻一个人，啥人？吴国太宰伯嚭。当初越王勾践兵败夫椒山一时性命难保，我范蠡看准伯嚭是一个贪财小人，送俚一批金银财宝，要俚拿人钱财，替人消灾，在吴王面前好言相助，终于保牢勾践一条性命。看来，这次借粮还要请俚助一臂之力。所以正想拜别出宫，

下　西　施　（一阵低哭声）哎——哎……

中　（表）"啊？"后殿有人，听声音还是个女人。"哎——"只觉着宫殿里飘着一阵香气，这种香气非常熟悉。刚才因为思想集中在借粮上，没有引起注意，现在听到一声轻轻抽泣声，细细辨一辨这阵香气，确定后殿勿是别人，是西施，因为你西施所用的胭脂花粉都是我从越国送来的。既然你就在后殿，再好弗有，我要你出面借粮乞谷。

下　（表）后殿阿是西施？当然是。刚才将要出殿的辰光弗知哪哼心里总归弗愿，想我是受尽屈辱来到敌国，哪一天不在思念故乡、思念亲人。再说范蠡待自己几化好得来，覅说别样，就是日日要用的香粉、香脂、香水都是范蠡专门用人从家乡的花粉当中提炼而成，派人送来。虽然我见弗着俚人，但是阿好听着点家乡的消息呢。所以停住脚步，留在后殿屏风后面听壁脚，弗晓得听着家乡受灾，心里非常难过，忍不住暗暗流眼泪。后来听到借粮借弗着，心里一急，一阵伤心哭出声来。心里想：范蠡是个聪明人，随便啥事体俚都会有办法的，弗知阿有啥好办法哇？现在在后殿一边揩眼泪，一边侧耳静听。

中　（表）范蠡啥等样人？智谋过人。动一动脑筋，办法来哉。啥办法？旁敲侧击之计。表面上说给你夫差听，其实是要让你西施明白，因为美人一言值千金，男人能办到的事女人都能办到，男人办不到的事女人也能办到。

中　范　蠡　（白）啊呀大王，若待来日再议，恐怕等不及了，还请大王开恩。

（唱）我是半对美人半对君，
欲禀娘娘却面君王。
大王啊，吴国强盛国运昌，
风调雨顺粮满仓。
怎知晓，越乡人祸尚未了，
又降天灾闹饥荒。
（咕）灾荒的景象哪哼讲倒要想一想。

下 西　施 （咕）弗知我娘家苎萝山哪哼哇？倒是弗好出去问的。你快点讲釀。

中 范　蠡 （咕）今朝讲就要讲得灾情重、讲得惨，为了要借助你西施之力，我就讲你小姐妹，讲你亲人苦得嗒嗒滴。西施啊，对弗起哉。（白）大王啊——
（接唱）我是奉王命，四处去查访，
一路上寒风萧萧堪凄凉。
越国久旱数百天，
田地荒芜禾苗黄。
西施娘娘家乡地，
苎萝灾重更荒凉。
苦凄凄颗粒无收苦难重，
泪汪汪乡亲逃荒去流浪。

上 夫　差 （咕）越国逢到旱灾，我晓得的，也派人去察看过灾情，像煞还好哇。（白）怎会如此严重？

中 范　蠡 （白）罪臣所言句句是真。（咕）今朝我有真有假，这叫兵不厌诈。（白）大王，就是西施娘娘的亲人也是度日艰难啊。
（接唱）施家大姨娘，
树皮充饥肠。
施家二婶娘，
吃着草根汤。
施家三伯伯，
捧食观音土。
施家四叔叔，

饿昏在路旁。

娘娘昔日小姐妹，

怨言纷纷恨满腔。

下　西　施（白）啊？（表）西施一听弗好哉，我屋里亲人受苦受难，连小姐妹也在恨我，弗知说我啥哇？听下去再讲。

中　范　蠡（接唱）说娘娘只顾锦衣美食度享乐，

竟把那父老乡亲苦难丢一旁。

更可怜西施娘娘亲生母，

面黄肌瘦已经病在床。

乡亲们挨饿情景不忍睹，

"易子而食"见惨状！

（表）易子而食就是人吃人哉，请你西施出场帮忙。

下　西　施（白）啊？（表）西施在后殿听，越听越悲伤。现在听到"易子而食"，啥叫"易子而食"？就是说二家人家拿养下来的小人调一调包，然后吃小人，这就是人吃人呀。这句话曾经听范蠡讲夏商历史故事辰光讲过，想弗到现在会发生在自己家乡，真叫惨不忍睹。格末为仔越国百姓，为仔家乡父老乡亲，我理所应当去求求吴王。所以冲上殿来，（白）哎呀——范郎——

中　范　蠡（表）范蠡一吓，你好喊一声"范郎"格，你一声"范郎"，我只头要勿着梗。所以头皮发麻，二只眼睛盯牢西施，呆若木鸡。

下　西　施（表）西施一声"范郎"出口晓得要闯祸哉，要紧改口。（白）……大夫——

中　范　蠡（表）范蠡惊魂未定，额角头上汗都在沁出来。现在听你改口"大夫"，这句称呼变"范郎大夫"，弗知夫差阿察觉？偷偷叫眼梢上看夫差，轧轧苗头。

上　（表）夫差阿听出来呢？没有。因为西施喊"范郎"说的是越语，弗是吴语；而且西施带仔哭声喊的，含糊不清；再加上自己思想集中在借粮的事体上，是借还是弗借？勿防备西施会突然冲上殿来的，所以脑子来勿及转弯，勿听清爽。

中　范　蠡（表）范蠡看吴王面无怒色，总算放下心来。现在再对西施一看，喔唷，真是今非昔比，果然雍容华贵，虽然面孔上有眼泪，依然娇艳无比，好像牡丹花上有几滴露水，惹人怜爱。看俚比姑娘辰光更丰满、更成熟哉，有一种成熟女性之美。想想西施啊西施，我今朝也呒办法，为仔国家的利益只好对弗起你哉。

（白）啊呀西施娘娘，范蠡有礼了。

下　西　施　（白）范大夫，你方才言道我的家乡遭此大灾，可真否？

中　范　蠡　（白）范蠡所言句句实情，娘娘如若不信，可跟随范蠡回家乡探望。

（咕）不过你转弗转的，你的男人吴王弗会放的，要是俚放你跟我转去，赛过拿只鸡交给黄鼠狼，哪哼会肯，我算煞格。

下　西　施　（白）我苦命的乡亲啊……（表）转过身来走到吴王跟前。（白）大王啊，臣妾蒙大王恩宠，过着神仙一样的日子，可是我的苦命乡亲却在忍饥挨饿啊……

上　夫　差　（表）美人的眼泪是法宝，夫差这样一位英武之王居然手足无措。（白）啊呀呀爱妃呀，你……你有话慢慢讲啊。

下　西　施　（表）西施跪倒地上泪流满面。（白）望大王仁慈之心怜恤苍生，救救臣妾家乡的亲人吧。

（唱）哀哀娇容泪挂腮，
泣泣莺语声声悲。
我这里朝歌暮舞醉不休，
亲人们挨饥挨饿受苦难。
我这里深宫重殿披锦绣，
亲人们浣沙溪边哭声哀。
我这里锦衣美食伸手来，
亲人们路有饿死妇孺悲。
我这里富贵荣华享不尽，
亲人们易子而食心胆寒。
遥遥故土远相隔，

　　　　　　心切切苎萝女儿痛胸怀。
　　　　　　波光浪影望不断，
　　　　　　似见苎萝山水布阴霾。
　　　　　　众百姓啼饥号寒欲断魂，
　　　　　　眼睁睁望吴宫施救翘首盼。
　　　　　　大王乃是仁爱君，
　　　　　　开仓借谷莫懈怠。
　　　　　　西施跪地苦求乞，
　　　　　　望大王，宏恩浩荡胜南山。
　　　　　（白）望大王恩准借粮吧。
上　夫　差（白）啊呀爱妃，你先起来再行商议。
下　西　施（白）不，如若大王借粮不准，西施只能跪死在地。
上　夫　差（白）这便如何是好？
下　西　施（白）大王啊，我家亲人如此遭难，已经在易子而食，我的母亲也是饿倒在床，你就可怜可怜我们吧。
上　夫　差（咕）对的，俚的娘就是我的丈母娘，总弗能女婿做大王，饿煞丈母娘。再说看西施这样伤心，哭得眼睛也红哉，心里勿舍得，那我就答应仔吧。
　　　　　（白）唉，勾践啊勾践，你这国君是怎么当的？怎么能有易子而食这种事呢？爱妃呀，你不必如此悲伤，本王应允借粮便是了。
中　范　蠡（表）范蠡一听，"嗟"，美人计千秋万代永远有道理，赶快答谢。（白）谢大王。
中　　　　（表）吴王正要想安排开仓借粮的事务，谁知外面弗准借粮的人来了。啥人？相国伍子胥。伍相国年近七十，白发善顶、银须飘盈，身材高大足有一丈、腰粗十围体格健壮、两眉间宽异貌异相。今朝得讯范蠡来吴借粮，所以急匆匆闯宫上殿。
上　　　　（表）几个卫士要想阻挡。
上　卫　士（白）相国，您不能闯宫，我们吃罪不起。
中　伍子胥（白）闪开，谁敢阻拦！大王，我来了——
上　　　　（表）吴王夫差看见伍子胥来，心里先弗高兴哉，因为伍子胥在吴王面前言词一直相当尖刻，赛过爷教训儿子，所以平常辰光伍子胥要想求见吴王，经常被夫差借故推托拒之门外。想弗到今朝俚干脆闯上殿来，面孔已经弗活络。（白）范大夫，你先下去，借粮之事本王再行安排。

中　范　蠡　（白）是。（表）范蠡也蛮紧张，心想：我问过伯嚭，得讯今朝伍子胥弗在宫中，所以有意避开俚来施计借粮，想弗到冤家路狭，还是要碰头。虽然说吴王已经答应借粮，只怕伍子胥一到要起变卦，所以心里忐忑不安。下殿辰光回头对西施望望——"西施啊西施，一切看你了"。

下　西　施　（表）西施从范蠡眼神当中看懂俚格意思，也对范蠡微微点点头——"你放心吧，我一定尽力"，目送范蠡出宫而去。

中　伍子胥　（表）伍子胥觉得今朝闯殿虽然是无奈之举，但是有必要做个说明，所以袍袖一抖，双膝跪地，行起君臣大礼。（白）大王，我伍子胥因有重要国事奏告，恐被大王拒之门外，因而只能负罪闯宫，望大王恕罪。

上　夫　差　（咕）闲话里都有骨头格。（白）伍相国平身，赐座。

中　伍子胥　（白）谢大王。（表）将身坐定。这是伍子胥的特别待遇，先王阖闾所定。（白）大王，见越国派使臣来吴，可是为了借粮之事？

上　夫　差　（咕）咦，俚怎么又晓得哉？阿要讲给他听？只好讲，因为瞒弗脱的。再说是问我借，又弗是问倷借，借弗借是我的事体。（白）真是为了借粮之事。

中　伍子胥　（白）欲借多少？

上　夫　差　（白）万石谷米。

中　伍子胥　（白）啊！要借万石谷米？好大的口气。（咕）伍子胥晓得一个国家要强盛，粮食是宝中之宝。俚曾经为吴王定下一条国策，叫"入仓廪"，就是要使国库、粮仓充盈。现在越国来借粮一定另有图谋。勾践啊勾践，你难道要将我吴国国库挖空不成？好一条毒计，好一个阴谋！（白）大王，越国借粮万万不可允应。

上　夫　差　（白）相国不必过多疑虑，越民饥即吴民饥，越国遭灾民不聊生，我总不能见死不救，我已允应借粮救灾！

中	伍子胥	（白）大王，你，你……
上	夫　差	（咕）喂、喂、喂，你手指头要触到我鼻头上哉。
中	伍子胥	（白）你难道忘了先王"灭越兴吴、报仇雪恨"的教诲吗？
上	夫　差	（白）先王遗训我怎敢忘怀？夫椒山一战为父报仇，越王为奴三年，为父雪恨，如今越国臣服于吴，年年朝贡，岁岁进献，我夫差不正是时时铭记着父王的教诲吗？
中	伍子胥	（白）大王啊，先王归天之时，曾将大王托付给我伍员，你不杀勾践留下后患！看勾践，他恤民养士，心有计谋。卧薪尝胆、胸怀鬼胎，蓄势待发、等待机会。年年进贡、迷你聪慧，他要你华堂高筑飞金彩，羊羔美酒日三醉。他要你歌女舞姬勤献媚，妖妇美娥浪声态。你看他仇恨未消、虎视眈眈，再施米粮，江山有危！ 请大王收回旨意，不可借粮！
下	西施	（表）西施熬弗牢哉，再被你讲下去，大王勠真的弗肯借呀。（白）相国，你差矣，借粮为拯救饥民，此乃仁爱之举，定会受到百姓的拥戴。
中	伍子胥	（白）娘娘，这里哪有你说话之地？大王啊，伍员再以忠言奏告，趁越国遭受灾荒之时，请大王一试您属镂剑的锋芒，出兵灭越取那勾践的狗头！
下	西　施	（白）啊？大王，吴越起兵，百姓又要受难了，相国之言不可听也。
上	夫　差	（白）都给我闭嘴！借与不借由本王做主，与你们无关！
中下	西施、伍子胥同时："那你是借还是不借？"
上	夫　差	（白）这个嘛……（表）到底听啥人？让我想一想。 （唱）春宵宫内起纷争， 酒色欢乐全失尽。 相国是虽为江山却无礼， 全不顾谁是君王谁是臣， 君臣颠倒罪不轻。 爱妃她为了借粮泪纷纷。

心地善良惹人怜,
想我是要江山、要美人。
坐江山、万民敬,
抱美人、乐天伦,
征服诸侯霸王称。
勾践他已是我膝下奴,
年年进贡做了败国君,
献美入吴见忠诚。
如今越地遭大灾,
借粮万石解饥困。
我仁义之君天下闻,
倘然不借心不忍。
若然开仓把粮借,
怕只怕相国言中留悔恨。
万石粮谷非小事,
还需思忖再调停。

下　西　施　（表）西施一看吴王神态,晓得俚在犹豫不决,赶快盯盯紧。（白）大王是一代英主,允应的事岂能反悔？再说此番是越民借粮,借是要归还的,待明年收成好转,这万石粟米如数归还,不少一粒！大王,您看可好？

上　夫　差　（白）可惜无人担保,有何用喔？

下　西　施　（白）有我担保！大王,有我作保可好？

上　夫　差　（白）好,好,好啊！

中　伍子胥　（白）慢！（表）喔唷,看来女人要当心,美人更加要当心。（白）大王啊,娘娘之言不可轻信,想当年,夏亡之因有妹喜、殷亡之因有妲己、周亡之因有褒姒,美女者亡国之物也,王不可受！

下　西　施　（表）西施听俚相国拿自己比作夏朝灭亡的妹喜、殷朝灭亡的妲己、周朝灭亡的褒姒,如雷轰顶。（白）相国,您为何如此比我？这是为什么？为什么？您……您差矣——（表）头一昏、眼一暗,望吴王身上一钻,人顿时昏死过去。

上　夫　差　（表）夫差阿要急的？要紧急喊：（白）啊呀呀,快请太医！来人，快传寡人旨意，开仓借粮！

中　（表）弗晓得借粮容易还粮难。请听下回。

第二回　追粮·逼宫

上　（表）春去秋来，一年已过。吴王夫差既爱美人又爱江山，一心想征服诸侯争当霸主。最近齐、鲁二国纷争，夫差心想：我趁机先伐齐再缚鲁，这样一来沿海一块就尽归于吴，以后可以放心直取中原。

　　（表）越王勾践听到吴国要起兵伐齐的消息，真叫喜出望外：你吴国起兵远征，我就能在你眼皮底下养精蓄锐，蓄势待发。不过为了稳住你吴王，迷惑你心窍，故意选拔三千精兵，由范蠡亲自送到吴国作为盟军，也就是志愿军。表面上是来帮吴伐齐作战，其实是有更大的用场，待等起兵灭吴之时，这三千精兵好做内应，来一个里应外合。

　　（表）伍子胥识破其中阴谋，苦苦劝谏，夫差偏偏弗听，要伍子胥尽快备足军粮出征伐齐。

　　伍子胥呒不办法，只能按夫差的旨意去备军粮。弗晓得一查国库，大吃一惊。国库几乎空虚，去年借越之粮粒米未还。军粮不足是件大事，关系到战争成败。想到借粮辰光西施做过担保，我现在就寻着你担保人算账追粮。所以伍子胥忧心忡忡直望消夏湾而来。

中　（表）消夏湾在太湖西山岛，是吴王夫差搭西施避暑之地。这个岛有山有水，也是操练水陆两军的军事重地。夫差在吴国征来十万人马，集中在西山操练，并且亲自督阵坐镇营帐。

下　（表）西施独居消夏宫，冷冷清清、比较寂寞。消夏宫说起来是宫，其实并不大，三开间三进宫殿。前宫，门前就是消夏湾，湖水荡漾，风平浪静，湖面种了不少荷花，热天，西施陪伴吴王轻驾小舟赏荷采莲。宫后，就是一座小山，一年四季花果飘香，山上有一口井专门为西施所打，让西施面照井水，当作镜子梳妆打扮。井旁边有一块石板，光滑平整，面向南方，西施经常在此遥望故乡，称为"望越台"。最近西施看到吴国因为借粮未还，粮仓空虚，军队粮草不足，弗少老百姓屋里因为缺粮在吃谷种哉,只怕因此而引发战争,百姓又要受战火之灾,所以心事重重。今朝西施正在为还粮之事烦恼。

西施 （自语）去秋谷死岁无收,乡民家家日维艰。借得粟米度饥荒,至今不见还粮舟。好不叫人烦闷也——（表）为了消愁解闷,西施就关照宫娥带琴上望越台。宫娥在望越台上架好琴,西施坐到琴前起指在琴弦上轻轻一拨,琴音清脆好像山里淙淙流泉之声,待等起手调正宫商,弦声和谐,然后起十指如玉葱弹奏乐曲。开始乐曲如行云流水、顿挫抑扬,因为心里弗快活琴音一转,如江水倒流如哀如怨。

上 （表）山上琴声哀怨引来一位军士。这位军士名叫处女。叫"处女"其实俚弗是女性,而是一位小伙子。处女是范蠡贴身护卫。越军兵营就驻扎在山后,今朝范蠡要俚带几个兵出来巡山。因消夏宫在山坡上并无围墙,所以巡视路线可以翻过山头。走到离望越台不远地方远远传过来一阵琴声,处女感到奇怪,这里是吴王的行宫,锦衣玉食、富贵荣华,啥人还如此哀怨?就关照兵士继续向前巡山,自己寻声而来。穿过一片树林,只见前面山坡上有位娘娘正抚琴操弄,只见她红颜花貌、雍容华贵,在太阳光下更加显得绚丽多姿、光彩照人,好像全身有一圈光环,是飘在天边的一朵彩云。这样妩媚动人的美人,处女一时倒看呆脱哉,所以还想往前走。

中 卫 士 （表）你一举一动被一名卫士发现。（白）好大胆的汉子,竟敢在此偷窥娘娘,还当了得,看剑!

上 处 女 （表）处女要紧拔出剑来一挡。（白）啊呀军爷,我乃越国盟军,是巡山到此。

中 卫 士 （白）越国来的都是一批窝囊废。

上 处 女 （白）你……（表）要想发作,想着范蠡大夫再三关照,在吴国要学会忍,苦要忍、怨要忍、羞辱要忍、悲伤要忍,要骂不还口,打不还手,忍辱负重,像越王一样,所以只能忍耐不语。

中 卫 士 你叫什么名字?

上 处 女 处女。

中 卫 士 什么? 一个男人叫"处女"? 怪不得你们越国人都

是软骨虫。

上　处　女　你这是什么话？

中　卫　士　我说的都是实话。你们的君王勾践为我们的吴王来做三年奴隶，简直是个囚犯，我们吴国有首歌唱给你听听。

（韵白）勾践勾践，下贱，下贱，

石室养马，为奴三年，

吴王一喊，下跪半天，

扫过垃圾，尝过粪便，

下贱，下贱！

哈哈哈……

上　处　女　这种耻辱，处女哪哼受得了。（猛喊）呔！你叫什么名字？

中　卫　士　（咕）一吓得来。（白）我叫石汉，硬邦邦的石汉！

上　处　女　（咕）你叫"石汉"有啥了不起，你就是块石头，我也要拿你一劈两半，（表）拔出剑来要想打。

中　范　蠡　（白）住手！（表）来人弗是别人，是范蠡。范蠡自从送三千盟军到吴国以后，一直勷回越，俚目的是想寻机会碰头西施，但是，一直呒不机会进宫。今朝俚叫处女先在前面探探路，自己远远跟在后面，俚也听见琴声，所以循声而来看看阿有机会。正好看见二个人要动手连忙喝住。（白）处女，你不可无理！军爷，范蠡在此赔礼了。（表）正要想带处女走，

下　西　施　（表）西施倒听见哉，因为距离近，加上山谷回声，听得清清爽爽。起先听见是二个兵士在争吵，俚不以为然，现在听见是范蠡来哉，俚喜出望外，心想：我盼望仔长远哉；还想问问俚为啥呒不还粮的消息？（白）原来是范蠡大夫到来，速速进见！

中　范　蠡　（表）范蠡心里蛮高兴，想弗到今朝会偶然相见。俚一面关照处女回营，一面进后宫，要紧走到娘娘跟前抱拳下跪。（白）娘娘在上，范蠡不慎误闯后宫，望娘娘恕罪。

下　西　施　（白）哎，他乡遇故知，异地闻乡音，此乃高兴之事，何罪之有？一旁坐了。

中　范　蠡　（白）谢娘娘。（表）起身旁边山石上坐定。

下	西　施	（表）西施面对范蠡真是百感交集。俚对范蠡带三千兵士到吴的事体晓得的。三个月前伯嚭搭伍相国为这桩事一起来奏报吴王，一个报喜，一个报忧。伯嚭说，越国出兵伐齐足见勾践一片忠诚对吴，而且能增强吴国兵力，是桩好事，不该猜疑。伍子胥说，越王勾践派兵援吴定有阴谋，应该灭越国杀勾践消除后患。两家头公说公有理，婆说婆有理。夫差听得头昏脑涨，一时难下决断。后来说三千兵士要带万石粮谷来还粮，夫差才定下决心，收下三千援兵。西施想：现在三千援兵已经来哉，为啥还是蹩见来还粮呢？俚心里非常担忧，弄得弗好，吴越要再起兵刃，百姓又要遭殃，内中一定有啥原因。（白）范大夫，越兵来了多少时日？
中	范　蠡	（白）回娘娘，已经一月有余。
下	西　施	（白）你怎会到得后宫？
中	范　蠡	（白）闻娘娘琴声而至。娘娘琴声悲切，令人伤心。仔细听来其中有《式微》之叹、《黍离》之悲，这可是亡国之音，娘娘可要小心啊。
下	西　施	（白）喔——，（表）西施觉得范蠡确实是位知音。（白）范大夫，我有话要问。
中	范　蠡	（白）可是为还粮之事？
下	西　施	（咕）西施一呆，你哪哼一猜就着，一说就中？
中	范　蠡	（咕）你的心思我哪哼弗晓得，娘娘若问这还粮之事嘛，（表）眼睛望望边上几位宫女、卫士，
下	西　施	（白）喔。（表）马上关照宫女、卫士统统回避。（白）范大夫请讲。
中	范　蠡	（白）娘娘，难道你除了问还粮之事，就没有别的话问吗？（表）眼睛对西施含情脉脉，一眨弗眨。
下	西　施	（表）西施一听，分明是搭我叙叙旧情，顿时感情的闸门打开，一股热流涌上心来。（白）范郎——
中	范　蠡	（表）一声"范郎"，勾起往事。三年多哉，搭西施还呒不面对面讲过心里话，现在只见西施在背后一轮太阳衬托下妖艳无比。（白）西施姑娘——（唱）当年相逢在山村，

浣纱溪边扬笑声。
我俩说不尽知心话,
耳鬓厮磨情意深。
我为越国重复兴,
你为吴越少战争。
我俩忍痛将情丝断,
你入吴伴君献青春。
待等兴越灭吴时,
我辞官归隐回乡村。
再与你同驾小舟泛五湖,
种桑采莲度晨昏。

下　西　施　(表)西施听到这里,禁不住热泪滚滚而下,情不自禁扑到范蠡身上。(白)范郎——

中　范　蠡　(表)范蠡一吓,吓出一身冷汗。要紧对四面望望,看看阿有人,万一被人看见,两条命要呒不。一看,还好,四周围静悄悄,呒人注意。不过人倒也吓醒哉,此处不是谈情说爱之处,还是拿要紧闲话讲讲明白。(白)娘娘,你,你快快坐好。

(唱)到如今你抚琴三弄心烦闷,
宫商弹出哀怨声。
去年你含泪乞谷粮万石,
忧国忧民令人倾。
你哪知晓越国虽受干旱灾,
越王是借题发挥苦用心。

下　西　施　(白)啊?

中　范　蠡　(白)娘娘啊,此乃是越王灭吴之策,名为"借粮计"。

下　西　施　(白)这计策怎么用到我身上呢?

中　范　蠡　(白)这也是无奈之举唷。

(唱)今年大熟收成好,
稻谷飘香仓满囤。

下　西　施　(白)到如今,为何不见运粮舟?为何不见还粮人?

中　范　蠡　(接唱)吴越相争风云滚,

越王他怎会甘当败国君？
我们要忠诚一片志成城，
重振河山家国兴。
还粮万石非小事，
娘娘啊，你身居虎穴要小心。
（白）娘娘须多留一个心眼，多加小心。

下　西　施　（表）西施听完范蠡这番闲话，方始明白：原来借粮背后大有文章，为来为去为仔要灭吴复仇。想想自家因为看到连年战乱，百姓深受灾难，为了吴越两国弗再打仗，能和好相处，所以甘愿牺牲青春，抛弃搭范蠡的爱情，牺牲自己一生的幸福，献身入吴，陪伴吴王，处处要讨取夫差的欢心。但是一切有啥用呢？倒是现在苦仔我。（白）范大夫啊，如此说来我上当了，倒是我为借粮曾做担保，要是越王迟迟不还，叫我如何是好？

中　范　蠡　（咕）弗做媒人弗做保，一世弗懊恼。现在你是蒙在鼓里上仔当，做仔担保怕引火烧身。这点你放心，还粮船马上要到哉，不过还粮当中有更大的文章，范蠡正想讲……

上　伍子胥　（白）大胆范蠡！来人啊，速将这奸贼拿下！
（表）过来五六个卫士冲上望越台拿范蠡绳捆索绑。

下　西施一旁呆若木鸡。来的啥人？伍子胥。

上　伍子胥　（表）伍子胥到消夏湾要见西施，到后宫看见西施搭范蠡在后山私会。这还当了得，所以就拿范蠡捆绑起来。
伍子胥　（白）你们好大胆，竟敢后宫私会，分明是有灭吴之心，该当何罪？

中　范　蠡　（表）范蠡虽然身被捆绑，非常紧张，但是，俚依然装得镇定自若。（白）相国，方才我是巡山到此，忽闻琴声，故而在此见娘娘一面，相国明鉴。

下　西　施　（白）老相国，求您快快松绑，放他回营。

上　伍子胥　（咕）啥？叫我放脱俚？呒不这样便当，今朝我亲眼所见、亲耳所闻、亲手所抓，我先要把借粮内中情由弄个水落石出。再问清爽还粮的事体。（白）分明是越国奸贼，岂能轻放？

下　西　施　（白）相国啦，他可是越国盟军的首领，难道您不怕大王降罪？

上　伍子胥　（咕）果然是妖妇，又想搬出大王来压我。今朝你搬出大王，我搬出先王。（表）从身上拔出尚方宝剑高举在手。（白）先王所赐尚方宝剑在此，谁人能挡！

下　西　施　（白）啊！（表）那末西施无言以对，跌坐一旁。

上　（表）这把尚方宝剑威力无穷，是先王阖闾归天之时所赐。因为俚晓得儿子夫差有妇人之仁，而无丈夫之决，所以在会稽之战中身中勾践毒箭，临终辰光留下遗嘱，要伍子胥辅佐夫差破越雪恨。还特赐尚方宝剑，除了夫差不能杀，其他人都可以先斩后奏；而且凭这把尚方宝剑可以调兵三万，以解危急。现在伍子胥举剑到西施面前，心想：女人决口好打开，吓得出格。

上　伍子胥　（白）娘娘，如若借粮不能及时追回，吴国将陷入困境。我有话问你，你须从实回话！

下　西　施　（表）西施看见伍子胥，弗知哪哼一直有一种畏惧感，只觉着这个人身上有一股凛然之气不可侵犯，但是俚也有一种过激的行为令人反感，所以一半畏惧，一半反感。（白）相国，有话请问。

上　伍子胥　（白）你为借粮作保，为何至今未见还粮？

下　西　施　（白）越国大夫范蠡在此，你尽管问他。

上　伍子胥　（白）范蠡啊范蠡，你带越国盟军来时应带粮归还，为何至今未见粒米到吴？

中　范　蠡　（白）还粮之舟必然会到，请相国耐心等待。

上　伍子胥　（咕）等？等到啥辰光？肯定等煞弗会来，这是缓兵之计。我再寻着西施。（白）娘娘，老臣多次打听探实，去年越地未曾有大灾，前来借粮显然是勾践的诡计，定是你与他们串通一气，狼狈为奸！

下　西　施　（咕）你哪哼吃煞我呢？（白）相国啊，去年越国确有灾情，也有饥民逃荒乞讨。

上　伍子胥　（白）娘娘你助纣为虐、为虎作伥，好恶毒也！今日老夫决不轻饶！

下　西　施　（白）你想做甚？民以食为天，总不能见死不救吧？

中 范　蠡（白）相国，你莫发怒。想这受饥之困你定深有体会，闻听相国来吴之时曾在吴市吹箫求乞讨饭，至今不会忘却吧？

上 伍子胥（白）喔唷……喔喔喔……（表）伍子胥气啊，你来揭我冻疮疤哉。当初来到吴国，一时难见吴王，为求生机只能在吴市吹箫讨饭。后来碰着仔先王阖闾，方使命运出现转机。这桩事体已经时过境迁，想弗着你现在来往事重提。（白）一个奸贼，一个妖妇，万石借粮何日归还？来人啊，先王尚方宝剑在此，将这妖妇也捆绑起来！

下 西　施（白）且慢！（表）西施晓得这位老老天弗怕、地弗怕，说得到、做得到的。现在勿见越王来还粮，看上去我搭范蠡性命也难保。（白）相国，西施有话要讲，讲完话后任凭你斩杀，决不怨你。

上 伍子胥（白）讲！

下 西　施（白）你将我比作吴宫内奸，这内奸的罪名西施担当不起呀，我不懂国家大事，但我懂得要热爱故土。你以为五色令人目盲、五音令人耳聋，说什么夏王宠爱妹喜而亡，殷纣王宠爱妲己而身死国灭，周幽王为褒姒而失信天下，将我比作妖狐之流，我是这样的人吗？相国啊——
（唱）面对尚方剑光寒，
　　　心潮难平起波澜。
　　　我自幼出生苎萝山，
　　　降临人世受磨难。
（白）我父名字叫施阳。苎萝山村被浣纱溪相隔，分为东村、西村，我家住西村，因此我起名就叫西施。
（接唱）浣纱溪边渐长大，
　　　　种棉采桑把秧栽。
　　　　心感激好山好水润肌肤，
　　　　人说我，天生丽质惹人爱。
　　　　我原想嫁一个山乡郎君夫妻配，
　　　　我在泉溪把纱浣，
　　　　他在山田勤耕翻。

情切切温柔乡里梦也甜,
意绵绵生一双健儿娇女传新代。
（白）啥人晓得,我这点愿望会被战火烧得干干净净。
（唱）山村本来多安宁,
谁知战火遍地漫。
烽火四起狼烟滚,
吴越交兵起祸灾。
父亲兄长出征去,
血洒黄泉不复还。
（白）我爷搭我两个阿哥出征战场,在夫椒山一战中战死沙场。
（唱）眼见得国毁家破心也碎,
村姑难拾山河残。
越王见我容貌好,
吴宫献美把君王陪。
我只为生灵免得遭涂炭,
我只为兵士早日解甲归,
我只为人世间安居乐业笑口开,
我只为天下太平和为贵,
但愿得娘家婆家一家亲,
我牺牲青春也欣慰。
问相国,我有何罪？有何罪？
为何举剑要将我斩？
（白）还粮自有借粮人,这能怪我吗？你要讲一个清楚,让我也死一个明白。

上 伍子胥 （白）这个……（表）伍子胥一时无言相答,觉着对娘娘也过头哉,听俚讲完身世,倒也想起自己的身世。我本来是楚国人,因为楚平王残暴杀我父兄,我就逃到吴国。后来举兵杀回楚国,报仇雪恨。这冤冤相报的事体,何时能休？我为了助吴王打江山,忠心赤胆。俚为了两国和好,献身入吴。啥人错？啥人对？

（唱）娘娘泣诉如惊雷,
声声逼问心羞愧。

为什么我追粮不去寻须眉？
为什么反将女子来责难？
勾践他奸诈残恶人狡猾。
山村女哪知君王心有诡？
同样是父母生养十月胎，
伍员我不免暗暗生怜悲。
这借粮之错难承担？
我错怪娘娘不应该。
娘娘啊，你为国献身息干戈，
我以为你是花言巧语作媚态。
你为乡亲解饥困，
我以为你是口蜜腹剑善装扮。
你朝歌暮舞伴吴王，
我以为你是妖狐迷惑生祸害。
娘娘啊，你貌如天仙心也美，
我深深敬佩在胸怀。

（白）老夫在此对娘娘深表钦佩之意。可惜你怎知勾践的险恶用心，如今借粮不还，吴国将灾难临头了。

下 西　施（白）想这借粮之事我曾做担保，追粮之责我理当承担，待我去面见吴王，准我回越追粮。

中 范　蠡（表）就在这辰光，范蠡大喊一声：（白）快快给我松绑，你们看！（表）眼睛远望湖面。

上（表）大家对太湖湖面上望过去，只见波光粼粼、水天一色中出现一排船队，扬起风帆浩浩荡荡，从越国方向乘风破浪而来。因为顺风顺水，船速相当快，船队越来越近。第一只船上一面旗帜迎风飘扬，旗上斗大一个字"越"，后面船上都插好旗帜，上写一个"粮"字。

中 卫　士（表）一名卫士匆匆来到伍子胥面前。（白）禀相国，越国还粮船队到吴，大王要相国速去码头验粮。

上 伍子胥（白）喔。奇啊？（表）有点奇怪。这批粮食千等万等勿来，突然之间说来就来。想到勾践这人诡计多端，深不可测，阿会其中有诈？我要当心。一面关照一声替范蠡松

绑，自家要紧往码头而去。

下　西　施　（表）西施也觉着奇怪：事先也咉不招呼，一点风声也没有，哪哼突然来了呢？弗知葫芦里装点啥个药？（白）范大夫，我倒弄不明白，这批粮谷早该还吴，为何迟迟不还？今天却又突然到此，其中有何缘故呀？

中　范　蠡　（咕）范蠡觉着你西施人太善良了，你哪哼晓得越王的手段呢？本来要想告诉你，现在倒弗能讲哉。（白）娘娘，何必问其缘故？只要是来还粮，你也可放下心了。

下　西　施　（咕）对的。弗还末我急呀，来还哉，我肩胛上的分量、战争的祸根，也就咉不哉。（白）范大夫言之有理，我们不妨也去码头看一个清楚。

中　范　蠡　（白）好啊，娘娘请。（表）两家头也往码头而去。

中　（表）格末这批粮谷为啥弗早点来还？因为在做手脚，辰光来弗及。啥事体要做手脚？勾践想，今年越国丰收，弗还，说弗出，还，弗情愿。搭范蠡一起商议，想出一条"还粮计"。哪哼一条"还粮计"呢？就是要将还给吴国的万石粮谷统统做一做手脚再还。为仔做手脚，所以推迟仔日脚。

上　（表）伍子胥赶到码头，只见夫差、伯嚭已经到哉。大家一看这些粮谷颗大粒满，阳光底下金光闪闪，夫差、伯嚭连连称好，伍子胥一时倒也看勿出啥破绽。

中　（表）正在此时，西施、范蠡也赶到。

中　（表）范蠡微微一笑说："这批粮谷都是优良品种，越国就是用俚做种获得丰收。"

中　范蠡闲话引一引，

上　伍子胥呆一呆，

下　西施头来点一点，

上　（表）夫差齆等伍子胥缓过神来，就关照吴国都以这批粮谷为种。那末夫差上当中计，吴国危在旦夕。请听下回。

第三回　闹荒·祭宫

中　（表）花开花落又是一年，夫差领兵伐齐得胜而归。心里非常高兴，现在东方诸国已经全部臣服于吴，下一步就好问鼎中原，

会盟称霸,成就一代霸业。看到自己千秋大业如日中天喜在心头,夫差决定今朝在馆娃宫论功行赏。

上 (表)这只馆娃宫造在灵岩山上,特地为西施而建。自从借粮事件发生以来,西施逐步看清吴越君臣不顾百姓生命称王争霸的真实面目,对他们争权夺利、尔虞我诈的行为厌恶透顶。所以一直闷闷不乐,面孔上难见笑容。夫差为了要讨西施的欢心,重见俚灿烂的笑容,不惜动用国库重金速建馆娃宫。在这只馆娃宫里有吴王井、玩月池、西施梳妆台,最有特色的是响屐廊。在这条长廊下面先垫好一批瓮头缸,再在缸上面铺好一层石板,叫宫娥彩女穿仔木屐板,也就是木拖鞋,在走廊里跳舞取乐,走廊里就会发出清脆的回声,因此这条走廊就称为"响屐廊"。

下 (表)西施现在坐在夫差身边为大王接风,因为有桩心事,啥心事?吴国到处在闹荒,文武官员一个也勿肯实讲,俚自己也不敢对吴王讲,因此坐在一旁也是强颜欢笑。

上 (表)今朝在馆娃宫门口站岗的二名卫士是一对冤家,一个是吴国军士石汉,

中 一个是越国盟军处女。

上 两家头立得笔直,倒像一对石狮子。看文武官员陆续进宫,就是一个人弗看见。啥人?伍子胥。望望外头弗见人影,石汉熬弗牢问处女哉。

上 石 汉 (白)喂,喂喂,我在叫你呀。

中 处 女 (白)我叫处女,不叫喂喂。

上 石 汉 (白)唉,你这个名字我还真叫不出口。我说处女啊,

中 处 女 (白)什么事?

上 石 汉 (白)你说伍相国会不会来?

中 处 女 (白)说不准,可能不会来了。

上 石 汉 (白)为什么?

中 处 女 (白)吴国都在闹荒,伍相国忠心耿耿,他去访贫问苦救灾去了。

上 石 汉 (白)说起这次我们吴国闹灾荒,都是你们越国

害的。
中　处　女　（咕）处女一吓。（白）怎么是我们害的？
上　石　汉　（白）你们越国都是倒霉鬼。前几年你们先闹灾荒，肯定是你们把这种灾害传染给我们了。
中　处　女　（咕）俚拿灾荒当传染病，也叫响弗落，不过下来还要伍笃好看。现在和和俚调。（白）这种病好厉害，比癌症还厉害，得了要死人的。
上　石　汉　（白）这种病只有一个人看得好，伍相国。
中　处　女　（白）你看你看，伍相国来了。
上　（表）伍子胥大步流星，踏进馆娃宫。
中　（表）夫差一看，文武官员已经到得差弗多哉，就举起酒杯，立起身来，
中　夫　差　（白）众位大臣、列位将军，本王亲征北伐得胜归，扫平东方震雄威，举国上下共庆贺，君臣同乐饮一杯。请了！
上　（表）"谢大王……"大家举杯同饮，唯有伍子胥端坐不动。
下　西　施　（表）西施看相国这副样子，倒在替俚担心。
中　夫　差　（表）夫差心里相当惹气。这个老老角别的，我要东俚偏说西，我要吃鸭俚偏去杀鸡。今朝又来得最晚，还板起面孔。（白）相国为何不饮？
上　伍子胥　（咕）我哪哼吃得下？现在全国在闹荒，国库空虚，国力衰减，民怨连连。我几次要奏报，你弗见，本当我想今朝要如实奏报，碰着你今朝要庆功办喜事，所以我暂且忍一忍。现在在问我为啥这杯酒勿吃，我还得回答一声。（白）大王伐齐北征，老臣既无功，亦无劳，何饮此酒？
中　夫　差　（咕）你倒也晓得这杯酒吃弗下的。老实讲，今朝论功行赏人人有份，就是你呒不份。为啥？因为你当初反对我伐齐。（白）相国，当初本王出师伐齐，你再三劝谏不要前往，如今寡人大胜而归，你还有何话可说？
上　伍子胥　（咕）还在得意，一家人家已经赤脚地皮光哉。（白）只恐怕小喜反成大忧！
中　夫　差　（白）此话怎讲？
上　伍子胥　（白）我看胜齐不过小喜，可是这大祸已经迫在眉睫！

（表）伍子胥要想拿闹荒的真相告俚听。

下　西　施　（白）啊！（表）西施替老老着急哉。（白）相国，你说话可要多加小心。

中　夫　差　（表）夫差根本不想再听你讲哉。（白）你……你你，今日乃喜庆之日，寡人不与你计较。你无功劳，可别人有功劳，在这庆功祝捷之时，寡人要论功行赏了！（表）夫差关照下面宫廷武士拿过一卷帛书。啥叫"帛书"？就是写在布匹上的诏书。（白）各位爱卿，所有文武官员各有赏赐，帛书之上已一一列明。
（表）夫差就拿这卷帛书交给总管，要俚按数发放。

中　处　女　（表）就在这辰光，处女进宫来报。（白）禀报大王，越国君臣特备贺礼前来祝贺大王凯旋。

中　夫　差　（白）来了几人？人在哪里？

中　处　女　（白）越王勾践和大夫范蠡、文种，他们已在城内吴宫等候。

中　夫　差　（白）好啊，勾践亲来祝贺，忠诚之心可鉴。你将他们好好款待，我要亲自会见，当面封赏。

中　处　女　（白）大王，范蠡大夫还有密札一封，请大王亲启。（表）处女退下去。

中　夫　差　（表）夫差拿这封密札展开一看，一惊。（白）原来如此。（表）对伍子胥望望，你好大胆，等歇搭你算账。

上　伍子胥　（表）伍子胥一听，啥？勾践来哉。蛮好，我正想寻你算账。（白）勾践啊勾践，你来得好啊！

下　西　施　（表）西施听见勾践来，心里一惊：你们闯下大祸还敢到吴国来？弄得弗好两国又会战火再起，所以十分担忧。

上　伍子胥　（白）大王，你要对勾践作何封赏？

中　夫　差　（白）越王服吴以来对本王一片忠诚，此番伐齐其功非小，寡人要割地相赠。

上　伍子胥　（白）什么？大王竟要割地相赠？

中　夫　差　（白）是啊，割地三百里作为封赏。

上　伍子胥（白）割地三百里？大王啊，不可啊不可！常言道：

"虎欲袭人藏其势，狐若有取缩其身"，勾践俯首赠礼必然心怀叵测，暗藏杀机，望大王英明，三思而行。

中　夫　差（白）本王主意已定，切莫唠叨，一旁去吧。
上　伍子胥（白）大王，你就再听老臣一言吧。
下　西　施　（表）西施边上听得清楚，看得明白，一个要忠言相谏，一个傲气凌人。我来劝劝相国吧。（白）伍相国，大王对一个败国之君依然论功行赏，足见大王胸怀宽广，仁义为本，你切莫多言了。

中　夫　差　（表）伍子胥呀伍子胥，今日夫差已不是乳臭未干的孩儿，而是顶天立地的君王，是天下诸侯都敬崇的一代英主，用不到你整天在耳边絮絮叨叨。

上　伍子胥　（白）啊……老臣可全是为了吴国啊……
夫差　（白）看来你是年老神昏了。
（唱）今日凯旋喜封赏，
朝野上下齐欢畅。
有功之臣理赏赐，
越王勾践应嘉奖。
你却是处处来阻挡，事事作对抗，
究竟安的啥心肠？
我要开拓疆土创伟业，
力争盟主当霸王。
我是天生地载一英主，
鬼使神差有力量。
平越伐齐建奇功，
一代天骄传四方。
鸿鹄大志宏图展，
无往不胜多辉煌。
天下谁人不称颂？
唯独有你横触枪。
我念你曾辅佐先王打江山，
我念你力荐我当上吴君王，
反言反语不追究，

君臣颠倒我忍让。
可是你倚老卖老无休止，
目中无人太猖狂。
今日当众反封赏，
喜庆之情一扫光。
君不君来臣不臣，
忍无可忍总算账。
（白）伍子胥，寡人不想再看见你了，你走吧！

下　西　施　（白）吓！（表）西施见此情景，晓得事体要弄大哉，（白）大王，你看在相国一片热心的份上，息怒吧。

上　伍子胥　（表）伍子胥万万想弗到你大王会发王脾气的。俚叫我走，也就是说叫我从今以后不要再理朝政，拿我撤职罢官哉。想到当初是我力荐你夫差继位，先王归天辰光，又将你托付给我，眼见北征伐齐勾践笑，螳螂捕蝉黄雀喜，我死后哪哼去见先王英灵，所以长叹一声：（白）先王啊先王，你显灵吧，来惩罚我这个无用的老家伙吧！（表）说到这里，叫啥发出一阵笑声。（白）哈哈哈……

中　夫　差　（表）夫差被伍子胥笑得心里发慌。（白）伍子胥，你，你笑什么？

上　伍子胥　（白）我笑大王死到临头还不知晓。

下　西　施　（表）你们两家头火气越来越大，西施边上急煞，看来，伍子胥这条老命要送脱哉。

中　夫　差　（白）啊？你说我死到临头有何道理？说出来我免你一死，如若信口雌黄定斩不赦！

上　伍子胥　（白）只怕是勾践要来取你的头颅了！

中　夫　差　（白）大胆！我乃天之所生，地之所载，神之所使，小小勾践怎敢谋我？你的话太荒唐了！

上　伍子胥　（白）你说我荒唐，我说你荒唐。那年越国前来借粮，老夫就说是勾践毒计，可你偏偏不听，这万石好谷就白白流走了。

中　夫　差　（白）不是都还了吗？还是颗大粒满，寡人还下令今春全国以此为谷种。

上	伍子胥	（白）大王的荒唐正在于此呀！那谷种——
中	夫　差	（白）那谷种怎样了？
上	伍子胥	（白）本来我想改日奏报，免得冲了喜日，如今已到此地步只得实言相告。那谷种全是死谷！
中	夫　差	（白）什么？（表）夫差这一急非同小可，一旦是死谷，就会颗粒无收的。人误地一时，地误人一年，补种也来弗及的。但是还有点弗相信。（白）这些粮谷怎会是死谷呢？你莫危言耸听。
上	伍子胥	（白）我的话也许你不信，你问一问她吧。（表）指一指西施。
中	夫　差	（白）爱妃，此事当真？
下	西　施	（表）西施吓得索索发抖。（白）大王，乡亲们按大王旨意，今春吴国全部换上了越国的谷种，看着那颗大粒满金灿灿的种子，乡亲们心里真高兴啊，谁知播种一月有余……
中	夫　差	（白）便怎样？
下	西　施	（白）竟然棵苗未出，这些种子全是死谷，已经烂掉了。
中	夫　差	（白）啊？怎么会是死谷？怎么会是死谷？莫非是春寒料峭、日照不畅？
上	伍子胥	（白）天气年年如此，今年未见异样。
中	夫　差	（白）莫非今春雨水未足、田土干旱？
上	伍子胥	（白）老天怜悯苍生，新岁风调雨顺。
中	夫　差	（白）明明是颗大粒满的良种，怎会是死谷？怎么会是死谷？
上	伍子胥	（白）你去问勾践啊！
中	夫　差	（白）爱妃，你讲是何道理？
下	西　施	（表）那末这批谷种哪哼会是死谷？西施阿晓得？晓得的。因为吴国全国闹荒，又想起范蠡曾经有过提醒，就怀疑到种子有问题，经过对处女的追问，方始晓得。这批谷种在越国都蒸过，所以是熟谷，勿好做种的。这是越国灭吴又一计，叫"蒸谷计"。现在见大王在问，西施心里在想：我哪哼回答呢？（唱）见君问、暗沉吟，

事关重大怎出声？
馆娃宫中风云布，
谷种又引杀机生。
想当初，勾践灭吴心不死，
将我献入吴宫门。
借谷还粮施计谋，
我全然不知内中情。
如今误将蒸谷栽，
吴门粮荒已造成。
灭顶之灾起人祸，
吴民又将做饥民。
（白）两国君臣斗智斗勇，争权夺利，苦就苦仔吴、越两国的老百姓。
我若把真相说分明，
吴王必然怒气生。
杀勾践，灭越门，
天下大乱起兵刃，
百姓两国遭蹂躏，
吴越怨恨深又深。
为将干戈化玉帛，
为息事、为宁人，
忍一忍，暂把真相藏在心。
（白）大王呀，此谷种恐有水土不服之因，臣妾以为我吴国在北，越国居南，南北天时不一，地气冷热也有所不同，恐怕是越国谷种性暖难挡北方寒气，才棵苗未出呀。

中　夫　差（白）原来如此。（白）爱妃言之有理，本王曾知一个典故，听说淮南的橘子长到淮北去，也就变得又酸又小，不成其橘了。伍相国，你还有何话可说？

上　伍子胥（白）真是一派胡言。（表）伍子胥气得闲话要讲弗出哉，心里想：这样重大的事体你们居然当作儿戏。我应该拿这桩事造成的后果要讲讲，熟谷的真相要揭露，罪责要追究到底！（白）大王啊，老臣有话冒死苦谏。

下　西　施　（白）吓？（表）西施晓得，老老要发耿，拚死苦谏，赶快让我劝住。（白）啊呀相国，想西施本是农家之女，自小随父耕耘，这育种之理尚还谙熟，只怪我太粗心，当初未曾提醒大王，一切罪归西施，相国明白否？（咕）意思是刚才我是权宜之计，你覅多讲哉，阿明白？

上　伍子胥　（表）伍子胥一身忠骨傲然，哪哼肯和调。（白）大王……

中　夫　差　（白）不要再多言了。（表）夫差老早不耐烦哉，啥人要听你啥苦谏，还要冒死苦谏，你走吧。（白）你还留在这里做甚？还不快滚！

上　伍子胥　（白）啊——！（表）伍子胥到现在感到一种绝望，捧起雪白的胡须仰天长叹。（白）唉，大王昏庸！吴国败象已显，老臣力所难挽了！

中　夫　差　（白）慢！你说我昏庸？

上　伍子胥　（白）昏庸透顶、不可救药！

中　夫　差　（白）你胆敢辱骂本王，这欺君大罪你要担当。

上　伍子胥　（白）无非一死，老夫已视死如归！

中　夫　差　（白）那我就成全了你，定斩不赦！

下　西　施　（表）西施一听不得了，今朝闯出大祸来哉。因为这些年来看出伍子胥真正是一位忠臣，因为有俚，越王勾践弗敢出兵，假如伍子胥一倒，两国战争不可避免。西施好像觉着吴越江山都在摇摇晃晃，百姓的鲜血在流淌，所以要紧双膝跪地苦求夫差：（白）大王啊，你千万不可动怒，相国冒犯大王是出自对吴国的忠贞！大王，吴国不能没有相国，你若杀了相国，这吴国江山还要吗？

中　夫　差　（白）江山大事，不容你开口！（表）好得你伍子胥有个把柄在我手里，今朝让你死得成功。（白）看，这是越国范蠡大夫送来密札一封。你伍子胥这次伐齐，竟然将自己的儿子伍封托交给齐国大臣鲍息，此事可当真？

上　伍子胥　（白）是的，老臣是把小儿托付给齐国的朋友了。

中　夫　差　（白）好啊，好啊，原来你早有叛吴投敌之心！

上　伍子胥　（白）哈哈哈……叛吴？我为什么要叛吴？当初先王阖

间要将吴国的江山分我一半,我也不要一草一木,老夫只想一心一意辅佐先王,愿吴国江山万代永传。可是你……你竟然不听忠言劝告,偏信勾践诡计,想我伍员已经年迈,生死无关紧要,但是能让我的儿子做一个亡国之奴而任人奴役吗?

中　夫　差　(白) 你,你……,哼哼……,嘿嘿……,罢,罢,罢,本王赐你死罪!(表) 说完从身上拔出镇国之宝——属镂剑往地上一丢。

中　(表)"切……嚓",剑声铿锵,声震宫宇,众官员惊呆,鸦雀无声。

中　夫　差　(白) 来,众卿家随寡人回城为越王封赏。

中　(表) 夫差拂袖而去,众官员面面相觑,紧紧随后。

上　(表) 顿时,馆娃宫静悄悄、冷冰冰,死寂一般。宫殿外面"呼……"一阵秋风吹过,又增添了几分悲凉。

上　伍子胥　(表) 伍子胥颤颤巍巍、欲哭无泪,弯下身来拾剑。哎?眼梢好像看见宫中还有一个人,啥人?西施!只见俚满脸泪痕,头发凌乱,仍旧跪地不起。(白) 娘娘,他们都走了,你也走吧。

下　西　施　(表) 西施被刚才所发生的一切惊呆脱哉,俚哪哼想得着会是这样的结果呢?俚好像看见仔这些君王为了争霸,不惜拿百姓的生命当赌注,杀人如同杀鸡。在各国争斗中,谁是谁非,谁对谁错,谁好谁坏,啥人说得清?眼前伍相国这样一位忠良却要死在俚所拥戴的君王手里,俚哪哼想得通?听相国在叫自家走,慢慢叫别过身来,含泪哭喊一声:(白) 相国啦——(表) 膝行上前。(白) 我有事不明白:我为了吴越和好,百姓安宁,献身入吴,却被认作妖妇作怪;我为解除乡亲饥困,好言借粮,却落入了君王的计谋圈套;我为了还粮忧心忡忡,盼来的却是一批死谷;你忠心一片,却要被君王处以死罪。相国,这是为什么?为什么呀?!

上　伍子胥　(表) 这声哭喊使伍子胥老泪纵横,(白) 你问我,我问谁呀?

下　西　施　（白）您……您太忠良了。（表）一阵抽泣之声。
上　伍子胥　（表）伍子胥弯下身来，帮西施理一理散乱的头发。（白）娘娘啊，你太善良了——
中　（表）一个忠良、一个善良，二颗心在吴宫碰撞，但是发生得不是辰光，这是一场生离死别的心灵表白。因为善良者，人人会觉着可爱；忠良辈，连敌国也会钦佩。
上　伍子胥　（表）伍子胥从地上捧起属镂剑，思绪万千百感交集。
（唱）属镂剑啊属镂剑，
捧剑在手自祭奠。
下　西　施　（唱）属镂剑啊属镂剑，
为何你不辨忠和奸？
上　伍子胥　（唱）为何你未斩勾践头？
下　西　施　（唱）为何你与胥血相见？
上　伍子胥　（唱）举剑长叹问苍天，（白）苍天哪！
下　西　施　（唱）为何苍天默无言？
上　伍子胥　（唱）愤愤不平问大地，
下　西　施　（唱）为何大地无声息？
上　伍子胥　（唱）思绪万千问人间，
下　西　施　（唱）为何忠良举步艰？
上　伍子胥　（唱）问天问地不如问自己，
下　西　施　（唱）自问自答也泪涟涟。
上　伍子胥　（白）娘娘啊！
（唱）我本是楚地一少年，
官宦人家门庭显。
谁知楚宫风云变，
楚平王杀我满门太凶险。
我侥幸逃出文昭关，
吴地吹箫在路边。
适逢阖闾渴求贤，
为刺王僚我巧谋献。
赴宴暗藏鱼肠剑，
辅佐先王坐宫殿。

相土尝水造吴城,
伐楚报仇把尸鞭。
吴越相争先王死,
又助夫差败勾践。
哪知勾践心地奸,
假惺惺入吴把美献。
灭吴之策步步险,
你善良之心被他骗。
借谷还粮施诡计,
看如今吴国闹荒危在旦夕。
我为了吴国江山效全力,
忠心耿耿可对天。
我死后,头挂城楼睁双眼,
我要看举兵灭吴的贼勾践!
　　(表)话说完,伍子胥举剑自刎而尽。

下　西　施　(白)伍相——这是为什么?为什么——?
中　(表)吴国终因天灾人祸,粮荒严重,国力大减,败局已定。
　　(合唱)忠良辈,一腔热血祭宫殿。
善良人,献身吴宫怨恨添。
吴宫遗恨传千年,
吴宫遗恨传千年。
　　(表)中篇到此结束!

后　记

自2000年"中国苏州评弹艺术节"和"中国曲艺牡丹奖"启动首届评选以来，近二十年间，我市评弹界陆续推出了一大批弘扬主旋律、充满正能量，集思想性、艺术性、观赏性于一炉的优秀中短篇书目佳作。

中国苏州评弹博物馆是全国范围内唯一集国家级"非遗"评弹的传承、保护和弘扬于一体的专题博物馆，拥有丰厚的文物典藏和扎实的专业能力，因此，在充分整合全市乃至全省、全国的评弹资源方面，具有得天独厚的优势。此番由中国苏州评弹博物馆负责，并联合苏州市评弹团、苏州市吴中区评弹团、张家港市评弹艺术传承中心、常熟市评弹团等苏州大市范围内各相关评弹团共同合作的《苏州市评弹获奖书目选集》一书即将付梓面世。

在四百余年的苏州评弹"非遗"史上，案头文学创作以纸质文本、文字的形式载录了无数经典佳作，为评弹场上搬演、书台说唱、教学传承等提供了重要基础和源头活水。历史上遗存的大量弹词文学脚本，作为苏州评弹"非遗""活化石"传承和流播的重要见证，对于各个历史时期的评弹文物典藏、文艺创演、科研出版、展陈宣教、社会服务、文创开发等都具有十分重要的价值和意义。

本书从评弹艺术本体规律和服务社会公众的角度出发，选编了我市近二十年来在评弹文学（文本）创作领域荣获国家级奖项的部分原创性优秀弹词书目，对其进行文献史料性的搜集整编和学术专业性的审订核正，结集汇编出版，从而立足当下、展望未来，供广大评弹研究者、创演者、鉴藏者、爱好者查阅使用、同享佐考；同时也希望使这些珍贵的当代评弹"非遗"文献史料载体及其丰富的内涵信息得到更为精准的传递、妥善的保存和恒久的流播。此外，由衷感谢苏州大学出版社为本书出版所付出的辛勤努力！

《苏州市评弹获奖书目选集》编委会
二〇二〇年十一月